九州文库

论红楼和昆曲
精深与唯美

阿　梁　著

九州出版社
JIUZHOUPRESS

图书在版编目（CIP）数据

论红楼和昆曲：精深与唯美／阿梁著．--北京：
九州出版社，2021.11

ISBN 978-7-5225-0597-8

Ⅰ.①论… Ⅱ.①阿… Ⅲ.①《红楼梦》研究②《牡
丹亭》—文学研究 Ⅳ.①I207.411②I207.37

中国版本图书馆 CIP 数据核字（2021）第 208123 号

论红楼和昆曲：精深与唯美

作　　者	阿　梁　著
责任编辑	周红斌
出版发行	九州出版社
地　　址	北京市西城区阜外大街甲 35 号（100037）
发行电话	（010）68992190/3/5/6
网　　址	www.jiuzhoupress.com
印　　刷	唐山才智印刷有限公司
开　　本	710 毫米×1000 毫米　16 开
印　　张	17
字　　数	252 千字
版　　次	2022 年 1 月第 1 版
印　　次	2022 年 1 月第 1 次印刷
书　　号	ISBN 978-7-5225-0597-8
定　　价	95.00 元

自　序

我学史出身，很早就与"红楼"和戏曲结缘，痴迷昆曲则是本世纪初的事了。

《红楼梦》对我来说就像一所巨大的园林，神秘、深邃，进入愈深，感觉愈奇。

初读"红楼"，我被大观园儿女创作出的一首首诗词所吸引，乃至挑选数段背诵、吟咏。我敬佩黛玉的三首《咏菊花诗》、宝钗的《咏白海棠诗》和柳絮词，尤其是宝玉的《姽婳词》让我不禁拍案称奇。87版电视剧《红楼梦》的上演，是让所有《红楼梦》爱好者兴奋、激动的事，它将红楼儿女的形象栩栩如生地展现给观众，使我对"红楼"更加产生兴趣。

年岁稍长，便想探寻这部著作的深层含义。《红楼梦》煌煌巨著，人物故事上百成千。大的方面，这本书要告诉我们什么，如何从复杂的故事情节中探寻到该书的主旨，比如"好了歌"及甄士隐的解注究竟是一一影射书中的具体人物，还是具有普遍警示世人之意？这些问题经常萦于脑海，让我不时地思考。小的方面，小说中三位主角林黛玉、薛宝钗、贾宝玉身上，各有什么样的性格特点？尤其是在脂粉堆当中长大的宝玉，看起来一副纨绔子弟的模样，他究竟寄托着作者什么样的情怀？还有，贾府内的丫头们各有自己不同的生存法则，作者是否想告诉你，应像平儿那样充满智慧地生活，还是需要吸取晴雯的教训以防被人陷害？

长期以来，人们对《红楼梦》当中的各种问题争论不休。

对书中某个问题似乎明白了，另一个疑问又产生，你永远无法完全了解作者在这本书当中想要阐释的真实意图和人世间的种种道理。因此从这个意义上说，"红楼"的确博大精深，是"读不完"的，它永远在吸引人们探索其中的奥秘。

《红楼梦》问世后，围绕这本书出现了很多红学家，如"索隐派"和"考据派"。近年来不少人继承"索隐派"的传统，热衷于探求这本书里的"影射之说"，例如黛玉所作"五美吟"之诗是影射书中哪几个人等。对这类话题，网络写手的兴趣越来越高。

本人却无意探求《红楼梦》的"影射之说"，只想"以书评书"，至多讲到某些谶语对书中人物命运的预兆，不愿卷入对书中存在所谓"微言大意"的探索中。

昆曲之美在于，它在唱词中借鉴唐宋诗词中的经典之句，使用各种典故和"沉鱼落雁，羞花闭月"之类的成语，再配上经过岁月磨合而出的清柔、婉折的"水磨调"，由功力深厚的专业演员表演，这样，集各类古典艺术而大成的昆曲，它岂能不美，岂能不让人陶醉？

我称昆曲是"唯美"而"品不尽"的，一是由于它的"水磨调"优雅、婉转，每每欣赏都让我处于心旷神怡的境界。怡然自得于这种境界，会使你对它越来越痴迷，听完一曲，还想听下一曲，处在欲罢不能之中。二是对昆曲唱腔尤其是经典唱段，每听一遍都有新的感悟和认识，越听越能触摸到其中的传统文化之美，而这种古典之美是永远挖掘不尽的。

《论语》中曾有这样的描述：一曲《韶》乐使孔子三月不知肉味。大意是，孔子在听到《韶》乐时，被深深吸引，以致于很长一段时间专注于此曲，吃肉都感觉不到肉的滋味了。他曾感叹道："没想到音乐欣赏竟然能达到这样的境界！"《韶》乐能令孔子神往到忘记人间烟火的这种程度，足见其吸引力之非同寻常。而今天，昆曲这类艺术何尝不是这样呢？对于昆曲迷来说，它也有类似《韶》乐的神奇魅力，能使人达到如醉如痴的地步。

处在喧嚣的大城市里，人们总希望有一种美好而宁静的心境。古人云，良辰、美景、赏心、乐事，"四美难并"。其实在适当时机，借助昆曲也可能达到"四美俱现"的境地。买一盘自己喜欢的昆曲CD碟，闭上眼睛，静下心来欣赏，说不定会进入上述的情境，哪怕短暂也很值得。重要的是，这是多么省力而又能达到美妙境地的方法呀，你不妨一试。

2001 年联合国教科文组织将中国昆曲列为世界人类口头和非物质遗产名录，距今整整 20 年了。我们的老祖宗把这么好的文化遗产留给今人，让我不禁由衷地惊叹，并对历代昆曲界的杰出人物和无数昆曲人肃然起敬，是他们护卫着这门传统艺术，让古老的昆曲虽多次面临命悬一线的险境，终究顽强地生存下来。

这 20 篇关于"红楼"和昆曲的论文，是本人集多年心血而终成的文字，呈献给爱好这两个领域的读者，愿能给读者以启发。文中的某些观点估计会引起争论，种种不足之处也欢迎指出。我愿意与读者进行交流和磋商，来信请发至邮箱 zzh8080666@ sina.com。

阿 梁

2021.6 于海南

目 录
CONTENTS

红楼篇

《好了歌》及其解注是打开《红楼梦》的钥匙

一

小说《红楼梦》究竟想告诉我们什么？关于这个重要问题，几百年来众说纷纭。在以阶级斗争为纲的年代，某些人把贾府当中主子和奴才的矛盾看成是阶级斗争的表现，如今这种荒唐的理论已经退出人们的视野。之后又出现所谓两派人物、两种路线之争的观点，把贾宝玉看成是反对封建礼教的正确一派，而将薛宝钗看作是维护封建礼教的错误一派。其实这都没有很好领会曹公在这本书中的真正用意。

在中国古代小说史上，《红楼梦》作为难以超越的一部经典，很难用简单的话语概括这部小说。书中描写了四大家族的兴衰和各种人物的命运走向，还穿插着宝玉、黛玉、宝钗之间的感情纠葛，似乎是一部爱情小说。与此同时，书中还描写人情往来、婚丧嫁娶、理家治国等情节，又似乎是世情小说。书中各类人物的生平遭遇，给人以启悟，又像是警世恒言一类的小说。

如何理解这部鸿篇巨制，从哪个角度剖析作品的深刻含义，历来见仁见智，众说纷纭。

我们还是"以书论书"，从书中寻找答案吧。

一开始，作者描写了一个跛足道人唱一支《好了歌》：

"世人都晓神仙好，惟有功名忘不了！古今将相在何方，荒冢一堆草没了。

世人都晓神仙好，只有金银忘不了！终朝只恨聚无多，及到多时眼闭了。

世人都晓神仙好，只有娇妻忘不了！君生日日说恩情，君死又随人去了。

世人都晓神仙好，只有儿孙忘不了！痴心父母古来多，孝顺儿孙谁见了？"

又写丢失了女儿的甄士隐本是有夙慧的，听到心中早已彻悟，笑道，待我将你这《好了歌》解注出来如何？道人笑道，你解，你解。士隐乃道：

"陋室空堂，当年笏满床；衰草枯杨，曾为歌舞场。蛛丝儿结满雕梁，绿纱今又糊在蓬窗上。说什么脂正浓、粉正香，如何两鬓又成霜？昨日黄土陇头送白骨，今宵红灯帐底卧鸳鸯。金满箱，银满箱，展眼乞丐人皆谤。正叹他人命不长，谁知自己归来丧！训有方，保不定日后做强梁。择膏粱，谁承望流落在烟花巷！因嫌纱帽小，致使锁枷扛；昨怜破袄寒，今嫌紫蟒长；乱哄哄你方唱罢我登场，反认他乡是故乡。甚荒唐，到头来都是为他人作嫁衣裳！"那疯跛道士听了拍掌大笑道，"解得切，解得切！"[1]

另外，秦可卿在临死前给王熙凤托梦的一段话进一步阐述了这些思想。这段话包含以下几个要点：

嘲讽王熙凤不知两句俗语——"月满则亏，水满则溢""登高必跌重"——的深意，"如今我们这个家赫赫扬扬，已将百年，很可能有一日乐极生悲，大厦将倾，树倒猢狲散。"

在王熙凤忙问有什么办法可以永保无虞时，秦可卿冷笑道："婶娘好痴也！否极泰来，荣辱自古周而复始，岂人力所能常保的。"

接着秦可卿建议在祖坟附近多置田庄、房舍、地亩，以备祭祀和家塾的供给费用。这种祭祀产业即便主人获罪，也不必入官，家业败落了，子孙仍可回家读书务农。

又提到眼下有一件非常的喜事，真是"烈火烹油，鲜花着锦之盛"，但也不过是"瞬间的繁华，一时的欢乐，万不可忘了那盛宴必散的俗语"。[2]

显然，秦可卿托梦的这段话与《好了歌》及其注在精神实质上是一致的。

本人认为，《好了歌》及其注和秦可卿托梦的这几句话是打开《红楼梦》的钥匙。

以上三段文字，可以归结为以下几个意思：

感叹世间沧桑变化，福祸相依互化；否极泰来，盛极而衰；人生无常，世事难料；功名利禄如过眼烟云，劝人莫贪止欲；善恶皆有报应。

二

小说里所有的故事情节，莫不围绕《好了歌》及其解注和秦可卿托梦的这几句话展开。其中，盛极而衰又是核心之意。

显示贾府最繁盛的几个标志性的事件有：

一是为秦可卿办丧事，大事铺张招摇，公侯贵族都来参加祭礼，地位最高的北静王也来参加路祭，显示出贾府显赫的地位。

二是元妃省亲，就是秦可卿所说的"烈火烹油，鲜花着锦"的喜事。为此，贾府花费巨额资产营造大观园。

三是几场重要节日和某人生日的庆祝宴会。

然而盛极而衰，随着元妃失宠，贾家得罪权贵，贾府大肆奢靡，入不敷出，贾府呈现衰败的景象。

小说的主人公贾宝玉对贾府的盛衰最为敏感。因为他最关心、最在乎的是大观园姐妹们能否聚在他身边，因此，从他的角度看，他周围的姐妹人数越多，就意味着贾府越繁盛；反之，姐妹们一个个离散，就标志着贾府日益衰败。

小说第 62 回、第 63 回为宝玉庆生日这一天，可以用"韶华盛极"四字来形容。白天，红香圃里大摆宴席。射覆、拇战，出酒面、酒底的行酒令花样繁多，席间诗词曲赋，妙语连珠，热闹非凡。其间还有湘云"醉眼芳树下，半被落花埋"，犹作睡语说酒令的一幕。晚上，怡红院挑灯添酒重开宴，众芳齐聚，抽花签、听花曲。这一天到处都是花影摇曳，是红楼众儿女的一次集体狂欢。然而，盛极就要走向反面。宝玉生日是在芒种节前后，这本来就有强烈的寓意：虽然是一副春日盛景，可是交了芒种，百花已依次开过了，花神也要走了，春天就要落幕了。果然，大观园里的生日热潮还没有消退，就传来贾敬在玄贞观因服丹而死的噩耗。宁国府的丧钟敲响，对应了第63回的题目"寿怡红群芳开夜宴 死金丹独艳理亲丧"。

自此之后，贾府一系列惨剧恶事相继发生：尤三姐自刎，柳湘莲遁入江湖，尤二姐吞金。接下来，逐司琪、退入画、死晴雯、撵芳官、打香菱、嫁迎春、送探春，最后大观园诸芳风流云散，满目凄凉！宝玉在之前曾掐指算过，最热闹的时候众姐妹加上自己的聚会有13人参加，到探春远嫁，红楼女儿死的死，走的走，达到最凄惨的地步。

贾府的衰败气氛在第75回最后一个中秋节时达到一个阶段的高潮。中秋团圆时，不仅宁国府"异兆发悲音"，而且荣国府表面的热闹也掩盖不住一股悲凉。尤其是夜深时听到呜呜咽咽、充满幽怨的笛声，更使得贾母不免有触于心，禁不住坠下泪来，众人都不禁有凄凉寂寞之意。中秋节后，紧接着晴雯的惨死、迎春不幸的婚姻、香菱病入膏肓，彻底拉开了"千红一哭""万艳同悲"的帷幕……

第78回，宝玉目睹了司棋、入画、芳官等人被赶，晴雯已死，宝钗已搬等一连串变故后，再次感慨道："大约园中之人不久都要散的了。"

87版电视连续剧红楼梦的编剧在第32集写探春远嫁时，通过探春之口加上了一段感慨："自古以来多少豪门望族，有几个能挨过了百年的。灌（婴）绛（绛侯周勃）王（导）谢（安）方盛之时，谁又能想到日后瓦解冰消！君子之泽，五世而斩，不独我们这个园子，就连我们这个家也会有那一天的。"

小说中还有戏谶，也暗示贾府面临这种盛极而衰的结局。在清虚观贾母和众人看戏，第一出是《白蛇记》，写汉高祖斩蛇起手的故事。第二出是《满床笏》，写唐代大将郭子仪家里七个儿子八个女婿都在朝做官，七儿八婿来探望他时，象征官位的笏版放满床上，显示其权势熏天。第三出是《南柯梦》，贾母听了便不言语了。[3]三部戏，第一出是反映创业，第二出表示达到极盛时期，第三出则预示所有荣华富贵如同南柯一梦般地消失了。贾母之所以听到《南柯梦》便不言语了，是她深知贾府的日益衰败已无力挽回：爵禄逐代递减，这是规矩，往后一望可知，再过几代爵禄就没了；转型举业也不成功，文字辈的只有一个贾敬中了进士，可又出了家……

三

如前所说，秦可卿托梦的一段话与"好了歌"及其注在精神实质上是一致的。它提到眼下有一件非常的喜事，真是"烈火烹油，鲜花着锦之盛"，但也不过是"瞬间的繁华，一时的欢乐，万不可忘了那盛宴必散的俗语"。这件喜事就是元妃省亲，作者借秦可卿口，说这件无比风光的事不过是"瞬间的繁华，一时的欢乐"，它所造成的后果就是贾府开始在财政方面空虚，而财政空虚则是贾府衰亡的根本。

说起来也是讽刺味道极浓，拖垮荣宁二府的，正是两件喜事和两件丧事。

拖垮荣国府的，一是元妃省亲，二是贾母的80大寿，最奢华而且也最要命的是前者。为了这场省亲大礼，特地修建了一座三里半大小的省亲别墅，在园林里推山凿池，种花栽树，起楼立阁。还派人到姑苏城，花了3万两银子买了12个小戏子。别墅的奢华程度，连元妃都感叹太过于靡费了。元妃省亲是荣国府衰落的开端，而贾母八旬之庆贺，花销虽比不上元妃省亲，只不过用了几千两银子，但这对于已经衰落的荣国府已是沉重的负担了。为给贾母庆寿，一连摆了八天宴席，请了京城中所有的达官显贵。繁华之后，当家的王熙凤夫妻愁得难以入睡，因为手头一点银子都没有了，而眼下还要送各种礼。为了对付眼前的开支，王熙凤一连典了自己好几个金首饰，贾琏则厚着脸皮向鸳鸯"借当"。

而拖垮宁国府的，一是秦可卿的葬礼，二是贾敬的葬礼。在贾珍主持下，秦可卿的葬礼盛大而隆重，极为排场。尤其显眼的是，请僧道两班人马做法，贾府"停灵七七四十九日"，其间"请一百零八众僧人"为死者拜"大悲忏"，为其超度，另设一坛于天香楼，请"九十九位全真道士，打十九日解冤洗业醮"。另外，灵前还请"五十众高僧，五十位高道对坛按七做好事"。[4]这笔花销肯定巨大。除此之外，他还用千金难买的乔木给秦可卿做棺椁，为了让秦可卿的令牌上好看，还花了1200两银子为贾蓉买了个五品龙禁卫的差事。从此后的迹象来看，贾珍开始出售庄园。贾敬宾天，按皇上的旨意照五品官的职位安排葬礼，这也决定了开销不会是小数目。贾敬的葬礼让宁国府捉襟见肘，内囊已翻上来，以至于宁府的小管家向贾珍要钱付款，贾珍连500两银子都拿不出来，就让管家先垫着。这两场葬礼彻底掏空了宁国府，尤其是秦可卿葬礼的铺陈对宁国府影响极大，揭开了宁国府衰败的序幕。

荣府的两件喜事和宁府的两件丧事彻底拖垮了荣宁二府，两件喜事对应两件丧事，作者真是会写故事，这故事又是何等耐人寻味。

即便是后期探春的改革，大力缩减用度，整合资源，也只是为贾府赢得一个短暂的欣欣向荣景象。这场改革不过是杯水车薪，从全局看并不能从根本上挽救处于穷途末路的公侯之家。

四

甄士隐为《好了歌》作的解注，用最精炼、最形象的语言，造成一种"忽荣忽枯、忽丽忽朽"的险恶气氛，揭示出贾府的盛衰和各色人物的命运走向。综合脂砚斋的批注，本人认为，这些句子既有普遍警示世人之意，又特指贾府内的某些人和事。当然，也没有必要把所有句子与书中人和事一一对应，一一坐实。

"陋室空堂，当年笏满床；衰草枯杨，曾为歌舞场；蛛丝儿结满雕梁，绿纱今又糊在蓬窗上。"如今的陋室就是当年高官显贵们摆着满床笏的豪宅；一片衰草枯杨的地方，以前曾经是歌舞之地；豪门已败落，住宅已荒废；曾是底层的人家如今暴发成新贵，住进了原高官显贵废弃的豪宅。

贾府的声势，也同当年唐朝大将郭子仪一样显赫：一门中曾有两位国公，位列八公之首，如今贾赦袭了一等将军，贾珍袭了三等威烈将军，元春还被封为贤德妃、凤藻宫尚书，紧接着建造大观园，元妃省亲，使得贾府风光无限，盛极一时。然而随着元妃失宠，贾府又得罪忠顺亲王等权贵，自身藏匿江南甄家和史家罪臣财产，勾结外官，仗势欺压百姓，聚众赌博等罪名被揭发，最高统治者决定惩治贾家。于是，抄家随之而来，贾府豪门败落，住宅荒废也就不可避免了。过了一段时间，一些得势的新贵又住进了这些荒废的豪门宅院。

"说什么脂正浓、粉正香，如何两鬓又成霜？"这既是感叹沧桑变化，人生无常，世事难料，又是暗指宝钗等一干人。

"昨日黄土陇头埋白骨"指黛玉、晴雯等人，她们青春年少时便不幸夭折。

"今宵红绡帐底卧鸳鸯"指贾琏风流成性，在贾敬丧期竟偷娶尤二姐，婚丧皆成喜事。这句话是暗指此事。

"正叹他人命不长，谁知自己归来丧？"这句是泛指人生变化无常。

"训有方，保不定日后做强梁。"可能指柳湘莲那一干人。书中写他有一身好武艺，在外遇到薛蟠押送货物被一群强盗抢劫时，他凭一己之力赶跑了强盗。这不免引起人们怀疑他与那个强盗是一伙的，双方是在做戏。另外，之前他就曾经与宝玉说，他因为有事要出去躲个三年五载，这就说明他心里有事，是他做了强盗这事被人发现。

"金满箱，银满箱，转眼乞丐人皆谤。"贾府的财产曾成千上万，贾母房中装满金银首饰的箱子占满一墙，最高处要用梯子爬上才能够到。等到被抄家后，贾府的少爷小姐不是像宝玉一样乞丐般流落街头，就是选择出家的道路。

"择膏粱，谁承望流落在烟花巷！"家里人希望择佳婿而最终做烟花女的，指的是史湘云。87版电视剧《红楼梦》的编剧便是认同了这种观点。在最后一集中，宝玉偶然遇到了正在船上做妓女的湘云，两人抱头痛哭，却无可奈何。

"因嫌纱帽小，致使枷锁扛。"主要指贾雨村，他是一心想在官场上飞黄腾达而最终银铛入狱的典型。贾雨村结交权贵，大肆贪污受贿；在石呆子事件中设局，搞得人家家破人亡。此人最卑鄙之处是忘恩负义，为一己之利做尽毫无廉耻之事。在人生最盛之时，他曾被授予大司马，参与军事。然而，他最终因贪心不足而从高位跌落，应了秦可卿托梦中"登高必跌重"的那句话。

"昨怜破袄寒，今嫌紫蟒长。"是指贾兰、贾菌一干人。虽然在科考道路上有所成就，但是靠功名做官，随宦海浮沉，升黜无时，强夺苦争，始终处于兴奋和恐惧交替之中。

"乱哄哄你方唱罢我登场"脂批总收，即总结古今亿兆痴人共历幻场，此幻事扰扰纷纷，无日可了。

"反认他乡是故乡"是说那些为功名、利禄、娇妻、美妾、儿女、后世奔忙，而忘掉人生本源的人，好似是错将他乡当作故乡。

"甚荒唐，到头来都是为他人作嫁衣裳。"等到被抄家，满府积累多年的财产都"入官"充当"官产"，最后流入其他权贵之手，这时才发现，一生的努力都是为他人作嫁衣裳，是何等荒唐！

人世无常，一切都是虚幻。命运难以捉摸，谁也逃脱不了它的摆布。可世上的人们仍不醒悟，还在你争我夺，像个乱哄哄的戏台，闹个没完。这便是《好了歌》解注的大意，其基本思想就是本文开始时总结出的"否极泰来，盛极而衰；人生无常，世事难料；功名利禄如过眼烟云，劝人莫贪止欲"等。这篇解注比《好了歌》说得更具体、更形象、更冷峻无情。由于它处处作鲜明、形象的对比，忽阴忽晴，骤热骤冷，时笑时骂，有歌有哭，加上行文流畅，用词精炼，就使它具有比《好了歌》更强烈的感染力。细细咀嚼这段奇文才能体会出，曹雪芹对当时的人生和社会，做出的比喻是多么形象，讽刺地是何等辛辣！由于这个基本思想贯穿《红楼梦》全书，因此可以说，《好了歌》及甄士隐的解注是打开《红楼梦》的钥匙。

参考文献：
[1] [2] [3] [4] 曹雪芹，高鹗. 红楼梦 [M]. 北京：人民文学出版社，1964：19；179、180；349；146.

黛玉之灵

黛玉之灵的"灵"，有灵气、灵感、聪明、机敏、聪慧、有悟性几方面的意思，如宝玉说的"灵窍"。作者在第3回介绍黛玉时说她"心较比干多一窍"，这几个字不可忽视。比干，商纣王的贤臣，相传他有"七窍玲珑心"。古人认为心窍越多，人越聪明。因此，比干被认为是古代最聪明的人。黛玉比这个身有"七窍玲珑心"的古代贤臣的心还多一窍，她的聪明程度可想而知。小说和87版电视剧都描写到，黛玉六七岁时进贾府，玩一种"九连环"的儿童智力游戏，宝玉解了半天也解不开，但她琢磨了一会儿，三下两下就解开了，表现出她从小身上就充满一种异于常人的灵气。

能写出好诗词来，就充分反映一个人的灵气。

作诗填词是古代文人雅士的娱乐方式。做一首诗，填一阕词，是一件不容易的事。要想达到一定水平，甚至被众人评为上乘之作，那就是非常之难的事情了。古典诗词要按照一定的音节、声调和韵律的要求，用凝练而富于哲理的语言、丰富的想象来高度集中地表现社会生活和人的精神世界。在有限的字数内写出所抒发感情的人或事，需要高度凝练；除了韵脚、平仄还要考虑对仗、用典，这些还是一般要求。衡量一首古典诗词水平的高低的标准，除了语言美和形式美两大要点外，最重要的是意境美、立意新。近代著名学者王国维在《人间词话》中提出了"境界说"，认为诗词以境界为最上。有境界则自有高格，自有名句。诗词中有没有值得称颂的境界，这就关系到诗人身上是否有灵气，创作时是否有灵感。

黛玉、宝钗、湘云、宝玉、探春这些诗词高手在各种诗会上竞争作品高低，拼的已不是作品中对仗是否工整，用典是否贴切，主要比的是作品的意境是否深远，立意是否奇特。这取决于作者的艺术想象力，而艺术想象力的高低又取决于是否有灵感和灵气。运用在诗词中的这种想象力不仅奇特而且适度合理，就是优秀的作品。黛玉的诗词之所以被众人称赞，有几首还在诗会比赛中夺魁，就在于这些诗词不仅词语隽永清丽，而且立意不凡。

黛玉是大观园中真正的诗人。人们说愤怒出诗人，其实某种极端情绪也会造就诗人。她的情绪以悲伤为基调，这是最突出的。也正是在这种情绪中，她迸发出灵感，做出极富自身特点的诗词来。黛玉所做的诗词既多又好，而且随感随写，有些甚至信手拈来，在这一点上，大观园中没有任何人可以与之比肩。

一

黛玉在历次诗会上的诗作反映她的真正水平，是"黛玉之灵"的体现。

先看《咏白海棠》：

半卷湘帘半掩门，碾冰为土玉为盆。

偷来梨蕊三分白，借得梅花一缕魂。

月窟仙人缝缟袂，秋闺怨女试啼痕。

娇羞默默同谁诉？倦倚西风夜已昏。

黛玉写这首诗的气势都很不一般。别人写诗都是边思考边下笔，她则是在心中酝酿充分后，挥笔一气呵成。当时有些人已经写好，李纨便催问她，她道："你们都有了？"说着，"提笔一挥而就，掷与众人"。大家看到"半卷湘帘半掩门，碾冰为土玉为盆"这句，宝玉先喝起彩来，只说"从何处想来！"又看下面道："偷来梨蕊三分白，借得梅花一缕魂。"白海棠冰肌无瑕，定是偷来了梨花之蕊的三分白；它高洁淡雅，是借得了白雪梅花中的一缕魂。"偷来"对"借得"，"三分白"对"一缕魂"，显得工整又灵动。众人看了也都不禁叫好，说："果然比别人又是一样心肠。"又看下面道："月窟仙人缝缟袂，秋闺怨女拭啼痕。娇羞默默同谁诉，倦倚西风夜已昏。"像天上嫦娥穿着自制的素衣，经雨带露后又像闺中女子擦拭脸上挂着秋思的泪痕，显然这里表现出白海棠的幽怨、悲哀的神态，是黛玉自己心事重重、无人可诉处境的真实写照。这首诗用的是象征手法，不仅意境美，而且想象奇特，令人惊叹。作诗能否做到"语出惊人"，是衡量诗词高低的一个重要的审美标准。黛玉作品每每出现令人惊奇的语句，反映她具有驾驭语言的天赋和灵感。

虽然黛玉这一首《咏白海棠》被评为第二，实际上它与宝钗的那首各有千秋，在诗词艺术上还略胜一筹呢。

在中国传统文化中，菊花是世人对抗现实俗世的一个重要象征。黛玉在菊花诗会所做的三首诗，不仅道出了自己孤高傲世的品性，而且还尽展才华，将诗的意境提到令人惊叹的地步。在这场赛诗会上，她大显身手，将毕生才气展现得淋漓尽致！三首咏菊花诗夺魁，她一人独揽前三名。

先看《咏菊》：

> 无赖诗魔昏晓侵，绕篱欹石自沉音。
>
> 毫端蕴秀临霜写，口齿噙香对月吟。
>
> 满纸自怜题素怨，片言谁解诉秋心？
>
> 一从陶令评章后，千古高风说到今。

一种着魔般的强烈诗兴从早到晚纠缠着我，只好绕竹篱，倚山石，对着菊花独自沉思吟诵。笔尖饱含俊逸的才思和辞藻，迎霜把秋菊描写，口中含着秋菊的清香，仰对明月把秋菊吟咏。菊花的秋怨写满稿纸，可满纸秋怨只能自怜。感秋而生的忧愁即使片言直语要倾诉，可懂的人能有几个？菊花自经陶渊明的品评后，千年来高尚的品格一直被人称颂。

"毫端蕴秀临霜写，口齿噙香对月吟"是这首诗当中最精彩的两句。口中咀嚼、回味着菊花的清香，对着月亮吟诵菊花诗，这的确是一种很美的意境。人美、花美、景美、情美、诗美，合诸美于两句诗中，构思新颖，造句巧妙，确实是精彩的咏菊诗句。诗中遣词也很巧妙：传统概念中，秋叫"素秋"，素怨即秋怨。"素怨"对"秋心"，不仅对仗工整，而且词意相扣；而"秋心"两个字合起来则组成"愁"字。此诗的妙意在于，它在最后将陶渊明爱菊、品菊的典故信手拈来，表达出自己和先贤陶公一样，具有清高孤傲，不为世俗所沾染的品质。

再看《问菊》：

> 欲讯秋情众莫知，喃喃负手叩东篱。
>
> 孤标傲世偕谁隐，一样花开为底迟？
>
> 圃露庭霜何寂寞，鸿归蛩病可相思？
>
> 休言举世无谈者，解语何妨片语时。

我想询问秋菊的情怀，可是无人能答，于是倒背双手，口中喃喃自语向菊花叩问。你生性孤高，傲世俗尘，谁能跟你一起隐居；一样开花，你为什么开得这么迟？园圃露冷，庭院霜寒，这里何等寂寞；鸿雁南归，蟋蟀悲鸣，还有谁可以寄托相思之愁？休要说人间没有谈话者，如果你会说话，解人意，我们不妨谈几句也好。

"孤标傲世偕谁隐，一样花开为底迟？"这两句是诗中最精彩之处。"偕谁隐"，当然是同高人逸士一起隐居，"为底迟"，暗指菊花不趋时，不从众。湘云看到这句时，言道："偕谁隐，为底迟，真个把个菊花问的无言可对。"[1]"圃露庭霜何寂寞，鸿归蛩病可相思？"这两句的意境尤为奇特。鸿雁、蟋蟀、菊花这三者是秋天的象征物。到深秋时，鸿雁飞往温暖的地带，蟋蟀也受不了霜寒，叫声愈发微弱。两个陪伴者都将相继离去，就剩下菊花留在这寒冷的寂寞之地了，你还有谁可以寄托相思之愁？真是问到了菊花的痛处！

最后诗人竟然安慰起寂寞的菊花来了，言道，不要说人间没有谈话者，如果你会说话，解人意，我们不妨谈几句也好。不仅立意巧妙新奇，还表现出一种达观精神，而这种达观精神却是她身上不常出现的。

最后看《菊梦》：

> 篱畔秋酣一觉清，和云伴月不分明。
>
> 登仙非慕庄生蝶，忆旧还寻陶令盟。
>
> 睡去依依随雁断，惊回故故恼蛩鸣。
>
> 醒时幽怨同谁诉，衰草寒烟无限情。

　　秋菊在篱畔酣睡一场，梦境也清雅不俗。梦到升上天，迷离恍惚，好像伴着云，又似乎随着月。登临仙界不是羡慕当年庄子在梦中化蝶，而是为和旧友陶渊明重逢再续前缘。菊花依恋地随着归雁声入梦，可恼人的蟋蟀鸣叫声屡屡使之惊梦。梦醒之后的菊花满腔幽怨向谁诉说呢，眼前只有满目秋色，衰草寒烟。

　　黛玉选择《菊梦》相当大胆，因为写一种花——秋菊入梦可说是意境新奇。要把它写好，真是困难重重。然而黛玉却举重若轻，把个秋菊梦境写得清雅不俗：它不是梦到庭院中那些熟悉的事物，而是梦到自己飞上天，和云伴月，去寻找与自己有千年情缘的陶渊明，这是多么奇特的联想啊！秋菊深秋时的两个朋友，一个鸿雁，菊花依恋地随着它的叫声入梦，似乎雁声越远，入梦越深；另一个蟋蟀却不停地打断它的好梦，让它恼怒。这种意境又是多么有趣！

　　黛玉这三首最突出的特色在于，她咏叹的不是一般的菊花，而是孤标傲世、文学意象上的菊花，是千古隐士陶渊明东篱下的菊花，跟她自己在气韵、格调上能够相通的那一丛菊花。

　　最后李纨公布菊花诗会的比赛结果，说今日公评："《咏菊》第一，《问菊》第二，《菊梦》第三，题目新，诗也新，立意更新，恼不得要推潇湘妃子为魁了。"这得到众人的赞同。

　　李纨肯定黛玉这三首诗"题目新，诗也新，立意更新"，以此确定了这三首诗的排名次序。然而，意境也有深浅、高低之别。从这三首诗的意境上说，本人倒认为排列顺序应该是：《问菊》第一，《菊梦》第二，《咏菊》第三。

　　再看她填的《唐多令》柳絮词：

　　粉堕百花洲，香残燕子楼，一团团逐队成球，漂泊亦如人命薄，空缱绻，说风流，草木也知愁！韶华竟白头，叹今生谁舍谁收！嫁与东风春不管，凭尔去，忍淹留！

　　百花洲上的柳絮像粉一般地随风飘落，燕子楼中杨花的芬香依然残留。一团团洁白的柳絮相互追赶着，结对成球，漂泊不定就像人那样命苦，难分难合也无用，再不要说过去的风流。草木好像也知忧愁，这样年轻怎么就白了头？可叹这一生，谁舍弃了你，谁又把你收留？跟着东风走，春光也不管，任凭你到处漂泊，怎忍心让你长久地在外滞留。

上半阕首句"粉堕百花洲，香残燕子楼"，起句就不凡，对仗精细，含带双典，平仄合理、和谐："粉"对"香"，"堕"对"残"，"百花洲"对"燕子楼"，难怪读起来感到如此富有韵律，朗朗上口！百花洲，乃当年吴王夫差带着西施泛舟游乐之地。燕子楼之典故为，徐州刺史张愔宠爱名伎关盼盼，张愔死后，关盼盼感念其旧情，独居燕子楼十余年，最终抑郁而亡。这两句不仅引用两个典故，而且暗示春天将尽，使人很容易联想到西施、关盼盼这类美貌女子的死亡。

下半阕语带双关更为明显。柳絮没有知觉，也知人间的愁苦；正当青春就白发满头，是谁抛弃了它？又有谁能收留它呢？春天对柳絮不闻不问，任凭它被东风带走，在外飘荡，久久不归。从它的颜色，写它知道人间的苦难，白了少年头；又从飘飞不定的特点，写它被春天舍弃，在风中飘荡，找不到归宿。无所依，没人管，正是黛玉自身的写照。黛玉巧妙地通过对柳絮的吟咏，抒发对自身未来命运的预感。全词以拟人化的手法抒写了内心的孤独与悲伤，凄楚哀婉，感人至深。写柳絮的漂泊，竟用了"嫁与东风，春却不管"的奇妙想象，表现出黛玉式的灵气，令人拍案称奇。

二

黛玉在各种即兴场合下做的诗，又快又好，充分反映了她的灵气。

在元妃省亲时，黛玉偶然替宝玉写了一首诗。她下手速度极快，充当"枪手"的水平令人称绝。

黛玉诗才未展，正在遗憾，见到宝玉写完三首诗后，江郎才尽，便在元妃的眼皮底下帮宝玉写第四首《杏帘在望》。她"低头一想，早已成一律"："杏帘招客饮，在望有山庄。菱荇鹅儿水，桑榆燕子梁。"第一句把题目的四个字拆开，分别嵌入两个分句，看起平淡，却很巧妙。"浣葛山庄"本是个人造山庄，哪里会有真正种田的事，她也不戳破，而是顺水推舟地写："一畦春韭绿，十里稻花香。"自然不造作，应景却巧妙。虽然"春韭绿""稻花香"不在一个季节，但她"糅合"得好，让人看不出什么破绽。"盛世无饥馁，何须耕织忙。"还把耕织与盛世联系在一起，让元妃看了高兴，这体现了她的聪慧。这里应强调的是，宝玉要交给元妃的是四首诗，这首《杏帘在望》要与前三首混在一起，诗的风格必须一致，这就要求她必须模仿宝玉作诗。从这首诗的整体来看，她完成得非常漂亮，这就说明在这一极短的时间内，她在意念中下足了功夫：抛开多愁善感的潇湘妃子，扮演潇洒俊雅的怡红公子。全诗都是模仿宝玉的写诗风格来做诗，写得轻松自如，诗也就自然流畅。原稿掷到宝玉手里，宝玉一看，感到比自己所做的三首高过十倍！此外，陶渊明、王维一向是她推崇的大诗人，这首诗明显有这两位诗人清新、自然的风格。元妃看过没有产生一丝疑问，还夸奖最后一首《杏帘在望》做得最好，为前三首之冠，并将"浣葛山庄"改为"稻香村"。可见，黛玉偶尔调皮，充当"枪手"的水平极高，在极短的时间内，又要应景写诗，又要转变角色，还要兼顾诗风，大观园中再找不出她这样浑身上下充满灵气的人。

中秋夜，黛玉和湘云在凹晶溪馆旁的池塘边赏月联诗，其中出现了很多佳句。湘云起："分曹尊一令"，意为尊令官一人之命，分出对手，行射覆等酒令。黛玉接："射覆听三宣"，完全符合上句的要求，对得毫无瑕疵。这里，她们二人是翻用了唐代诗人李商隐的"隔座送钩春酒暖，分曹射覆蜡灯红"的诗句，翻得自然，毫无造作之痕迹。多轮之后，接近收尾，湘云看到一只仙鹤飞过池塘水面，便吟出上句："寒塘渡鹤影"，黛玉见对方用"寒塘渡鹤"如此自然、现成、有景、新鲜的词语，并且最后一个"影"字，只有一个"魂"字可对，沉思良久，猛然说出："冷月葬诗魂。"这十个字是说，秋夜寒塘掠过飞鹤的身影，清冷的月光埋葬了诗人的精魂。湘云拍手赞道："果然好极！非此不能对。"又叹息道："诗固然新奇，只是太颓丧了些，你现病着，不该做此过于清奇诡谲之语。"她笑道："不如此如何压倒你。"[2] 湘云说的上联，占尽了优势，把她逼进联诗的死角。然而，黛玉终究是黛玉，她完美地对出了下句，显示了大观园

"第一诗人"的灵气和聪慧。"冷月葬诗魂"五个字实际是预示自己凶险命运的诗谶，她也毫不避讳，一心只考虑如何能在诗才上压倒对方。因此可以说，这句诗是她不惜拼着自己的生命做成的。

在为宝玉庆生的行酒令游戏当中，黛玉也表现得毫不逊色。在脑海中成百上千的古诗词中，即兴拈出适当的诗句来应对，还要贴切，黛玉这种本领和灵气在众姐妹中十分突出，令人惊叹。

一次行酒令，按照湘云的规定，酒面要一句古文，一句旧诗，一句骨牌名，一句曲牌名，还要一句皇历上的话，总共凑成一句话，酒底要关人事的果菜名。要说出这一连串的诗文都很难，更不用说还要求这几部分凑成一句话，形成一个意境、气氛都一致的整体，这无疑是对一个人文史知识和随机应变能力的综合考验。宝玉见状，知难而退，黛玉便自告奋勇代替，只见她款款道出：

"落霞与孤鹜齐飞，风急江天过雁哀，却是一只折足雁，叫的人九回肠，——这是鸿雁来宾。"

"落霞"句出自唐代王勃《滕王阁序》："落霞与孤鹜齐飞，秋水共长天一色。"

"风急"句出自陆游诗"风急江天无过雁，月明庭户有疏砧"，是反用其意而作。

"折足雁"是骨牌名。

"九回肠"是曲牌名，是愁极之词。

"鸿雁来宾"是旧时皇历上的话。

这一酒面联得极妙，各个组成部分都有密切关系：作为酒面中的主体，野鸭、大雁等飞禽，在风急江天的恶劣天气下飞行，大雁发出哀鸣，雁折足令人九回肠，终飞到栖息之地。整个气氛高度一致，充满悲哀，苍凉。

众人又等黛玉说酒底，只见她不慌不忙捏了一个榛瓤，说酒底道："榛子非关隔院砧，何来万户捣衣声？"[6] 榛子并非是隔壁院子里的砧板，怎么会有捣衣的声音呢？以捣衣砧声喻怀人愁绪，出自李白《子夜吴歌》："长安一片月，万户捣衣声。"榛子又可暗谐"虔子"，即一片挚诚、忠贞之意。黛玉在这里完成酒令任务的同时，又抒发了自己的真心不被旁人理解的情感。

三

黛玉还具有"灵心慧性"，能悟出有关"道、佛"这类常人不能悟的事情，并巧妙应对之。

宝玉与袭人等在闹别扭时，无聊中看到《南华经》中的一段文字，便趁着酒兴，顺着庄子的意思，提笔续什么"焚花散麝，而闺阁始人含其劝矣；戕宝钗之仙姿，灰黛玉之灵窍，丧灭情意，而闺阁之美恶始相类矣。彼含其劝，则无参商之虞矣；戕其仙姿，无恋爱之心矣；灰其灵窍，无才思之情矣。彼钗、玉、花、麝者，皆张其罗而邃其穴，所以迷惑缠陷天下者也"。意思是说：赶走袭人，辞掉麝月，女子们才会收敛对我的劝勉；毁掉宝钗的美容雅姿，灭掉黛玉的灵性，蔑灭对她们的情意，那么今后闺阁之中所有人都一样，也就没有美丑的区别了。让她们打消劝勉的念头，就没有了相互闹矛盾的担忧；毁掉宝钗的美容雅姿，便没有贪恋爱慕她的心意；灭掉黛玉的灵性，就没有对她才华的倾慕之情。如宝钗、黛玉、袭人、麝月，她们都张开罗网，挖好陷阱，用声色迷惑人，使天下人都落入罗网陷阱。

谁知黛玉随后来到他房中，翻动案上的书文，看到宝玉所续庄子《南华经》之处，不觉又气又笑，不禁也提笔续了一绝云："无端弄笔是何人？剿袭《南华》庄子文。不悔自家无见识，却将丑语诋他人！"[3]虽然类似打油诗，却是诙谐、流畅，句句在理，反映她写这类诗文同样文思敏捷。

黛玉不但会写涉及佛学的诗，还会说禅对偈，这种功夫非常人所有。这体现她对佛学不仅理解得通透，还反应机敏。宝玉因为和黛玉等人闹别扭，又气又悲，提笔立占一偈云："你证我证，心证意证。是无可证，斯可云证。无可云证，是立足境。"大意是说，双方都想从对方得到真实感情的印证，反而不断增添烦恼；只有到了灭绝情谊，无须再验证时才谈得上感情上的彻悟；到了一切归空，什么都无须验证之时，才是真正的立足之境。黛玉看后道："你那偈末云，无可云证，是立足境，固然好了，只是据我看，还未尽善。我再续两句在后。"便云："无立足境，是方干净。"是说，连立足之境都没有了，那才是真正干净了。宝钗赞同："实在这方悟彻。"

最能表现黛玉之灵的，是黛玉见宝玉刚接触到佛教便自以为"悟到"而陷入痛苦，为了让他知难而退，从中自拔，便想好对策，以偈子式的语言责难他。书中写道，她和宝钗、湘云过来见了宝玉，黛玉笑道："宝玉，我问你：至贵者宝，至坚者玉。尔有何贵？尔有何坚？"宝玉一时愣住了，竟不能回答，她们便嘲笑宝玉说"这样愚钝，还参禅呢！"[4]据称，脂砚斋在此批语，称拍案叫绝，说大和尚来答此机锋，想亦不能答也；非颦儿，第二人无此灵心慧性也。连佛学深厚的高僧都不能对的机锋，宝玉如何能对呢？可见，黛玉对佛学也很通，随口就可问出机锋甚利的话语。此后宝钗为配合她，又讲出南宗六祖慧能那一首偈："菩提本无树，明镜亦非台，本来无一物，何处染尘埃？"黛玉见宝玉被说动，让他以后再不许谈禅了，便说："连我们两个人所知所能的你还不知不能呢，还去参什么禅呢！"宝玉自以为觉悟了，不想被黛玉一问，便不能答，宝钗又拿出佛教弟子记录高僧思想言论的著名"语录"来警示他，自己想："原来她们比我的知觉在先，尚未解悟，我如今何必自寻苦恼。"便笑道："谁又参禅，不过是一时的玩话儿罢了。"

由于对佛禅有较高的"参悟力"，黛玉对身旁任何事物都异常敏感，有着不同常人的悟性。一次她走到梨香院旁，听到墙内笛韵悠扬，歌声婉转，知是那十二个小戏子在演习戏文。起初，她并未留心去听，偶然有两句吹到耳边，却明明白白，一字不落："原来姹紫嫣红开遍，似这般都付与断井颓垣。"她听了，倒也十分感慨缠绵，又侧耳细听："良辰美景奈何天，赏心乐事谁家院！"听到这两句，她不觉点头自叹，自思道："原来戏上也有好文章。可惜世人只知看戏，未必能领略这其中的趣味。"又听唱道："则为你如花美眷，似水流年"这两句，不觉心动神摇。及至听到"你在幽闺自怜"等句，越发如醉如痴，站立不住，便细细咀嚼"如花美眷，似水流年"八个字的滋味。

大多数人听到《牡丹亭》这几句唱词，一般都会产生唱词精美、曲调悦耳的感觉，并不会深思其中的意味。黛玉初次听到这几句并不见诸书面文字的唱词，便十分感慨，并能领略其中的含义：满园代表春色的万紫千红的景象却无人欣赏，白白地赋予了断井颓垣；反映美和丑的对立在世上无处不在；世上即便一时出现某种美好的事物，必然会有一种丑恶的事物与之对立，冲淡甚至扼杀它。正因为如此，良辰、美景、赏心、乐事"四美难并"，美好的事物往往不能长久，甚至转瞬即逝。黛玉细细咀嚼"如花美眷，似水流年"八个字的滋味，表明她悟出自己也有类似杜丽娘那样的哀伤惆怅：年少貌美，却终身难定；时光如流水般地逝去，空负了大好青春！

教香菱学诗，也体现黛玉之灵。一个人有某种技能，不一定就教授得好。黛玉会写诗，更会凭着灵性教人。为了增强香菱学诗的信心，她先把学诗说成很轻松的事情，说："什么难事，也值得去学！"接着讲诗的结构，"不过是起承转合，当中承转是两副对子，平声对仄声，虚的对实的，实的对虚的"。最后强调"词句究竟还是末事，第一立意要紧，若意趣真了，连词句不用修饰自是好的，这叫作不以词害意"。黛玉深入浅出，用最通俗的语言和比喻，说明白了学诗的起码要求。接着她又让香菱大量熟读王维、杜甫、李白的诗，按自己画圈的优先读。最后还不忘鼓励自己这个学生："你又是一个极聪敏伶俐的人，不用一年的功夫，不愁不是诗翁了！"此后，这个"慕雅女"按照她交代的方法，潜心苦读，作诗水平日益提高。

对照湘云，就可以看出黛玉是个充满灵气的好老师了。虽然湘云作诗水平也很高，是大观园中仅次于黛玉、宝钗的才女，但是她却不懂教授之道。见到香菱学诗，她便恨不得把自己肚子里作诗的学问都一股脑倒出来，这里一句，那里一句，教得杂乱无章，把个香菱弄得云遮雾罩，却终不得要领。难怪宝钗笑道，我实在聒噪的受不得了，一个香菱没闹清，又添上湘云这个话口袋子，满口说的是什么"杜工部之沉郁，韦苏州之淡雅"等，最后取笑她们道："呆香菱之心苦，疯湘云之话多。"

第23回"西厢记妙语通戏语"写宝玉和黛玉两人偷看禁书，黛玉看得入迷，一顿饭工夫，就把《北西厢》16出都看完了。这时宝玉开始得意忘形，套用戏文中的词句道："我就是个多愁多病身，你就是那倾国倾城貌。"黛玉听后，顿时微腮带怒，薄面含嗔，指着宝玉说："你这该死的胡说，好好的把这淫词艳曲弄了来，还学了这些混话来欺负我。"这表明她立即明白宝玉称自己是张生，而把她比作莺莺，用戏文来比喻两人之间的关系。宝玉一番发誓诅咒般地道歉后，黛玉嘲笑他原来是"苗而不秀"，是个"银样镴枪头"。宝玉抓住她也说过戏文里的话，便称自己也要告诉大人去，她笑道："你说你会过目成诵，难道我就不能一目十行么？"

这里还表现出，黛玉对与宝玉感情的前景异常敏感。她没有父母为其在婚姻上做主，需要听从贾母和舅舅的安排，心中就算有万千语言也只能靠作诗抒发，不敢明言。然而，黛玉在爱情问题上又很勇敢，在得到宝玉的两条旧手帕后她大胆写下"题帕三绝句"，毫不扭捏地表明心迹。她的勇敢需要宝玉亦步亦趋地配合，宝玉却做得不如她所愿，尤其是自己刚才对他一吓，他就露出了原形。见到宝玉这种样子，黛玉便借用书中的词语，说"呸，你原来是'苗而不秀'，是个'银样镴枪头'"来讥讽他在感情上畏首畏尾。这两个形象的比喻，表现出她具有驾驭语言，快速回击的灵气，同时又是她试出宝玉的性情后给出的中肯评价。

黛玉身上还有一些特性，也反映其充满灵气。

影射、嘲笑人不显粗俗却显高雅。

"听曲文宝玉悟禅机"中，写众人看戏时，宝钗点了一出《山门》——《水浒》中鲁智深醉打《山门》，并向宝玉推荐说，自己最喜欢这出戏当中的一首《寄生草》。宝玉听宝钗背完那首《寄生草》，喜得拍膝摇头，称赞不已，又称赞宝钗无书不知。黛玉这时把嘴一撇道："安静看戏罢，还没唱《山门》，你倒《妆疯》了。"说得湘云也笑起来。《山门》《妆疯》分别是两出戏的戏名，把它们巧妙地连在一起，是影射宝玉刚才的行为。

骂人不带脏字却妙趣横生，有的场景居然还引经据典，也是黛玉独有的本事。

在一次宴请上，刘姥姥喝了几杯酒，不禁手舞足蹈起来时，小说第41回有如下描写：

宝玉因下席过来向黛玉笑道："你瞧刘姥姥的样子。"黛玉笑道："当日圣乐一奏，百兽率舞，如今才一牛耳"。众姐妹都笑了。

黛玉这里嘲弄刘姥姥为"牛"，其实以"刘"为"牛"并非是她的发明，而是来自刘姥姥的自比"老刘老刘，食量大如牛……"的首次逗笑。而她借"圣乐一奏，百兽率舞"之典故，嘲笑刘姥姥酒后的姿态，是"如今才一牛耳"。这体现出她"促狭鬼"的刻薄，也让人领教到她文思的敏捷。

后来"母蝗虫"的比喻也与此一脉相承。黛玉说"他是哪一门子的姥姥，直叫他是个母蝗虫就是了"。还让惜春画画时千万别忘了画一幅《携蝗大嚼图》，主角就是逮什么吃什么、丑态毕露的刘姥姥。众人大笑，宝钗还夸他骂得有创意："更有颦儿这促狭鬼，他用春秋的法子将市俗的粗话，撮其要，删其繁，再加润色比方出来，一句是一句，这母蝗虫三字，把昨儿那些情景都现出来了。亏他想的到也快。"[5]文笔深隐曲折，意含褒贬为春秋笔法。宝钗这里用"春秋的法子"这个词，虽有夸张之意，但也反映黛玉话词简练，含义丰富，损起人来既刻薄又形象。"亏他想得倒也快"，自然是说她反应敏捷。

黛玉可以随时随处视情景说出历史上有名的诗句，运用成语或典故又快又贴切。

在大观园乘船时，宝玉看到满湖残败的荷叶说，应该把这些拔掉，黛玉听到后，说自己最不喜欢李义山的诗，只喜他这一句："留得残荷听雨声。"宝玉道，果然好句，也改主意不让拔了。

"风雨夕闷制风雨词"中写道，雨夜天，黛玉送宝玉走，令人取来玻璃绣球灯让他带上。宝玉担心摔坏，她却说，就算丢手打掉也无妨，怪他怎么"变出这剖腹藏珠的脾气来!"宝玉听说连忙接了过来。"剖腹藏珠"的意思是为物伤身，轻重颠倒，黛玉用在这里极为妥帖，表现出对宝玉的关爱。

第51回，薛宝琴将自己昔日所经过的各地古迹为题，做了十首怀古绝句作为谜面，内隐十物。众人看了都称奇妙，宝钗先说道，"前八首都是史鉴上有据的，后二首却无考，我们也不大懂，不如另做两首为是。"黛玉忙拦道："这宝姐姐也忒胶柱鼓瑟，矫揉造作了。"连用两个成语，反驳其不知灵活变通的意见。[6]

通过宝玉对潇湘馆的命名，反映出作者对黛玉身上这股灵气的肯定。对潇湘馆，宝玉题为"有凤来仪"。这四个字，典出《尚书·益稷》："箫韶九成，凤凰来仪"。箫韶是舜帝所制的音乐，音乐起时，美妙动听，把凤凰都引来了。在宝玉心目中，黛玉是降落在人间的凤凰，是人中龙凤，潇湘馆在他眼中"龙吟细细，凤声森森"，也是呼应此意。再考虑到，能感天地之灵的宝玉说女儿是水做成的，而泉水独进潇湘馆，意味着黛玉是大观园众女儿中最具有灵气的女子。

参考文献：

[1][2][5][6] 曹雪芹，无名氏.红楼梦［M］.北京：人民文学出版社，2008：543；262；599；728.

[3][4] 曹雪芹，高鹗.红楼梦［M］.北京：人民文学出版社，1964：242、243；255、256.

谁是大观园中最有学识的姑娘

大观园中生活着一群妙龄少女，她们当中谁是最有学识的姑娘呢？

"学识"，通俗地说，是指一个人知识和修养等方面的才能，其内容应包含文才、生存处事能力和思想境界等。本人认为，从学识所包含的这三方面内容来看，大观园中最有学识的姑娘当属薛宝钗。

一

宝钗作诗填词的水平，与浑身充满诗才灵气的黛玉不相上下。贾元春在省亲之际看完众人的应制诗后，评价道："终是薛林二妹之作与众不同，非愚姐妹可同列者。"

先选出她的两首诗作一番评析。

《咏白海棠诗》：

> 珍重芳姿昼掩门，自携手瓮灌苔盆。
> 胭脂洗出秋阶影，冰雪招来露砌魂。
> 淡极始知花更艳，愁多焉得玉无痕。
> 欲偿白帝宜清洁，不语婷婷日又昏。

因珍重花容而致白昼也掩门，用手瓮盛水亲自浇灌。秋阶之上映有洗去红粉的白海棠淡雅的姿影，露水未干的台阶招来它冰雪般素洁的精魂。白海棠经洗后颜色淡极，方显娇艳的本色，她娇艳含露却不忧愁，否则怎么会白得像没有瑕疵的玉一样呢。愿以清洁之身回报秋帝雨露化育之恩，她窈窕美丽，默然不语，迎来又一个黄昏。

"胭脂洗出秋阶影，冰雪招来露砌魂。"可以说是用最美的词语刻画最美的花朵，不仅立意高，而且用词精美，对仗整齐。"淡极始知花更艳"，这正是宝钗性爱淡雅，端庄矜持的自我写照。

在众人看完这首诗后，李纨笑道："到底是蘅芜君。"言辞中充满对这首诗的赞赏。黛玉做完自己的《咏白海棠》之后，李纨评论道："若论风流别致，自是这首；若论含蓄浑厚，终让蘅稿。"这得到探春的赞同。

在众人填柳絮词之前，宝钗曾叙述其创作意图，说："柳絮原是一件轻薄无根无绊的东西，然依我的主意，偏要把他说好了，才不落套。"[1]请看这一首《临江仙》如何表现她的这种意图：

> 白玉堂前春解舞，东风卷得均匀。蜂团蝶阵乱纷纷。几曾随逝水，岂必委芳尘。万缕千丝终不改，任他随聚随分。韶华休笑本无根，好风凭借力，送我上青云！

被春风吹散的柳絮在白玉堂前起舞翩跹，东风漫卷，它舞姿优美，匀称有度，不像成群的蜜蜂和蝴蝶那样排列得繁乱纷扬。飞絮何曾随春水随波流去，又何必委弃在清香的泥尘。任由柳絮四处飘荡，时聚时离，也仍不改无牵无系、随缘自适的初衷。春光呵，不要笑我柳絮无根、无柢、无依附，愿借东风的力量，把我送上九霄的青云！

开头一句就已非同凡响："白玉堂前春解舞，东风卷得均匀。"湘云听到这第一句便称赞道："好一个东风卷得均匀！这一句就出人之上了。"[2]柳絮飘飞的地点，已不是黛玉笔下那触目愁肠的"百花洲"和"燕子楼"，而换成了充满富贵气象的"白玉堂前"，即贵族家庭的住宅里；柳絮飘飞成欢快轻盈、均匀优美的舞姿，流露出作者一种欢愉的欣喜之情，已没有黛玉词中那种"空缱绻，说风流"的幽恨。"几曾""岂必"的反问句式，写柳絮不愿意随波逐流、飘坠尘埃，正为下面抒写柳絮直上青云的心愿巧妙地埋下了伏笔，更侧重于抒写柳絮的情志。"万缕千丝终不改，任它随聚随分"，细腻地体现了柳絮尽管四处飘飞，仍无牵无系、随缘自适的旷达襟怀。由于有了这层情志的铺垫，因而在词的最后几句，词人便直接地抒写了柳絮凭借东风扶摇直上的远大志向，这样便使整阕词的主题得到了升华。这阕词虽然也描写春光里柳絮飘飞的景象，却一反前面几首词作中那种缠绵悱恻的情调，而变为开朗乐观、积极向上的情绪，艺术性、思想性皆可称精湛，是作者思想情操、眼光境界等在诗词中的体现。在贾府充满萎靡不振的气氛下，宝钗以柳絮勉励自己，并鼓励兄弟姐妹们振作精神，也应该说是具有一定的积极意义，把这说成是她个人野心的暴露，实在是荒唐之言。

这首词作显然是受南宋洪迈《夷坚甲志》一则《侯元功词》启发、影响的。侯元功，年长貌丑，当地人对他多有轻慢。有轻薄子弟把他的头像画在风筝上，他见到不但不恼，反而大笑，作《临江仙》抒发情感，其中有句为："无端良匠画形容，当风轻借力，一举入高空。才得吹嘘身渐稳，只疑远赴蟾宫。雨余时候夕阳红，几人平地上，看我碧霄中。"侯元功坚持不懈地学习，到五十多岁终于蟾宫折桂，考中进士。曹公为宝钗写这段词时，翻用侯蒙词中咏叹风筝的"当风轻借力，一举入高空"两句，意寓宝钗是看过此书并记得很清楚，逢到机会便翻用之，体现其博览群书还能够灵活运用的才能。

芦雪庵联诗中，由于湘云一直在抢，黛玉破了规矩，宝钗联句的机会较少。即便是有限的几句，也堪称经典之句。如宝玉起"何处梅花笛？"宝钗接"谁家碧玉箫？"对仗工整，意趣盎然。宝钗起"皑皑轻趁步"，黛玉接"翦翦舞随腰"。黛玉起"沁梅香可嚼"，宝钗接"淋竹醉堪调"。两人像武林高手对决，难分高下。

在大观园试才，元妃令众人作诗时，宝钗见到宝玉诗中有"绿玉"的字样，她知道元妃不喜欢"绿玉"二字，就提醒宝玉应该把"绿玉"的"玉"改作"蜡"。宝玉问"绿蜡"可有出处？她随口说出唐代钱翊咏芭蕉诗的首句"冷烛无烟绿蜡干"，让宝玉佩服之至，称她为"一字师"。在作诗上，如何自由发挥，不受诗词形式的限制方面宝钗也有独到见解。在深夜拟定菊花题目时，湘云问该如何限韵，她言道："我平生最不喜限韵的，分明有好诗，何苦为韵所缚。咱们别学那小家派，只出题不拘韵。原为大家偶得了好句取乐，并不为此而难人。"这得到湘云的赞同。

宝钗的诗词大部分都是在诗会比赛以及"应制"时作的，很少是自己独处时有感而发的自由创作。其数量明显不如黛玉的多，但质量很高，她的诗词在大观园众姐妹中始终处于一流水平。更重要的是，作诗填词是黛玉抒发内心忧愁、寄托哀思的方式，是她生活中不可缺少的内容；而宝钗却没有把此事当作日常的要务，反而认为作诗填词并非女子的分内之事。一个是全心全意地作，另一个是漫不经心地作，却可以达到与前者不相上下的水平，可见其文才之高。

宝钗博闻强记，具有丰富的文史知识。

第51回，薛宝琴将自己昔日所经过的各地古迹为题，做了十首怀古绝句作为谜面，内隐十物。众人看了都称奇妙，宝钗先说道，前八首都是史鉴上有据的，后二首却无考。[8] 以往人们只重视黛玉和李纨不同意她认为后两首是无考，应当重新做的意见，却没有注意到宝钗"先说道"这三字包含的意思。这是说，宝钗仅仅看了一遍，马上认定前八首是历史书上有记载的事件，后二首是杜撰出来的地名和事件。

前八首中《赤壁怀古》《淮阴怀古》《马嵬怀古》，因为地名太明显，与此相关的事件广为人知，但是另外几首所包含的信息，就不是那么著名了。

"《交趾怀古》：铜柱金城振纪纲，声传海外播戎羌。马援自是功劳大，铁笛无烦说子房。"从交趾、铜柱、马援三个关键词中，宝钗得知这说的是东汉马援剿灭交趾郡"二征起义"的历史事件。

"《钟山怀古》：名利何曾伴女身，无端被诏出凡尘。牵连大抵难休绝，莫怨他人嘲笑频。"钟山，南京的紫金山。南京，六朝故都。南朝刘宋曾在钟山西岩下筑室，称招隐馆。此后一些名人在此做隐士。曾有人作文讽刺隐士贪图官禄的虚伪情态，但未必属实。这些都不属于历史上的著名事件，宝钗能够从钟山怀古的名称以及四句话中得知大体事由，需博览群书方可。

"《广陵怀古》：蝉噪鸦栖转眼过，隋堤风景近如何？只缘占尽风流号，惹得纷纷口舌多。"尽管关键词只有两个，广陵、隋堤，宝钗却能得知，这是隋炀帝开通运河之后，大臣虞世基请于扬州运河堤上栽树之典故。

"《青冢怀古》：黑水茫茫咽不流，冰弦拨尽曲中愁。汉家制度诚堪笑，

樗栎应惭万古羞。"关键词只有青冢，加上汉家二字，宝钗便判定为王昭
君之墓。

"《桃叶渡怀古》：衰草闲花映浅池，桃枝桃叶总分离。六朝梁栋多如
许，小照空悬壁上题。"关键词只有桃叶渡、小照，宝钗便能得知，这是
王献之与其妾桃叶在渡口分别的典故。

薛宝琴因少年时就随父亲四处游历，见多识广，小小年纪就写下十首
怀古绝句，着实让人佩服。然而她的堂姐宝钗用很短时间就认定了其中八
首的历史背景，并判定其他两首说的是戏剧《西厢记》和《牡丹亭》。没
有丰富的文史知识和强闻博记的本领，是根本做不到的。

一次，宝玉无意中说宝钗像杨贵妃，引起她的激烈反应。随后黛玉问
她听了两出什么戏？这时宝钗情绪已稍稳定，便顺势笑道："我看的是李
逵骂了宋江，后来又赔不是。"宝玉这时表现得很呆，没有听出这句话的
讥讽之意，还说道，姐姐"怎么连这一出戏的名字也不知道，这叫《负荆
请罪》"。宝钗笑道："原来这叫作《负荆请罪》！你们通今博古，才知道
'负荆请罪'，我不知道什么是'负荆请罪'！"一句话还未说完，宝玉、
黛玉二人心里有病，听了这话，早把脸羞红了。[3]原来，宝钗一连说的三
个"负荆请罪"，是改变了这个成语的原意来嘲弄他们两人。古代夫妻之
间，丈夫称呼妻子为"拙荆、荆人"；而"负"则有"辜负、有负"的意
思。把"荆"由"荆条"改为"拙荆"之意，把"负"由"背负"改为
"辜负"之意，宝钗从听到这个成语到翻用它的速度是如此之快，翻用得
又是如此巧妙，真是令人惊叹！而宝玉、黛玉也聪明异常，瞬间理解了宝
钗是在翻用成语嘲笑他们，顿时"把脸羞红了"。因为在荣国府，即使是
宝玉、黛玉之间有什么私订终身之事，也是要受人耻笑的。

具有丰富的文史知识是宝钗从小打的基础。为了让宝钗今后参加宫中
选秀，其父便对她悉心教导，学习各种知识。从世宦名家之女中聘选宫中
嫔妃或者才人善赞等宫中女官，充当公主郡主的入学陪侍，绝不是只靠外
貌和身材，还需要具备相当高的文化水准才行。宝钗学问好，知识内存大
是长期积累的结果。他父亲"酷爱此女，令其读书识字，较之乃兄竟高过
十倍"。

曹公曾这样描述她的身世和人生转变：父亲病死，剩下他们母子三人，薛蟠如脱缰的野马，不停地惹是生非，母亲根本管不住；宝钗"见哥哥不能安慰母亲，她便不以书字为事，只留心针黹家计等事，好为母亲分忧解劳"。作者这种轻描淡写，传递出的信息仿佛是宝钗对读书作诗再不像以前那样用功，一夜之间就转型了。然而再看宝钗的实际表现，就觉得曹公是故意使用障眼法来迷惑读者。

宝钗在社会知识上一直保持一流水平，从诗词到戏曲，从儒佛道到医道养生，她无一不通，都可以说得头头是道。黛玉作"五美吟"之诗，她看后引用王安石、欧阳修的名句，总结其艺术特点；惜春画画，她也能发表一番关于画前准备工作的长篇大论，从所需要的纸笔到各色颜料，悉数道来，乃至惊倒众人；生活诸事上，如王夫人想不出来的药名，她根据所说的线索，便推理出是"天王补心丸"；她像活字典，随口可以回答湘云请教"楠"字的意思；至于医道养生更是她拿手的领域，她对黛玉讲解"食谷者生"的道理，竟然还指出她所用药方的不妥之处，建议每天服用燕窝等滋补阴气。敢批评中医大夫开的药方，并对此提出自己的见解，着实让人惊叹其知识面之广！反映宝钗这种知识面很广的事情在书中随处可见，连宝玉都自愧不如，并称赞她"无书不知"。其实她的很多知识并非只是从书本中得来的，生活是她最好的老师，她从日常生活中汲取了丰富的营养。

以上均说明，宝钗一直在坚持学习各种知识来充实自己的大脑，从未间断过。正因为如此，她保持着各个领域内都具有丰富知识的状态。对此，不仅严苛的贾政曾夸奖过她，而且贾母也曾说："千真万真，从我们家里四个女孩儿算起，全不如宝丫头。"[3]贾母这句话赞扬宝钗不假，但除此之外还包含另一层意思。我认为，贾母说的"家里四个女孩儿"，除了三春外，另外一个不是指元春，而是指黛玉。老太太显然是把黛玉当作自己家里人，而把宝钗当作亲戚看待，凭着宝钗的聪明，她是不会听不出来的。

二

"世事洞明皆学问，人情练达即文章。"宝钗深谙此意，知道学问和文章不只是在纸上完成的。如何待人接物，如何处理好与贾府中的各种关系，是比作诗和写文章更重要、更难做的事情。

贾府人口众多，堪称浓缩的社会。府中有各种矛盾，有主子之间的矛盾，也有小姐及其丫头与婆娘们的矛盾，这些矛盾往往交织在一起，一旦爆发便关系到每个人的命运。

宝钗懂得人言可畏的道理。知道贾府内无论什么人，无论怎样得宠，如果受到府内上上下下的议论指责，其处境必然会发生变化。更何况自己一家是客居于贾府，因此与上下左右友好相处，步步小心，事事谨慎显得尤为重要。初到贾府她就安于本分，顺应环境，行为豁达，因此，她大得下人之心，便是那些小丫头们，亦多喜与宝钗去玩。

香菱来到大观园，兴奋地马上要跟宝钗学诗。她没说不行，只是吩咐，趁着刚来大观园的头一天，先出园东角门，从老太太起，每家每户都去拜访一下，再回园子里，到各姑娘的房里走走。她这些话包含着以下意思：我们是客人，至少要让园子主人知道你来了；同姑娘和仆人常打交道，避免今后发生麻烦，于人于己都是两便且合乎规矩。

知道湘云手头拮据，宝钗便赠几篓螃蟹助其在诗社上做东，分土特产时连最不受待见的赵姨娘都有份。知书达理，宽厚慷慨，待人接物无一不妥。因此，宝钗赢得贾府上下的普遍尊重，以致湘云把她看成挑不出毛病来的"完人"。

说话劝人是一门艺术，这门艺术掌握得好不好，关系到谈话后发生的结果如何。宝钗劝说别人，常以自己为例，这种高超的说话、劝人艺术在劝导黛玉时得到充分体现。她和黛玉的重要谈话曾有两次。

黛玉在行酒令中无意中说出禁书的词语，宝钗悄悄与她谈话。她起初以为宝钗要教训自己，嘴上虽说笑，心里却是有些紧张的。然而当听到宝钗说"你当我是谁，我也是个淘气的"时候，她心情顿时就放松了。宝钗接着说起自己的经历和思想认识，这一番推心置腹的话说得她垂头吃茶，心里暗服，只有答应"是"这一字。[4]以自己为例劝说别人会产生良好的效果，一开始便会让对方去除了戒备感，让对方感到亲切，明白劝说是为对方好。

此后在"金兰契互剖金兰语"中，宝钗见黛玉的病情不见好转，建议再请高明的大夫来看病，并为她讲解医疗养生的道理。黛玉大受感动，承认"你素日待人，固然是极好的，然我最是个多心的人，只当你有心藏奸。从前日你说看杂书不好，又劝我那些好话，竟大感激你。往日竟是我错了，实在误到如今"。黛玉是个个性极强的人，只有她讥笑刻薄别人，极少有人让她承认自己的过错和不足。她能在宝钗面前承认"自己是个多心的人"，说出"只当你有心藏奸"，现在知道"竟是我错了"的话，并表示自己从小到大"竟没一个人像你前日的话教导我"，可见宝钗一番劝说的效能之大，力量之强。黛玉经常感叹自己无亲无故，宝钗劝告她，不必做"司马牛之叹"，说自己的境遇只是比黛玉略强一些，"咱们也算同病相怜"，并说"你放心，我在这里一日我与你消遣一日，你有什么委屈和烦恼，只管告诉我，我能解的自然替你解"。黛玉冰雪聪明，心中并无过重的执念，便明白了宝钗的苦心。在与宝钗一番"互剖金兰语"之后，两人冰释前嫌。针对黛玉身体虚弱，她表示每天送一些燕窝来，叫丫鬟们熬了，又便宜，又不兴师动众，这教黛玉感激不已。[5]

书中表现，自从宝钗与她做金兰互剖的谈话后，黛玉悲愁的情绪有所好转，性格变得开朗了些，作诗也不再总是凄凄切切的风格，精神面貌发生较大变化，常有戏谑的诗句和调皮的表现。如在同一回中她就把刘姥姥比作"母蝗虫"，为惜春画大观园起名为"携蝗大嚼图"。在不久之后的芦雪庵联诗中，她精神状态大变，见到联诗机会难得，竟破了规矩，在上一联没起之时，抢先开起。在湘云说出"石楼闲睡鹤"之后，黛玉戏语作诗，接道"锦罽暖亲猫"，所以"笑得握着胸口"。之后她还和姐妹们推搡、嬉笑，与之前表现得判若两人。尤其是她作的"五美吟"之诗，充满"女丈夫"的豪气，一扫过去悲愁、哀婉的情绪。这里并不是说，在扭转黛玉情绪上是宝钗一人之功，除她之外，湘云和众姐妹在这方面也起到不同程度的作用。然而，终归宝钗起到的启动、助推的作用是明显的。这有深刻原因，宝钗在黛玉眼中，一直是情敌的角色，对其总怀有戒备之心。这次重要谈话虽不能说彻底打消了黛玉的所有顾虑，但终归很大程度上消除了她往日对宝钗的误解，大大缓解了两人的关系，这使得她的情绪发生良好转变。

凤姐生病，探春、李纨两人代行管理贾府事务之职，宝钗则受王夫人委派，执行巡夜任务。她非但没有推脱，还认真去做，遏制了上夜的婆娘们聚集赌博的风气。她还协助探春理家，提出"天下没有不可用的东西，既可用，便值钱"的理论，同时提醒大刀阔斧改革的探春要警惕"幸于始者怠于终，善其辞者嗜其利"，意思是说，开头因为侥幸获利而兴头很高的人最终是会懈怠的，嘴上说得好听的人特别爱占便宜，这得到探春的赞同。预见到大观园仆妇在改革中会因为分配不均导致不和谐，她建议用"小惠全大体"的方法提前做出防范。针对李纨戏曰"叫了人家来，不说正事，你们且对讲学问"的抱怨，她回言道"学问中便是正事"，体现出她以学问、道理来指导改革实践的精神。此外，考虑到自己是"改革三人小组"的成员，她让属于自己的人远离利益，因为远离利益就是远离是非，这点既表明她头脑清醒，原则性很强，更突出她洁身自好、不惹是非的一贯作风。

人人生活中总会碰上难解之题，宝钗家里便碰上一个难缠的人物——其嫂夏金桂。能否采取适当的对应策略将家庭矛盾处理至恰到好处，是对一个人处事能力的考验，其难度远远大于作诗填词。

书中说"那金桂见丈夫旗纛渐倒，婆婆良善，也就渐渐的持戈试马起来。先时，不过挟制薛蟠，后来倚娇作媚，将及薛姨妈，后又将至薛宝钗。宝钗久察其不轨之心，每随机应变，暗以言语弹压其志。金桂知其不可犯，每欲寻隙，又无隙可乘，只得曲意俯就"。[6]

夏金桂入门后，本想要给宝钗一个下马威，都被宝钗拿话堵了回去，便知道宝钗不好惹，因此也收敛了一些。可见整个薛家，能够辖制夏金桂的，便只有宝钗了。夏金桂与宝钗的首次较量是为香菱改名事件。得知香菱名字是宝钗给取的，她便有意挑衅宝钗，将香菱改为"秋菱"。宝钗聪慧，想必也能感知，之所以不理论是认为此事不算大事，想息事宁人。宝钗为何持防守的态度？这表现了她处理家庭矛盾的原则和智慧。夏金桂是十足的泼妇，自小跋扈惯了，也不管脸面为何物，入门后只顾着耍当家主母的气派，动辄便撒泼。宝钗是端庄的大家闺秀，爱惜自己的名声，她的身份和学识修养不允许她与夏金桂一样撒泼。另外，她作为未出阁的小姑子，实在不好过多参与哥哥的家务事。夏金桂张扬跋扈，连作为婆婆的薛姨妈都不好过多地插手，更何况是宝钗。因此，在夏金桂胡闹时，能够据理"弹压"而"辖制"她，使之收敛就是很不错的结果了。若是宝钗主动出击，与之矛盾激化，夏金桂一句"姑娘还未出嫁，哪里懂得这些！"甚至撒泼骂人，便可将其羞辱。薛蟠既贪色又无能，把这样的女人娶到家，给家里带来巨大的麻烦甚至祸害，这已是无法改变的事实。宝钗很懂得要根本扭转这一糟糕局面是不可能的，自己只能顺势而为，对其过分行为用道理适当给予"弹压"，控制事态不再继续蔓延，保持家庭大体的平静。

再从较大格局上看，宝钗的处世哲学中还显示出智慧。四大家族盘根错节，一荣俱荣，一损俱损。在四大家族最后的衰落中，薛家相对受到的影响最小，究其原因，主要是宝钗发挥的作用。之所以得出这样的结论，其根据可简要归于两点：一是她对薛家的危机感很早就产生了，因而注重节俭；二是对贾家、王家的事情从不过深地卷入，只是保持亲和的亲戚关系。王熙凤说她"不干己事不张口，一问摇头三不知"。很多人据此认为，这是宝钗明哲保身的自私表现。本人认为，对此应予以分析：趋利避害是人的天性，何况薛家是商家，这是很自然的；不能以现代观念来衡量古人，应把她的言行置于当时的历史环境中，即所谓"存在决定意识"；封建制度末期社会极为黑暗，无论是达官贵人还是普通百姓都面临各种威胁，为生存而采取"自保"无可厚非；明哲保身的做法也符合儒家"穷则独善其身"的思想。贾家暴露出很多弊病，如入不敷出，但奢靡之风不减；买官鬻爵，结交外官等。作为一个客居的后辈女孩子家，宝钗觉察到这些，又能如何呢？她既不能劝诫贾家的实权人物，更无力解决这种复杂的问题，于是与贾家拉开一定距离是日后薛家避免较大灾祸的唯一选择。

三

在某种程度上，信仰的力量是很大的，它可以决定一个人的眼界和见识。

任何社会中，占统治地位的思想必定是统治集团大力推行的思想理论。在中国封建制度的大部分时间内，以孔、孟为代表的儒家思想基本占据统治地位。

儒家思想的核心，一个是"德"，一个是"仁"。这两点在宝钗身上表现得十分明显。

"德"对女子来说，行为遵循要"三从四德"，婚姻上要遵从"父母之命，媒妁之言"，所有举止都要以"礼"为准则。"可叹停机德"，说的便是宝钗身上渗透着传统的德行。她温良恭顺，举止得体，平日以女红刺绣为事，深谙孔子"己所不欲，勿施于人"的道理，从来不愿给别人带来麻烦。

"仁"者爱人，她以关爱的态度对待身边的姐妹和周围的人。遇到贫穷姑娘邢岫烟当棉衣，她当即决定自己拿钱赎回；针对黛玉身体虚弱，她表示每天送一些燕窝，叫丫鬟们熬了，又便宜，又不兴师动众，这教黛玉感激不已。

有烦恼自我排遣，不影响、连累别人，是她贯彻"己所不欲，勿施于人"的表现。大观园的改革中，她让自己的人远离利益即远离是非，表现出"自善其身"的思想，合乎儒家"修身、齐家"的教诲。对其嫂过分行为用道理给予"弹压"，能够辖制夏金桂即可。这种斗争"适可而止"的策略，体现了儒家的中庸思想。

长期以来，对宝钗的各种诟病主要集中在她劝宝玉走仕途经济上，认为这是她作为"封建卫道士"，甚至"怀有个人野心"的表现。对此，笔者并不认同。

我国自隋朝创立科考取仕制度，为所有读书人打开通往仕途的大门，在堵塞以门阀取仕、讲求社会公平上具有一定进步性。正是有了科举制，我国古代产生了大量执政清廉的官员，并且涌现出如文天祥、苏东坡、欧阳修等进士出身的优秀人物。当然，任何一种制度都会有利有弊，尤其在封建社会晚期的明清时代，科举制度的弊端暴露得愈发严重，引起少数进步人士的批判和揭露，而绝大多数读书人仍把它作为人生进阶的正途。从理论方面说，如上所述，任何社会中占统治地位的思想必定是统治集团大力推行的思想理论，存在决定意识。因此，封建社会的绝大多数人头脑中具有的仕途经济的思想，是正当的、正常的。

宝钗作为那个时代标准的淑女，奉行儒家理论，具有仕途思想是正常的，并没有值得批判的理由。至于宝玉极为反感她这点，则是作者赋予他思想超前的缘故。如果形象地说，宝钗是按正常速度行走，宝玉则快速超前，只不过宝玉这种思想超前的人在社会上是极少数。不能因为宝玉思想超前，就批判中规中矩的宝钗，这个道理应该是清楚的。

除了奉行儒家思想，宝钗还很早"悟佛"。

佛家宣扬"四大皆空"，为了"来世"进入极乐世界，"现世"必须摒弃尘世间的七情六欲，通过修行，为"来世"修得正果。对佛家思想，宝钗身体力行，并且采取一种极为独特的自我修行的方式。也许是妙玉的带发修行给了她启示：妙玉身在栊翠庵却心系大观园，还与宝玉暗中传递情愫，自己为何不能反其道而行之，身在热闹的大观园，精神却超脱出尘世？只要诚心修行，哪里都是净土，不必一定要进入禅宗寺庵。

宝钗的实际表现已经证明了这点。

首先，她的屋子就是自我修行之所。"雪洞一般，一色玩器全无，案上只一个土定瓶，瓶中供着数枝菊花，并两部书，茶奁茶杯而已，床上只吊着青纱帐幔，衾褥也十分朴素。"这与其他姐妹的房屋摆设形成强烈的反差。在佛教中，雪山或是深山的洞窟是最好的闭关修行之地。作者描写宝钗把屋子收拾得像"雪洞"一般，是暗示她在潜心修佛。

其次，她的言行体现出早已开始悟佛。第22回"听曲文宝玉悟禅机"中，写众人看戏时，宝钗点了一出"山门"——《水浒》中鲁智深醉打"山门"，并向宝玉推荐说，自己最喜欢这出戏当中一套《北点绛唇》，铿锵顿挫，那音律不用说是好了；那辞藻中，有只《寄生草》极妙。宝玉见她说得这般好，便央求念念给他听，宝钗便念道："漫揾英雄泪，相离处士家。谢慈悲，剃度在莲台下。没缘法，转眼分离乍。赤条条来去无牵挂。哪里讨，烟蓑雨笠卷单行？一任俺，芒鞋破钵随缘化！"宝玉听后，开始萌发出家当和尚的念头。

此后，宝钗与宝玉、黛玉等闲聊，随口说出佛史上的一段佳话：当初南宗六祖慧能四处寻师，得知五祖在黄梅，便来到此地，充做火头僧。五祖欲求法嗣，令诸僧各出一偈。慧能在厨房里听到上座神秀说道："身是菩提树，心如明镜台，时时勤拂拭，莫使有尘埃。"便回道："美则美矣，了则未了。"接着便念出佛道最为深厚的那首偈："菩提本非树，明镜亦非台，本来无一物，何处染尘埃？"五祖见他深谙佛道，便将衣钵传给了他。在宝钗提到的这两段有关佛教的故事中，"智深""剃度""莲台""破钵""随缘""菩提"，还有"无一物""染尘埃"连成一组词，"佛性"高度凸显。如果不是潜心佛教，是不可能将这些佛家的典故和教义的精髓潜藏于心中，逢适当场合便脱口而出的。

"儒"加"佛"，让宝钗在思想和行为上都有着不同于一般人的表现。

有了烦恼，她会选择自我排遣的方式，尽量不让别人看出，更不会影响、连累别人，这一点她比周围的女孩子要突出得多。黛玉难过，会偷偷地抹泪。她还可以跟宝玉使小性子，宝玉则会想着法儿地逗她开心，使黛玉破涕为笑。晴雯不开心，发泄便是她调节情绪的主要方式，她会寻找机会"歪派"、刻薄别人一通，甚至可以通过撕扇子这种极端方式让自己高兴起来。而宝钗呢，书中她一直都保持那种温和端庄的姿态，很少看到她有难过的时候。难道她没有烦恼，没有难过的时候吗？绝不是，她的烦恼甚至恶劣情绪，往往都是在自己的蘅芜苑闺房里偷偷化解掉了。通过自我排解，不让别人看出，也不累及他人，这是她对恶劣情绪的处理原则。然而，也有一次小小的例外。在第34回宝玉被打后，薛蟠胡乱猜疑她的心事，把她气哭了。她满心委屈气愤，"回到屋里整哭了一夜"，次日一早起来也无心梳洗，胡乱整理了衣裳，便出来探望母亲。路上碰到黛玉，问她哪里去，她便回答"家去"，说着便只管走。黛玉见她无精打采的，又见脸上有哭泣之状，便在后面笑道："姐姐也自保重些儿。就是哭出两缸眼泪来，也医不好棒疮！"分明听见黛玉在嘲讽她，她也并不计较，一径去了。尽管让黛玉看出自己曾哭过，又见黛玉误解其中原因而刻薄她，她既不分辨，又不争吵，而是选择沉默，最终仍然把满腹烦恼之事化解于无形。

刘姥姥二进大观园这一回充满了喜剧色彩。当刘姥姥猛然说出："老刘老刘，食量大如牛，吃个老母猪不抬头"的话并做出怪样后，作者细致地描写了十几个人笑得前仰后合的状况，唯独没有写宝钗的表现。这并非疏忽，而是有意为之。作者没写她，是说明她没有像多数人那样被瞬间发生的一幕喜剧笑翻了。为什么呢？这是因为宝钗太成熟、太懂事了。她明白，刘姥姥这个70多岁的老人，为生活所迫到贾府来"打秋风"，以自轻自贱、出乖露丑的表演是为了换取贾府对自己的施舍。也许她还猜出了贾母对这个八竿子打不着的穷亲戚如此热情款待的原因，就是让刘姥姥以自己的表演告诉贾府的子孙们：人穷到这种地步，就会做出不顾脸面的事情，因此要懂得惜福，更要想方设法防止大家族的衰落。

一个十五六岁的女孩子，用悲天悯人的眼光看着这一幕，她怎么能笑得出来呢？

宝钗掣的花签写着"任是无情也动人"。无情不能解释为冷漠无情，而是说她内敛含蓄，不露锋芒。在对待外界事物上，即使她不露出真性情，也掩盖不住其动人的魅力，兼有外在的柔美和内心的清寂。

听到尤三姐自刎、柳湘莲出家，众人都很震惊，只有宝钗不以为然，说这是他们前生命定，不必过于悲伤。宝钗貌似无情，实际上她是从佛家提倡的因果轮回之说看待此事的，同时又把这个社会看得很通透，认为这种悲剧在富贵人家以及普通百姓家中常会发生的，不过这次是发生在自己身边而已。再深一步讲，她看似冷酷无情，其实是对"死"的彻悟，对"生"的有情，认为只有看淡死亡才能更好地生活，因此她才会用"光阴荏苒须当惜"一诗来表明自己珍惜光阴的心迹。在宝钗冷冰冰的外表下，其实藏着一颗热爱生命的炽热之心。

繁华之时她崇尚简朴，爱穿家常的素雅衣服，认为佩戴珠玉是多余；

待人接物也是不亲不疏，坦然自若，从不愈规越矩。当繁华幻灭，宝玉也弃她而去时，她仍能随遇而安，守住内心的本真，正如自己所作词中说的"万缕千丝终不改"！她以出世之心而入世，超越悲剧，是末世哀歌里含泪微笑之人。

凡百事不动心，反映一个人的思想境界不同于凡人，正由于宝钗参悟了儒家和佛家的要义，对世间俗事俗物看得很轻，对人生际遇骤转看得习以为常，并做好了充分的思想准备，于是充满自信，荣辱皆不惊：今天处在钟鸣鼎食之家，过着饫甘餍肥的生活，明天落入贫寒之地，做个荆钗布裙之女，也没有什么好怕。

"海到无边天作岸，山登绝顶我为峰。"人懂得更多道理，眼界自然就高了。

综上可见，曹公赋予宝钗"山中高士"之称绝非虚名。

"做人入世而精神出世，将中庸超脱平衡得恰到好处，就算外界有八面来风，她也做到了我自岿然不动，恬然从容。当同龄人尚在青春的泥沼中跌跌撞撞哭哭笑笑时，她已经万水千山走过，站在更高的地方微笑。"[7]每每读到一位作家评价宝钗的这段话语，都十分感慨：怡红院里的大小丫头们为了"上位"，展开明争暗斗，其间有笑声，更有泪水；黛玉除了短时期的开朗，大部分时间都因疾病和感情挫折处于以泪洗面的境地；迎春"二木头"的诨号说明她在贾府环境中不仅懦弱，而且麻木，虽然常读道教经典《太上感应篇》，言行却没有产生什么明显的变化；小妹妹惜春除了画画、下棋，只好靠悟佛来躲避是非。这就是"同龄人尚在青春的泥沼中跌跌撞撞哭哭笑笑"的典型表现。而宝钗却通过捶打磨炼，悟出人生的种种经验教训。她以丰富的文化知识、社会经验做底蕴，又以儒、佛的学说作为精神支柱，身上便有了一种与自己年龄不相符的成熟，这种成熟让她与同龄的其他女孩在境界、见识上已现出云泥之别。

参考文献：

[1][2][3][4][5][6] 曹雪芹，无名氏. 红楼梦 [M]. 北京：人民文学出版社，2008：517、519、1024；1024；489；598、599；640、

641、642；1186.

[7] 百合. 梦里不知身是客：百看红楼 [M]. 太原：山西出版传媒集团，2017：12.

宝玉之奇

一

《红楼梦》里有一个风流潇洒的公子贾宝玉，他身上有很多与一般人不同的表现，宝玉之奇甚至达到令人惊讶的地步。

他对男女的看法最为奇特，曾说"女儿是水做的骨肉，男人是泥做的骨肉"。水是清的，泥是浊的，所以他见了女子便感到"清爽"，见了男子便觉"浊臭逼人"，男子被他斥为"须眉浊物"。他在脂粉堆里长大，还喜欢吃丫鬟们嘴上的胭脂。

他怜香惜玉，呵护怡红院和大观园中所有的女性，不仅对自己的姐妹，甚至对丫鬟个个都好，成了大家都知道的护花使者。第44回"变生不测凤姐泼醋"中，平儿遭到凤姐打骂。宝玉思平儿并无父母、兄弟、姊妹，独自一人供应贾琏夫妇二人，今儿还遭荼毒，因此为她伤感。宝玉一直想亲近平儿而不得，这次抓住机会为她理妆，真是"喜出望外"。香菱不小心把红裙子弄脏了，宝玉不仅为她清洁，还想主意帮她遮掩。更有甚者，包括丫鬟在内的红楼女儿中谁有了小的过失，他都愿意替她们揽上罪名。

对仕途经济极其厌恶，骂那些天下为做官考取功名的人是"国贼""禄蠹"。在众人眼里，宝玉作为公府的嫡系子孙，或继承庞大的家业，或考取功名仕途，前程极为远大。然而，他却对此不屑一顾，当初宝钗、湘云才提一句"经济学问",宝玉就下了逐客令。在宝玉的一首作品《姽婳词》中,他对比林四娘,嘲笑那些享受朝廷俸禄的文臣武将是多么地无能。他在结尾写道:"何事文武立朝纲,不及闺中林四娘!我为四娘长太息,歌成馀意尚彷徨。"

最恶读书。实际上,宝玉是不愿意读那些为了科考而要准备的各种书籍,却喜欢看各种杂书。为此他嘱咐小厮在外边搞到很多禁书,和黛玉一同偷看的王实甫的《北西厢》就是其一。由于博览杂书,因此他知识丰富,极有文采,无论是题匾还是作诗,都达到很高水平。大观园的匾额多为他所做,如将"有凤来仪"题于黛玉居住的潇湘馆,说明他极为熟悉历史典故而顺手拈来,又充满对黛玉的敬慕之情。对潇湘馆,宝玉没有采用任何景色来命名它,而是纯用寓意:"有凤来仪"。这四个字,典出《尚书·益稷》:"箫韶九成,凤凰来仪。"箫韶是舜帝所制的音乐,音乐起时,美妙动听,把凤凰都引来了。至于他在历次诗会中往往排名垫底,主要原因是作者为衬托黛玉、宝钗、湘云等人的诗才故意这样安排的。看看他的几首代表作就知道他写诗作赋的真正水平了。《访妙玉乞红梅》一诗堪称诗中精品,水平极高。这首诗利用比喻等多种修辞手法,不仅自然、流畅,而且每个字和词都用得十分准确、精妙。《姽婳词》是他在父亲催促和一群清客凑趣之下写的。在很短的时间内,既要考虑如何用诗句表现情节,还要关照到诗句的起承转合以及转韵,其难度之大难以想象。他却在有限的时间内塑造了一位女将林四娘的形象,显示出他随机写作的才能。看过这一段的,有谁不被他满腹的才华而惊叹呢。

他愿意与那些趣味相投的贵族甚至名伶戏子结交,却不愿与贾雨村之类的官员打交道。除了大观园里的姐妹们,他还喜欢和府外的一些人打交道,喝酒作乐。如他与北静王有过几次见面,双方意气相投,其原因在于,他认为北静王虽是王爷,却"每不以官俗国体所缚",不仗势欺人,反而慷慨大度;他与忠顺王喜欢的戏子琪官(蒋玉涵)结交,还与他交换汗巾子,帮助他逃离王府;与贵族公子冯紫英、戏子名伶柳湘莲、蒋玉涵以及薛蟠等也时常聚会,行酒令玩耍。而听到贾政让他会见贾雨村等官员便厌恶至极,想方设法回避,实在不行便勉强应付,乃至全然没有往日慷慨挥洒的谈吐而受到父亲的斥责。

他言论怪诞乖张，轻言生死，动不动就说自己化成灰或化成一股青烟，风一吹便散。第 19 回他对袭人说："等我化成一股轻烟，风一吹就散了的时候，你们也管不得我，我也顾不得你们了，那时凭我去，我也凭你们爱那里去就去了。"第 71 回他对尤氏等说："我能够和姊妹们过一日是一日，死了就完了，什么后事不后事。"第 28 回他听黛玉吟葬花词，就联想到黛玉、宝钗、袭人、香菱以及他本人终归消失在一个无可寻觅的世界，于是悲从中来，恸倒在山坡上。下人们也常议论他的奇怪行径，说这位公子哥儿脑子里充满了常人所没有的想法，有时对着落花、飞鸟、游鱼、星星、月亮，都能自言自语一番，而且常常见喜思悲。黛玉的丫鬟雪雁一次见他大冷的天一个人坐在石头上发呆，竟认为他犯有"呆病"。

二

从小说各种情节，尤其是"脂砚斋"的批语中可以看出，宝玉身上有三大"怪病"。

一是"恶劝"，就是对别人劝说自己，持有一种天生的反感甚至厌恶的情绪。从平时袭人对他的规劝中，就可以看出他这种"怪病"的端倪。"情切切良宵花解语"中，袭人借着要赎身回家，宝玉拦住不让的机会，对他提出了三点劝说，他当时满口答应，过后却一如既往。有时他被聒噪得不耐烦了，便勉强答应改过，事后，不但一切照旧，反而与袭人常闹矛盾。他同黛玉情投意合的原因很多，其中之一便是，黛玉知道他的这个怪癖，很少劝他。而宝钗则不同，经常劝他多读书，今后走仕途经济，他竟不给对方情面，拔腿就走。类似的尴尬境地，史湘云也遇到过。

被黛玉嘲笑为"剿袭《南华》庄子文"一事，暴露出宝玉"恶劝"的真实性情。由于袭人的劝说，宝玉与她等人闹别扭时，无聊中看到《南华经》中的一段文字，便乘着酒兴，顺着庄子的意思，提笔续了一段文字："焚花散麝，而闺阁始人含其劝矣；戕宝钗之仙姿，灰黛玉之灵窍，丧灭情意，而闺阁之美恶始相类矣。彼含其劝，则无参商之虞矣。"[1]意思是说，赶走袭人，辞掉麝月，女子们才会收敛对我的劝勉；毁掉宝钗的美容雅姿，灭掉黛玉的灵性，翦灭对她们的情意，那么今后闺阁之中所有人都一样，也就没有美丑的区别了。让她们打消劝勉的念头，就没有了相互闹矛盾的担忧。

不要认为，宝玉在这里只是随便说说或发发牢骚，这反映了他对任何人规劝自己都会产生反感和厌恶。即便是最亲密的人，对自己的规劝过分了，都会令他无法忍受，这是他天生的性格使然。

二是"重情不重礼"。所谓"礼"就是封建时代束缚人的思想行为的礼节和道德，如等级制、男尊女卑、男女授受不亲、女子三从四德等。通读红楼，人们都知道宝玉不仅没有一点主子的架子，而且同大观园的姑娘们、丫鬟们都亲密无间。他平生的最大愿望就是能和姐妹们长期厮守在一起，因此哪个姐妹甚至丫鬟离开了都会引起他感情的巨大波动。封建礼教讲究的是等级，宗法观念讲究的则是嫡庶之分。可在宝玉眼里，所有人都是平等的，都是一样的，因此，他看重人与人之间的感情。晴雯撕扇就是宝玉"重情不重礼"的典型表现。晴雯和他拌嘴，后他又来劝，晴雯以撕扇子为乐，他拍手叫好，主子和丫鬟竟是这样的关系，让人称奇。

他经常挂在嘴边上的话，就是自己和她们同生共死，化成一股青烟，风一吹便散。这种看重天下人之间的感情而蔑视虚伪烦冗礼教的人，在大观园当中只有他。

三是身有"情极之毒"。"情极之毒"是什么意思呢？情极，即用情至深，情到极致之意。情极之毒即用情到极致后，反而容易自伤，容易弃世。

对黛玉，宝玉用情之深无人可比，但情用到极致，也容易自伤。两人时常拌嘴实际是少男少女卿卿我我的另一种表现，然而，发生的拌嘴要是情况严重，宝玉往往诅咒发誓，说出"你死了我去当和尚"之类的话。紫鹃情试宝玉，一句戏言就弄得宝玉只剩下半条命，可见他对黛玉的感情有多深，也多容易自伤。

对黛玉，他身上的"情极之毒"是爱之深引发的，而对宝钗，这种

"情极之毒"则表现为另一种形式。可以说，他与宝钗最后的悲剧结局，也是由于身有"情极之毒"的缘故。

第28回，在贵族公子冯紫英的酒席上，宝玉与蒋玉涵、柳湘莲和薛蟠等行酒令玩耍，宝玉曾唱道：

女儿悲，青春已大守空闺。

女儿愁，悔教夫婿觅封侯。

女儿喜，对镜晨妆颜色美。

女儿乐，秋千架上春衫薄。

宝玉唱的其他几句可认为是泛指一般青年女子，第二句是指向薛宝钗。

我认为，宝玉这句"悔教夫婿觅封侯"唱词是以谶语的方式，唱出自己和宝钗最后的结局，让人们可以联想到，两人婚后是如何产生矛盾而最终分道扬镳的。

虽然心中无法忘记林妹妹，但佳人已去，无法挽回，宝玉还是接受了"金玉良缘"，与宝钗过了一段没有感情的夫妻生活。这时，贾府已遭抄家，内囊早被掏空，地位一落千丈，可宝玉仍旧碌碌无为的样子，显然让宝钗不满。于是，宝钗劝丈夫走仕途的旧论再次出口，更严重的是，其方式不仅是规劝，而且开始"讽谏"了。

可以想见到，当宝钗为了让夫婿觅得封侯，开口"讽谏"的那一刻，宝玉身上所有的旧病都一股脑复发了，他那颗离尘出世之心立即被点燃，毫不留情"敲断玉钗红烛冷"，与宝钗彻底诀别了！

此外，"悔教夫婿觅封侯"，按一般的解释是，妻子劝丈夫通过科考去做官，而自己独守空房时便顿生后悔之意，如《牡丹亭》里杜丽娘唱的"一宵恩爱，被功名二字惊开"就是此意。而宝玉这里的意思便不同了：你不是劝我寻觅封侯的道路吗，可我悬崖撒手，追随和尚出家了，你终究会为自己的行为而后悔。

本人认为，宝玉最后抛妻弃婢，悬崖撒手，即是情极之毒的表现之一。这如何解释？

"情极之毒"从正面说，是对所爱的人用情至深到无以复加的地步，

45

而反过来说，一旦这个深爱的人不在了，甚至在被逼无奈的情况下与自己不爱的人结合，更会造成"情极之毒"的另一种爆发，即做出极端行为，或自戕自伤，或弃世出家。

正因为如此，导致宝玉悬崖撒手的第一个原因是宝玉"情极之毒"病症的另一种爆发。失去黛玉，精神上遭到巨大打击，不得已与宝钗结合，对他来说更是一种痛苦，而解脱痛苦的道路便是离开尘世，以极端的方式化解痛苦。

第二个原因是，宝玉宝钗二人成婚后，作为妻子的宝钗要让宝玉有所担当，不仅规劝，而且还"讽谏"。"讽谏"者即用讽刺、挖苦的方式劝谏宝玉，比起劝说、规劝，程度和方式都更深了一层。不仅如此，"讽谏"的内容，必是要他通过科考或结交权贵而做官。一个规劝，一个功名仕途都是宝玉最不能容忍的，可以想到，当这两者结合一处向他袭来时，宝玉还不彻底被激怒了吗，他在万念俱灰之下只有出家一条路。

据此，我们可以想象出曹公在后数十回中写这二人的结局应该是：宝玉最终悬崖撒手，追随和尚出家，抛弃了新婚妻子薛宝钗以及麝月。不仅整个贾府，这几个人物也都以悲剧落幕。

三

贾宝玉实际上是作者塑造出的一个封建社会叛逆者的形象，这是作者思想高度超前的重要表现。

宝玉极有才华，却蔑视功名。封建社会读书人都把博取功名，当作获得终身富贵乃至光宗耀祖之事。宝玉却完全相反，他厌恶读那些为考取功名而需要背诵的四书五经和八股文章，把那些走仕途经济的人骂为"国贼""禄蠹"。

男尊女卑是封建礼教的重要内容。据此，男子有很高的社会地位，可以通过科举做官，在各级政权中掌握权力；在家庭中男子也处于中心地位，可以三妻四妾，女子则处于从属地位，须三从四德，被重重枷锁禁锢。宝玉却赞颂女子，贬低男性，认为女子在品行、见识、才华、技能、思维等方面都胜于男子，实际是暗讽当时男尊女卑、女子三从四德的封建礼教。

在宝玉心目中，女子是水做的，而水是干净清澈的，是丝丝甘甜、纯净的山泉、溪水。它不仅自身洁净，还能把别人的五腹六脏都洗得干干净净。而按照他著名的"女儿论"，这种如同山泉、溪水般洁净的女子只限于姑娘，说未出嫁的女儿是一颗宝珠，而出了嫁的女儿，接触了男人就变了，这颗宝珠便失去了光泽，最后甚至成了鱼眼睛，比如那些婆娘。这种比喻和想象是何等奇异！

正因为有如此的想象，作者用了大量的笔墨来刻画大观园中的女子，尤其是未出嫁的姑娘和大小丫鬟，她们或是外貌美到极致，或是内心冰雪聪明，还有少量的是多种美叠加而成的。在宝玉眼里，这些钟灵毓秀的女子是上天赋予人间的，因此要格外地珍惜她们才不负上天的眷顾。

说《红楼梦》是一部展现女子风采的小说很有道理，在这本书里很难找到稍微优秀点的男人，可优秀的年轻女性则比比皆是。

黛玉聪慧过人，不仅文采飞扬，是大观园真正的诗人，而且颇有灵气，能看出一般人所不能看出的人和事。初来贾府她拜访贾赦，到他的院落看了几眼，就知道这位大舅是个不被待见之人，并且极为好色。她从不接触庶务，却能看出贾府早已入不敷出的状况。

宝钗贤良温顺，是标准的淑女，学识渊博，无所不知。她的见识和思想境界，远高于同龄的一班姐妹，被作者赋予"山中高士"之称。在大观园"转型"时，她还以自己的经营思想，在协助探春改革上发挥了一定作用。

探春是"三春"当中的女杰，填词赋诗可与黛玉、宝钗、湘云为伍，又无视庶出，敢作敢为，还对家族的事情最为上心，曾大刀阔斧对大观园经济进行改革。她眼光独到，很早看出贾府的衰败，对此曾有一番不凡的见识。最后她以远嫁海外的实际行动，为家族做出贡献。

香菱半主半奴，地位独特而尴尬。她虽出身命苦，却不甘沉沦，珍惜大观园得到的幸福时光，竟然着魔般地跟黛玉学习写诗，与湘云彻夜论诗。功夫不负有心人，她写出的三首咏月诗，一首比一首好。第三首诗是香菱作诗初步成功的象征，被众人称为"不但好，而且新巧有意趣"，还准备下帖子，请她加入诗社。宝玉也为她感叹道，天地至公，老天生人不虚赋灵性的。

湘云、妙玉都是在一个方面或者多个方面极其优秀的女子。

不仅贾府的这些女性主子们的行为人人可圈可点，就连大小丫头们也个个不俗。

鸳鸯有德有才，惹人疼爱。作为贾母的贴身丫头，她日夜服侍贾母，还掌管着贾母的巨额财产。鸳鸯有个绝活儿，那就是在各种会上充当酒令官，这反映她具有很高的文学功底以及随机摘章引句的能力。鸳鸯做出震动贾府的事，就是她蔑视大老爷贾赦那样的贪色人物，坚决拒绝贾赦的逼婚。在这个事件中，显示出她敏锐的眼光、高尚的品格和刚烈的性格。

平儿是凤姐的得力助手，她在管理上的最大特点是能够做到在规矩之外，人情之内行使职权。她有管理才能又平易近人，是贾府中最善于处理人际关系的管理者。在人们眼里，她是最有权力的丫头，但她为人低调，事事小心，内心善良而谦恭，外则气度不凡。别看平儿没多少文化，却见识高明，她在石呆子事上大骂贾雨村，说这个人"认了不到十年，生了多少事出来"。这说明，她比常和贾雨村打交道的二老爷贾政看得还深刻。

晴雯身上毛病不少，但是忠勇、仗义是她突出的品行。病中夜补雀金裘表现的是她不仅心灵手巧，女红一流，而且极为仗义。晴雯在最后时刻令人敬佩的是，宁可被冤枉，也不出卖别人，虽然"身为下贱"，她却"心比天高"，有着不输小姐的品性。正因为如此，她在宝玉心中的地位很高，不仅位于金陵十二钗的又副册之首，而且死后得到宝玉为她所作《芙蓉女儿诔》中的高度赞赏。

袭人性格温顺，憨厚，在生活上对宝玉的照顾无微不至。很难想象，宝玉若没有她贴身的照顾会是怎样的情景。忠于职守，任劳任怨是她突出的优点。

除了这些大丫头，就连小丫头林红玉（小红）也不寻常。她不仅口齿伶俐，记忆力超强，而且还能随口说出"千里搭长棚，没有不散的宴席"

这种看透世间本相的话来。

反观贾府男人们，和这些女性一比就相形见绌了。

贾府的"文"字辈中，贾敬虽然进士出身，却长期居住道院，醉心于炼丹长寿之道，贾府的事一概不问，最后死于"吞金服砂，烧胀而殁"。

贾赦身居世袭大将军一职，却官儿也不好好做，成日和小老婆喝酒。这位大老爷还凭借旧关系，暗地里为卖官鬻爵充当牵线人。如孙绍祖说贾赦欠他5000两银子，实际是贾赦为他由原来兵部挂职到授实职而事前收的钱，不想没办成，所以贾赦把女儿迎春嫁给他，钱就不还了。贾赦派贾琏几次去平安州，就是为暗中运作卖官鬻爵的事情，最后被控勾结外官而入狱。贾赦还有一件遭人痛恨的事，就是他居然想娶鸳鸯为妾，遭到拒绝，把老脸都丢光了。

贾政虽显正派，却不谙庶务，更不懂得如何教育子女。此公以训斥加棍棒，让宝玉见他如老鼠见猫一般恐惧。身为荣国府第一号掌权者，却眼光短浅，不但没有为家族筹划一事，也没有能力防止家族的衰落。尤其在贾雨村的事上，他糊涂颠顶，一贯高看贾雨村，将其视为正人君子而毫无提防之心，最终让贾雨村落井下石，招致贾府被抄家，满府人员遭殃。在此事上，其眼光竟然不如平儿。

贾琏还算有些才干，贾府全靠他负责对外联络。虽说不上是个坏人，但极为好色，身上弱点颇多，离一个敢担当的男子汉还差得太远。

宁国府的贾珍身为贾府的族长，却整天花天酒地，不干多少正事。贾珍父子还居然"聚麀"，行淫乱之事，其灵魂和行为的龌龊无以复加。

冷子兴所说的，贾府内"安富尊荣者尽多，运筹谋划者无一"，多半是指这些男性掌权者。

贾府外的柳湘莲、蒋玉涵、秦钟以及薛蟠，也都有各自的毛病甚至不可言说的丑事。

通过以上的对比，曹雪芹是想告诉人们，贾府内众多女子的行为和见识都在男人之上。

四

通过《红楼梦》可以发现，作者曹雪芹200多年前便有两大思想高度超前：一是批判男子靠科考取得功名，走仕途道路；二是对传统的男尊女卑观念反其道而写之，认为书中大部分女子的行为和见识都在男人之上，这在当时女子被重重禁锢的明清社会背景下是非常了不起的事情。

全书都是以宝玉的视角和观念来看待当时社会的女子的，这反映了作者就是站在宝玉身后的人，或者说宝玉就是他的化身。

说《红楼梦》是一部伟大而不朽的文学著作，就在于作者以朦胧的民主主义思想，揭示出封建社会的黑暗。这种朦胧的民主主义，已经接近法国大革命时期提出的"自由、平等、博爱"等思想。他塑造贾宝玉这样一个有诸多"怪病"，看似是个不肖的纨绔子弟的人物形象，是让这个人物在众多故事的演绎当中，或明或暗地批判封建礼教的各种表现。例如，宝玉重情不重礼，没有任何主子架子，不仅同大观园的姑娘们和丫鬟们都亲密无间，而且以实际行动帮助她们；他"恶劝"，在众多问题上坚持自己的看法，坚守自我。他身上诸如此类的这些"怪病"，不正是闪烁着"自由、平等、博爱"的思想吗？

宝玉除了具有相貌俊雅、骨格清奇的"皮囊"之外，最重要的是心灵的清白和纯净。为此，他不让那些污浊的东西侵蚀自己的灵魂，这些污浊的东西就包括考功名、走仕途。

曹雪芹的伟大首先表现为思想的超前。尽管明清也有一些文人，以小说、戏剧形式对封建制度、封建礼教进行过不同程度的揭露，但没有人能够像他那样，对此揭露、批判得如此广泛而深刻。

例如，明代汤显祖写的《牡丹亭》，也包含对封建礼教的批判，其侧重点是指向程朱理学对"情"的扼杀，提出"情"用到极处，可以跨越生死，这是他思想的闪光之处。然而，汤显祖作品对封建制度其他方面，如男子走仕途经济做官这点则没有触动。在《牡丹亭》里，男女主人公柳梦梅、杜丽娘对考功名、做状元充满了期待和荣耀感，这些在唱词中多有表现，例如，在《如杭》一折当中，柳梦梅唱的"十年窗下，遇梅花冻九才开。夫贵妻荣八字安排。敢你七香车稳情载，六宫宣有你朝拜，五花诰封你非分外。论四德、似你那三从结愿谐和。二指大金泥报喜，打一轮皂盖飞来"，这段便是典型体现。

我认为，一个社会的统治思想必然是符合统治者的思想，走仕途道路是封建社会所有成年男子追求的目标，蟾宫折桂、封妻荫子属于当时社会所歌颂的主旋律，无可厚非。汤显祖在这一点上，思想并没有超前，但也不值得批判。另外从这出戏的具体情况考虑，作者要让所有人物的思想和行为都要为服从于他的"至情"和"愿天下有情人皆为眷属"的主旨。循着这样的思路，柳梦梅考中状元才有可能得到杜宝的认可，从而为他与杜丽娘的合法婚姻扫清最重要的障碍。因此，作者赋予柳梦梅具有浓厚的仕途思想是合理的。

还需指出的是，汤显祖的"临川四梦"当中，后期写的戏则含有对仕途经济思想的批判，尽管并不突出。例如，在《邯郸记》中，卢生在被砍头的前夕发出一番感慨，说自己也曾有良田数顷，足以丰衣足食，"何苦欲求这功名而落得如此下场"。这说明汤显祖对于仕途经济的看法也在不断发展变化。

比起一般封建文人来说，汤显祖的思想有闪亮之点。然而同曹雪芹相比，他就显得逊色，其表现就在于，在对待封建制度和封建礼教众多问题上，曹雪芹思想和见识要比他超前得多，对这些思想的批判也广泛而深刻得多。

作者在小说的开始，曾借贾雨村之口，列举了从古至今"正""邪"两大派人物。实际上，贾宝玉就是作者在《红楼梦》中认定的第一大正派人物。他看透人生，看透世间一切，同时性格倔强，很少听别人劝，像一块顽石。曹公正话反说，作《西江月》一词评宝玉："无故寻愁觅恨，有时似傻如狂。纵然生得好皮囊，腹内原来草莽。潦倒不通世务，愚顽怕读文章。行为偏僻性乖张，哪管世人诽谤。"宝玉这样不入俗流的性格在当时被封建卫道者视为叛逆，而这首词却是作者在用反语赞美宝玉坚守自我、愤世嫉俗的品格，这也是作者坚守本心的表现。

说贾宝玉是《红楼梦》中第一大正派人物的一个证据就是书名。起初，作者将这部"披阅十载，增删五次"，呕心沥血的鸿篇巨制定为《石头记》。一部小说的书名，往往是这部书的主旨所在，可见这块顽石在作者心目中的分量是何等重要。这块顽石既是指贾宝玉，也是指作者自己，曹雪芹是个有着独立不羁个性、被朋友称赞为"傲骨如君世已奇"的人。

说贾宝玉是《红楼梦》中第一大正派人物还有一个证据，那便是十二金钗正册、副册、又副册中女子的排序，是按照与他的亲疏关系为准的。十二金钗是贾府中最为杰出的女子，她们构成了故事的主干，她们的排序以宝玉为中心，清楚地表明宝玉在《红楼梦》中的地位。

曹雪芹于200多年前就对封建制度和封建礼教进行了批判，而这些行为都是通过他塑造的贾宝玉这个形象来完成的，因此可以说，宝玉之奇其实就是曹公之奇。

参考文献：

[1] 曹雪芹，高鹗．红楼梦［M］．北京：人民文学出版社，1964：242、243.

漫谈《红楼梦》里三位个性鲜明的大丫头

　　贾府里的丫头众多，不知情的人以为她们的身份都一样。其实，贾府里的丫头分为三六九等，其中大丫头是指各个主子跟前的贴身丫头，有的还被暗中指定为男主子的侍妾，每月月俸远高于一般丫头的那种。大丫头中，平儿、鸳鸯和晴雯三人的性格、品行格外突出，每人都有不平凡甚至精彩的故事，值得玩味、评论。

1. 俏平儿以人生智慧活出精彩

　　平儿是凤姐的得力助手，若无她的帮衬，凤姐一人管理偌大贾府的繁杂事务，根本无法想象。管理风格上，凤姐残酷无情，喜怒无常，往往为一些小事就滥施淫威，打骂下人，有时还靠这种方式发泄自己的恶劣情绪。平儿善良，怜贫惜老，她虽是凤姐的心腹和工作助手，但却不势利。每当凤姐失去理智随意处罚人时，她都会为了保护这些下人而劝解凤姐，从来不会以损害他人的利益来取悦主子。从管理上讲，凤姐硬，平儿软，两人长短互补，可以说相得益彰。

　　平儿的可爱可亲，是能够做到在规矩之外，人情之内行使职权。她有管理才能，又平易近人，是贾府中最善于处理人际关系的管理者。凤姐治理贾府一贯使用强硬手段，可平儿就比较圆融。在执行凤姐命令时，她遇到府内一些犯小错的人和事也就迁就、包容了。小厨房管事的柳嫂及其女儿五儿因为犯错，被林之孝家的抓住，当作失窃案的替罪羊。这事让凤姐办，一定是宁枉勿纵，可她没这样做，而是调查了整个事件的始末，给了柳嫂一个公道。在自己职权范围内，给予别人帮助，这是她行事的原则。

善于调解矛盾，为事周全，哪里有矛盾不好解决，平儿去了就能摆平。在玫瑰露事件中，出于投鼠忌器，她不愿意找赵姨娘的麻烦而伤了探春的体面，思想周全后，将此事化解于无形；春燕的母亲追打女儿，闯进怡红院吵闹，她来灭火；玉柱儿家的欺负迎春老实，她来了斥责一顿，几句话就摆平了；王夫人房中丢了茯苓霜，凤姐主张对所有丫鬟拷打查找，她劝解凤姐注意自己身体，用这种转移注意力的方法，巧妙地打消了凤姐这个恶毒的主意。她通过调查弄清了事情的原委，为无辜者洗清了冤情，还为心高气傲的三姑娘探春保住了名声。如此冷静理智地处理了看起来错综复杂的连环案，其决断让人拍案叫绝。

探春管家时，那些婆子们看三姑娘年轻，就想糊弄。平儿发现后并没有在探春面前说什么，可一出门，便训斥这些婆娘素日里眼里没人，心术不正，震慑住下人对探春管家的干扰行为。对凤姐，则经常劝主子为自己身体考虑，对人应当宽厚，少得罪人，还在下人面前处处维护凤姐的权威。

平儿就是一剂润滑剂，维系着凤姐与众人之间的关系，使大观园的生活能够正常运转。她善良，遇事周全，对周围的人细致入微，处处用心。在芦雪庵，大家看到邢岫烟衣着单薄，可都没有任何行动，只有她在事后把凤姐的斗篷送给这位家境贫寒的姑娘。知道偷自己手镯的是怡红院里的坠儿，可为了宝玉的声誉，没有声张，私下告诉了麝月，只说丢了。对来贾府打秋风的刘姥姥充满怜悯之情，送衣送物，言语充满温情。她对人好，不求回报，只是按自己的意愿去做事。尤二姐被骗进大观园后，遭到凤姐肆意凌辱，平儿同情她，经常给她生活上的接济。尤二姐死后，平儿拿出自己的体己银子给了贾琏埋葬她。靠着这些，平儿赢得贾府姑娘们和丫头婆子的普遍尊重。贾府中还真难再找到第二个像她这样"赠人玫瑰，手留余香"的人了。

如果说鸳鸯是贾母腰上的一把钥匙，平儿则是凤姐手中的钥匙。平儿掌管着贾府日常生活的银库，在人们眼里，她是最有权力的丫头，但她为人低调，事事小心，内心善良而谦恭，外则气度不凡。刘姥姥初进贾府去见凤姐，先见到平儿，以为她就是凤姐，差点儿喊姑奶奶，给她跪下。

平儿最大的优点是头脑清醒，永远都知道自己是谁。一次，王夫人拿着绣春囊来找凤姐，一进门就喝道"平儿出去！"可见，在这个府中实际主子眼里，她不过是个被呼来唤去的奴才。另一次邢夫人问罪凤姐，平儿刚插上一句话，便遭到"主子们说话奴才插什么言"的训斥。这两件事让她对府中的等级制有了更清醒的认识，说话做事更加小心。虽然得到阖府的普遍尊敬，她仍清楚地意识到：在等级森严的贾府，言行稍有不慎就会惹祸上身，必要时还需"做小伏低"，绝不张扬。

在整个贾府可以说平儿的处境最为奇特，也最为尴尬：凤姐让她做贾琏之妾，平时还防止她与贾琏过多接触，只让她担个虚名。名义上她与凤姐同事一夫，一年之中却没有多少与贾琏单独相处的机会。贾琏风流成性，事情败露她还要"吃挂络"，两面挨耳光。即便这样，她对凤姐仍一直保持忠诚，视其为主子。

平儿对这种尴尬局面处理得非常平静，第65回写仆人兴儿说出对平儿的几句公道话："平姑娘又是个正经人，从不把这一件事放在心上，也不会挑妻窝夫的，倒一味忠心赤胆服侍他，才容下了。"

凤姐泼辣、狠毒、善妒，贾琏花心而无能，作为凤姐的丫头、贾琏之妾的平儿处境尴尬，须步步谨慎，事事当心，斟酌哪些事该说，哪些事该瞒。在放高利贷挣回利息的事上，她和凤姐一伙儿瞒贾琏；贾琏偷腥的物证被她无意中见到，她又为贾琏遮掩丑事瞒凤姐，真是费尽心机而左右逢源。宝玉看到平儿在这种状况当中能够委屈自己，保持家庭和睦，感叹道："贾琏之俗，凤姐之威，她竟能周全妥帖。"凤姐生日这天的贾琏偷腥事件，让她成了这夫妻俩的出气筒，受了一肚子委屈。风波平息后，贾母让凤姐来安慰平儿，她却忙走上来给凤姐磕头，说："奶奶的千秋，我惹奶奶生气，是我该死。"可见，平儿懂得退让，给足了凤姐面子。老好人李纨气不过，当着凤姐的面，以长嫂的身份半开玩笑、半认真地言道："昨儿还打平儿呢，亏你伸得出手来，那黄汤难道灌丧了狗肚子里去了，气的我只要给平儿打抱不平。"这番话让凤姐当着众人给平儿道歉，担待自己的酒后无德。李纨还说凤姐："给平儿拾鞋也不要，你们两个只该换一个过子才是。"[1]这句分量十足的话，表面是开玩笑，内心却有真意。这足见平儿在李纨心目中的地位。

除了头脑清醒，平儿正直，爱憎分明。贾琏因为石呆子的事被其父毒打了一顿，她咬牙切齿，有一段很长的"骂篇"：先骂贾赦逼贾琏想从石呆子手中强买有古人写画真迹的扇子，再骂这件事情中助纣为虐的贾雨村缺德透顶。贾雨村为了帮贾赦拿到扇子，便设下局，诬陷石呆子拖欠官府银两，把他拿到衙门，让他变卖家产赔补拖欠官府的银两，便把扇子抄了来，做了官价，把扇子送给贾赦。对此贾琏说了一句"为这点子小事，弄得人家坑家败业，也不算什么能为"的话，引起贾赦发火，将贾琏打了一顿，以致需上药才行。平儿那句"认了不到十年，生了多少事出来"[2]的话说明，别看平儿没多少文化，她却见识高明，比常和贾雨村打交道的二老爷贾政看得还深刻。长期以来，贾政十分敬重贾雨村，处处说他的好话，显得糊涂颠顸。平儿却能从这件事上看到贾雨村的本质，认识到这个人谁沾上谁就要倒霉，他很可能日后恩将仇报。最后，贾府受此人落井下石的事实说明了平儿的见识的确不一般。

"平心静气地接受现实，心平气和地为人处事，平淡平稳地经营生活，只是丫头，在光彩上却与凤姐平分秋色，在品行上足以与之平起平坐，这个有着平衡之美的女孩儿，她叫平儿。"[3]作家百合这几句高度概括人生的话，每句都有个"平"字，与平儿之名紧紧相扣，堪称精彩。平儿的名字被写入回目达到 4 次之多，显得尤为突出：第 21 回"俏平儿软语救贾琏"，第 44 回"喜出望外平儿理妆"，第 52 回"俏平儿情掩虾须镯"，第 61 回"判冤决狱平儿行权"。平儿连又副册都没有进入，（进入金陵十二钗三册的多为贾家及亲属，人物的排名顺序是看与宝玉亲疏关系的程度。平儿历来与宝玉关系一般甚至较淡，因此没有进入又副册是正常的。）但在这点上，金陵十二钗中多少正钗都没有这样的待遇，可见曹公对她的偏爱是如此之明显。

平儿在贾府受到的爱戴和尊敬的程度，在宝玉生日这一天得到鲜明的体现。当众人得知这天也是平儿生日后，都纷纷临时准备礼物，前来为她祝寿。这些人中，大多得到过她的各类帮助。从探春到婆娘、丫鬟们，她们对平儿的祝福，确实发自内心。所以，在名为宝玉庆生之日，其实平儿比他更有体面。

平儿的人生智慧长期以来一直为世人津津乐道，其实万语千言，根本在于"少欲""知足"。如《墨子》说的"知足不辱，知止不殆"。《大学》里说的"知止而后有定"。《止学》里说的"大智知止，小智唯谋"。正是因为她懂得适可而止而立于不败之地，活出了人生的精彩。

2. 鸳鸯有德有才，惹人疼爱

鸳鸯是贾母的贴身服侍，并掌管着贾母的财产。贾母房中有很多又高又大的柜子，要用梯子才可以爬上去打开上面的柜子，可见财富之巨。这些柜子里实际包括贾母的体己钱、贾府的储备财物，还有林黛玉祖上的家产等。鸳鸯忠心护主，因此得到贾母对她的充分信任。

鸳鸯有个绝活儿，那就是行酒令。她经常在各种会上，充当酒令官。面对众多主子，她就像军队统帅一般威武，宣布："酒令大于军令，不论尊卑，唯我是主，违了我的话，是要受罚的。"行酒令要有很高的文学功底以及随机摘章引句的能力，也不知道鸳鸯是从哪儿学到这一高超本领的，反正一有喝酒的宴会，便少不了她出现充当酒令官，没有人能取代她的角色。小说中的第40回充分展现了她的这种才能。她出一副骨牌名，轮到的就要接一句，无论诗词歌赋，成语俗语都行。众人喝着酒，同时玩骨牌游戏，饶有风趣。例如，鸳鸯道："有了一副了。左边是张天。"贾母对："头上有青天。"鸳鸯："当中是个五合六。"贾母道："六桥梅花香彻骨。"鸳鸯道："又来了，剩下一张六合幺。"贾母道："一轮红日出云霄。"鸳鸯道："凑成却是个蓬头鬼。"贾母道："这鬼抱着钟馗腿。"说完，大家笑着喝彩。可以看出，贾母有很高的文化修养，老人家回答得既合规矩又风趣，而鸳鸯随机出酒令的这种功夫如何了得？

鸳鸯偶然也有调皮甚至发坏的时候，刘姥姥第二次进大观园受到众人耍弄就是她的点子。在准备家宴时，鸳鸯就和凤姐等人说，外面老爷们吃酒吃饭都有个凑趣的，拿他取笑，咱们今天也得了个女清客了。小说第40

回写到，贾母带着刘姥姥等进来后，凤姐递眼色给鸳鸯，她便拉着刘姥姥出去，悄悄嘱咐一席话，又说："这是我们家的规矩，要错了，我们就笑话呢。"显然，这一席话是鸳鸯下的"套"，要让姥姥完全按照她的意思去做。连下面的丫鬟都看出她们俩要捉弄刘姥姥的意图，便躲开看热闹。开始时，凤姐便拿了一双沉甸甸的象牙镶金筷子给姥姥用，并送上一盘鸽子蛋，准备看她的笑话。贾母这边说了声"请!"戏就要开始。电视剧16集在此刻还加上了凤姐拍了一下刘姥姥肩膀的镜头，暗示她："你要表演了。"让这一戏谑刘姥姥情节不是从夹鸽子蛋开始，而是直接达到高峰：不想刘姥姥站起身来，高声说道："老刘，老刘，食量大如牛，吃个老母猪，不抬头!"说完鼓着腮帮子，两眼直视，一声不语。这一表演让全场都笑翻了，效果比她们俩原来设计的还要好。看到这一场景，鸳鸯和凤姐还撑着不笑，继续服侍姥姥吃喝，因为下边还有夹鸽子蛋的戏呢。戏还没完，贾母便笑出眼泪来，说这一定是凤姐闹的，殊不知这场取笑、耍弄刘姥姥的戏，发起并暗中操作的却是自己身边的乖乖女鸳鸯。

为了让贾母开心，让会场气氛热闹，鸳鸯、凤姐设计出这场戏，而刘姥姥为了打秋风，讨得贾府的欢心，也乐得自露乖丑地表演。这场戏的出现，本无可厚非。鸳鸯终不是要伤害刘姥姥，而且在戏中懂得掌握分寸。事情之后，鸳鸯进来，笑道："姥姥别恼，我给你老人家赔个不是。"刘姥姥笑着回答说，自己明白，这不过是哄着老太太开心。老人家临走时，她把贾母送的衣物打了包袱，并细致地一件件点给姥姥："这盒子里头是你要的面果子。这包儿里头是你前儿说的药，梅花点舌丹也有，紫金锭也有，活络丹也有，催生保命丹也有：每一样是一张方子包着，总包在里头了。这是两个荷包，带着玩罢。"说着又掏出两个"笔锭如意"的锞子来，又笑道："荷包你拿去，这个留下给我罢。"刘姥姥已经喜出望外，早又念了几千佛，听鸳鸯如此说，也忙说道："姑娘只管留下罢。"她见姥姥信以为真，笑着仍给装上，说道："哄你玩儿呢! 我有好些呢。"之后一个小丫头送来宝玉从妙玉处拿来的成窑钟子，鸳鸯又把自己的几件衣服，加上这些物品给姥姥包好，送上车。送钱送物，细致入微，还不乏幽默，表现出鸳鸯真诚的爱老尊老之心。

第 38 回的螃蟹宴上，鸳鸯的调皮本性得到进一步表现。鸳鸯和凤姐开玩笑，琥珀插进来，言语中捎带上了平儿，平儿手里正剥了个满黄的螃蟹，听如此奚落她，便拿着螃蟹照琥珀脸上抹来，琥珀笑着往旁边躲，平儿扑了个空，往前一撞，恰恰抹在凤姐的腮上，众人笑得更厉害了。贾母那边听到，连声问："见了什么了？这么乐，告诉我们也笑笑。"鸳鸯连忙高声回道："二奶奶来抢螃蟹吃，平儿恼了，抹了她主子一脸螃蟹黄子，主子奴才打架呢！"这几句回话明显不符合事实，分明是她添油加醋，增添热闹气氛。

由于长期跟着贾母，耳濡目染，鸳鸯的文化水准也高于一般丫头。这从她的穿着也可看出，貌似家常，却很有讲究：藕荷色上衣，水绿裙子，兼有一点明暗的对比，青缎背心，还有镶的边儿，用锦缎叠成细条嵌在衣服的夹边上。小说和电视剧还有这样的细节，她可以随口说出"宋徽宗的鹰，赵子昂的马"和"仇十洲的双艳图"这些具有艺术常识的话，表现出她是个很不俗的丫头，身上还有点儿艺术欣赏力。

鸳鸯的主要工作是"日夜服侍"贾母。这项工作看起来很简单，实际上非常繁重。照料贾府的老祖宗，只能做好，不能做坏，事务琐碎，责任重大。贾母年过八十，看起来身体尚好，很有精神，但是，年岁不饶人，我国古来俗语以"春寒、秋热、老健"三者比喻"终是不久长之物"。"老健"是说，人愈老愈健康与"春寒、秋热"一样，是违背自然规律的，这种现象并不能持久。即使是养尊处优的贾母，稍不注意，身体就会出现大问题。要做好伺候贾母这项工作，服侍的丫头一要性格温和细致，二要对贾母有深厚感情，而这两条鸳鸯都具备。人老了，各种毛病就会增多，冷了、热了、渴了、饿了，尤其是病了，都要及时照顾和找人治疗。老人家白天还好说，可夜里就很麻烦了。鸳鸯晚上经常要起身照料贾母，一夜睡不成安稳觉，非常辛苦。可以说贾母离开鸳鸯就无法正常生活，鸳鸯因母亲去世离开几日，贾母的生活就彻底乱套了。

这一切贾府的人都看得很清楚，唯独贾赦对此熟视无睹，竟然萌发要鸳鸯为妾的念头，做出逼婚的荒唐举动。贾赦想把鸳鸯从母亲的身边拉到自己身边，这等于是牺牲母亲的切身利益，不顾母亲的死活来满足自己的淫欲，难怪引起贾母的愤怒和鸳鸯激烈的反抗。这位贾府的大老爷把"忠、孝"挂在嘴边，却如此行事，表明他不仅好色而且还非常虚伪，是十足的"色令智昏"。

鸳鸯做出震动贾府的事，就是她蔑视大老爷贾赦那样的贪色人物，坚决拒绝贾赦的逼婚。在这个事件中，显示出她敏锐的眼光、高尚的品格和刚烈的性格。鸳鸯掌管着贾母的财产，而贾赦对贾母的所谓"偏心"一直耿耿于怀。鸳鸯看出，贾赦想娶自己的目的之一，是想日后通过自己来控制甚至盗取贾母的财产，她岂能答应！当贾赦通过鸳鸯的哥嫂不断逼其就范后，她索性跪到老太太面前，当着一屋子主子和奴才，把大老爷逼婚的情况和盘托出，并拿出袖子里藏着的剪刀，想剪发明志。曹公通过这一情节向世人显示，人的地位与品质、眼光、见识往往不成正比，一个是身为奴才却见识不凡，品性高洁，一个是世袭的高级贵族却目光短浅，卑鄙龌龊。

贾赦逼婚的事无意中暴露了鸳鸯心底的一个秘密。借着贾赦说她"多半是看上了宝玉，只怕也有贾琏"的猜测，她便发出我一辈子"莫说是宝玉，便是宝金、宝银、宝天王、宝皇帝，横竖不嫁人就完了"的毒誓。这一番慷慨陈词中，她只说宝玉，却把贾琏绕了过去。从心理学分析，掩饰不提的人恰恰是她在乎的人。

贾琏夫妇曾为了公事周转，想从贾母那儿"借当"。凤姐鬼精，自己不出面，却指使贾琏充当异性公关，拐弯抹角地向鸳鸯提出请求。当她听明白贾琏的意思后，只是微笑着，看似不置可否，内心其实已经同意。这么大的事，她必须请示贾母，贾母知道这是用于贾府的应酬，便答应了，只是让他们不要声张。

这两件事暴露了鸳鸯的感情世界，人们同情她，关心她的情感归宿。然而，这事以后就不见下文了，估计是后来贾琏偷娶尤二姐，还纳了秋桐，再加上凤姐撒泼大闹，她也就对贾琏失去信心，不想再卷进这是非之地。

虽然贾赦逼婚的风波已经过去，但是鸳鸯对贾赦夫妇两人卑鄙行为仍然心怀怨恨，遇到机会就会发泄，表现出她快意情仇的性格。第71回写贾母过生日，邢夫人当众羞辱王熙凤，让凤姐委屈得暗自落泪。凤姐在向贾母闲聊时，有这样一段描写：

鸳鸯忽过来向凤姐儿面上只管瞧，引的贾母问说："你不认得她？只管瞧什么。"鸳鸯笑道："怎么她眼肿肿的，所以我诧异，只管看。"贾母听说，便叫进前来，也觑着眼看。凤姐笑道："才觉得一阵痒痒，揉肿了些。"鸳鸯笑道："别又是受了谁的气了不成？"虽然凤姐矢口否认受了人气，但是晚间人散去后，鸳鸯还是向贾母细说了原委，使得贾母为凤姐打抱不平，并对邢夫人表示了不满。

在这里，鸳鸯表现得十分聪明，她没有直接向贾母陈述凤姐的委屈，而是先有一个表示诧异的行为。她知道，如果没有任何铺垫地直接陈述，自己在贾母眼里就像是一个搬弄是非的小人，只有在合适的时机委婉地道出事由，才能让贾母对邢夫人产生不满。可以说，鸳鸯的这一表现，主要不是为了替凤姐抱不平，而是想借机发泄对贾赦夫妇的愤怒。

鸳鸯最后怎么样？在大厦将倾之际，她一个弱女子还能得到好的结局吗？小说后40回写鸳鸯在贾母死后悬梁自尽，87版电视剧《红楼梦》写她在贾府被抄后在庙里自尽，这些处理都很合理，符合她之前常说的话。

鸳鸯是贾府中地位最高的丫头，而平儿则是贾府中实际权力最大的丫头。这两个大丫头私交还很好，鸳鸯在贾赦通过其嫂逼她就范时，曾与平儿有一番"姐妹淘"的私房话，说在贾母的众丫鬟中，自己与平儿、袭人、琥珀、紫鹃、司棋等十人，什么话不说，什么事不做，关系极其密切。鸳鸯、平儿各有各的优势和人格品质，都是《红楼梦》中不可多得的出类拔萃的女子，值得人们永久地回味。

3. 晴雯虽忠勇却不谙世事

晴雯整天嘻嘻哈哈，大大咧咧，是个毫无城府，没有心机的丫头，只把怡红院当作自己的家。看看曹公对晴雯的日常描写：早晨起来就和小丫头在床上相互胳肢取乐，还两个压着一个地胳肢，让宝玉说她们两个大的欺负一个小的。白天与芳官等一群丫头玩抓（chua上声）子儿的游戏，芳官输了就跑,她追着骂芳官,把怀里的子儿撒了一地。晴雯在书里出场的次数很多,可只有一次是在干正事,其他的时间都是在玩儿,要么赌钱,要么嬉闹,要么和宝玉或者丫头们斗气。一次宝玉问袭人在哪里,她就编派"袭人越发道学了,独自在屋里面壁呢"。相互胳肢、玩抓子儿是儿童玩的游戏,写她和芳官等一群小孩混在一起玩得不亦乐乎,是表明她像儿童般的单纯。写她编派"袭人越发道学,在屋里面壁"是说她文化低,搞不清什么佛教、道教的区别。

表面上轻浮刻薄,实际上她就是个不懂风情的傻丫头,宝玉叫她一块儿洗澡,她笑着忙说"罢,罢。"电视剧第20集描写冬天夜晚,她和麝月穿着单衣伺候主人,还到外边转了一圈,冷得发抖,宝玉让她进自己的被窝暖和暖和,在不断打喷嚏的情况下她也就听从了。这些描写,也正是表现她的单纯无邪。

曹公花了一些笔墨写晴雯日常懒散、任性甚至放肆的生活,一是要告诉读者她一直存有把怡红院当作自己家的心思,表现她思想的单纯。二是暗示出作者没有写明的她的一段经历。晴雯是赖嬷嬷带进府中的,没过多久,赖嬷嬷又把她送给了贾母。贾母眼光很高,身边几十个大小丫头,能入老人家法眼的必定是极为出色的才行。晴雯模样标致,言语爽利,这正好投贾母的脾气。她知道要获得贾母关注和喜欢并不容易,必须善于把握时机,恰到好处地表现自己身上的各项优点。这极费心思,也很辛苦。因此在贾母身边的这一段时间,她一直处在高度紧张,甚至战战兢兢的状态。她在怡红院大大咧咧、懒散、任性的表现,反映了她曾经度过一段非常辛苦,甚至战战兢兢的生活。人一旦安逸了,便产生过度放松的状况。

晴雯为何成为宝玉最信任的丫头,乃至在金陵十二钗的又副册当中名列第一?

这主要得益于她与宝玉心灵上的相通。晴雯从来不拿自己当奴才,而是置己与宝玉同等地位的"人",这反而得到宝玉的尊重。晴雯这种表现实际是对封建等级制度的蔑视,在贾府中没有几个人能有此思想境界。

宝玉虽然是主子,可是晴雯却丝毫没有表现出奴才的身份,两人更像是平等的朋友一般。晴雯首次出场,是为宝玉写的三个字贴在这门斗上的

一番对话。从对话中，听不出是两人的身份是主子和奴才。一次她跌了扇
坠子，宝玉说她几句，她比主子跳得还高。宝玉训斥她，二人吵嘴升级。
还有撕扇子一节，除表现晴雯的任性、刁蛮，也体现她身上没有一丝奴
气。她经常提醒甚至埋怨主子，会帮助宝玉装病，来躲避贾政询问功课；
宝玉遭父亲毒打，想念黛玉，也是让晴雯带了两块旧手帕过去探望，他知
道这种事情只能交给晴雯来办。

晴雯身上毛病不少，但是忠勇、仗义是她突出的品行。

病中补雀金裘表现的是她不仅心灵手巧，女红一流，而且极为仗义。
宝玉第二天还要穿着这件雀金裘去参加宴会，而整个京城的裁缝都没人敢
揽下这个活儿。她看到宝玉担心露馅儿而着急时，便拖着病体，连夜用
"界线"的方法将这个洞补得完美无缺，以解除宝玉的忧虑，实在值得称
颂为"一片冰心在玉壶"。她还念旧情，小小年纪进府时，还记着流浪时
有一位姑舅哥哥与自己相依为命，便求赖大家的把这个哥哥也收进贾府吃
工食。

如果说贾府里对大家族的事情最上心的是三姑娘探春，那么视怡红院
为家而竭力维护的人就是晴雯了。

丢手镯的事，平儿本不想声张，就是怕晴雯爆炭一般抖搂出来，让宝
玉脸上不好看。然而晴雯还是得知是小丫头坠儿偷窃珍贵物品，就忍不住
要"暴力执法"。她虽没有挑明事情，却把坠儿狠狠整治了一顿。本来处
置小丫头是袭人的职权，她却等不及袭人回来，便打着宝玉的旗号把坠儿
立即撵出怡红院。这里，她固然鲁莽尖刻，却既忠又勇，会为了维护怡红
院的名声，把偷东西的人撵出去且不计后果。

晴雯怒怼抄检大观园的人、机智应对王夫人、被撵出病死等情节的描
写，证明了她是袭人之外，作者描述怡红院里大丫头最多的一个。其实她
先天条件最好，是贾母早就看中的人，贾母把她直接派到怡红院照顾宝
玉，就是为了以后可以做宝玉的侍妾。贾母的偏爱和宝玉的宠溺让她在怡
红院放肆任性地生活，想着以后一定会与宝玉在一起，今生定有个好的前
程，所以她从来不谋求上位和算计，只是傻傻地等待着那一天的到来。殊
不知命运难料，意外比明天更先到来，王夫人的霹雳手段没有给她任何辩

解和自救的机会，被撵出后她才意识到事情的严重，落了个命运最惨的结局。

晴雯是被冤枉致死不假，但也并非是"躺着中枪"。寻根追源，还是由于她自身的弱点授人以柄，才被迫害致死。

由于深受宝玉的宠爱和自恃是老太太房里的人，因此晴雯对贾府中的人疏于防范，对府中的各种矛盾没有清醒的认识，更谈不上有什么提防。她往往逞一时口舌之快，得罪了人还不自知，日久天长必然成为众人议论和打击的目标。

怡红院其实是大观园里很特殊的一个院落。表面看起来，这里活少人多，丫头们过得很安逸，殊不知对丫头们来说，这里是个充满风险的地方。这里的主人是男性，这是与其他伺候姑娘的蘅芜苑、潇湘馆等处的丫头的不同之处。与此相联系的是，贾府实际掌权人王夫人最为关心的是宝玉的身心健康，她终日担心的是宝玉被丫鬟们调唆、勾引。因此，怡红院有关宝玉的大小事情及其牵连的大小丫头，都会引起王夫人的关注和警惕，必要时她会亲自出面处理。金钏儿言语有失就被王夫人直接撵走，最后跳井而亡，这件事就是王夫人直接用霹雳手段处理丫鬟的一个证明。金钏儿事件对众丫头来说是一记警钟，可惜晴雯并没有从中接受教训。

伶牙俐齿，讥讽嘲笑他人是晴雯的家常便饭，起因往往是她鄙视一切讨好主子的人和事。

第31回写晴雯一次跌了扇坠子，宝玉和她争吵得厉害，袭人劝解并说，凡是我不在就会有事儿。她冷言冷语讽刺袭人："只你一个人会服侍，我们都不会服侍，因为你服侍的好，昨天才挨了窝心脚。"袭人忍着性子说："好妹妹，你出去逛逛，原是我们的不是。"听到袭人说"我们"两字，晴雯冷笑几声道："我倒不知道你们是谁，说你们鬼鬼祟祟干的那些事也瞒不过我去。"并嘲讽袭人："连个姑娘还没挣上呢，也不过和我一样，哪里就称起'我们'来了。"

处置小丫头坠儿后，坠儿的妈领着女儿来向她和麝月求情，晴雯又是一顿损贬，并毫不留情地撵人，这又彻底得罪了一个人。

贾府里的婆娘个个都不是省油的灯，这群婆娘闲时聚在一起，对众丫头指点议论，甚至编派事情。如果对某一个丫头的怨恨集中起来，形成合力，就会形成一股可怕的力量。坠儿的妈受到晴雯的打击，与她结仇，晴雯在贾府里又多了一个仇人。疾恶如仇却不知应用适当的方法手段，凭空增加仇恨自己的潜在力量，就这样，她一天天向危险的方向迈进，最终引起王夫人的雷嗔电怒，将她赶出怡红院。

　　贾府当中有各种矛盾，其中小姐及其丫头与婆娘们的矛盾存在日久。这种矛盾关系到丫头们的命运，而晴雯显然对此毫无戒备之心。年老虽然是婆娘们的劣势，但老有老的优势，她们知道府里的事情多，经验丰富。婆娘当中，有的地位还特殊，是主子的奶妈，如李嬷嬷，有的是主子的陪房，如王善宝家的。她们看到园子里的丫鬟们风头日盛，而这些年轻姑娘对她们又不敬，总有一种寻机报复的心理。比如王善宝家的与晴雯并无个人恩怨，为什么首先拿晴雯开刀呢？第74回写道，王善宝家的一是嫌弃丫鬟们"不大趋奉他，他心里不自在，要寻他们的故事又寻不着，恰好生出这件事来，以为得了把柄"。年老女人由于青春已逝，资源已失，普遍对年轻的有一种天然的妒忌，于是她们伺机报复。抄检大观园是婆娘们对年少轻狂的丫头们蓄谋已久的一场集体报复。二是王善保家的肯定听到不少关于晴雯的坏话，所以，听到王夫人要她参加协查，便借着绣春囊的事向王夫人献计。开始时她锋芒指向丫头群体，然后突然话锋一转就拎出了晴雯，说晴雯"仗着模样比别人标致些，又长了一张小嘴，天天打扮的像个西施样子，在人跟前能说惯道，抓尖要强，一句话不投机，他就立起两只眼睛来骂人，妖妖调调，大不成个体统"。王夫人听了这话，猛然触动往事，想到往日看到园中有一个水蛇腰，削肩膀，眉眼又有些像林妹妹的，立即叫人传唤晴雯并提审，随后就把她逐出大观园。

　　得罪了怡红院内外的不少人，关键时刻又无可靠之人通告贾母并为她在贾母面前求情，终使晴雯落到孤苦无援的地步。鸳鸯曾与平儿有一番关于"姐妹淘"的私房话，说这个小圈子里有曾在贾母身边的平儿、袭人、紫鹃、琥珀、司棋等，就是没有晴雯。这让人想到，如果晴雯平日里多与贾母联络感情，多和鸳鸯、平儿这两个人走动，也许她的命运就是另一种结果了。可晴雯绝对想不到也不愿这样做，她只想着有宝玉"罩着"就行了。可事发时，宝玉都自身难保，还谈什么保护她呢。用现在的话语评论晴雯，就是她的"情商、智商"都不高。

晴雯在最后时刻令人敬佩的是，宁可被冤枉，也不出卖别人，是个非常仗义的女子。"忠、孝、礼、义、廉、耻"当中的"义"字，她体现得最为突出。当王夫人审她，说她天天作这轻狂样儿子给谁看，她只说自己是外屋的，很少接近宝玉。王夫人污蔑她调唆勾引宝玉时，她满可以说一句，勾引宝玉的是袭人而把自己撇清，但她就是不说，宁可担个勾引宝玉的虚名，这就是晴雯令人敬佩之处！

虽然身为丫头，她却"心比天高"，有不输小姐的品性。宝玉长大后，晴雯始终坚守清白之身。她人长得美，又不肯同流合污，有一种"世人皆浊我独清"的心理。然而她对"身为下贱"，自己终究是个丫头这点没有清醒的认识，经常讥讽嘲笑他人且不计后果，这必然遭到外人的仇视和排挤。她最后被撵病死是遭到嫉妒、诽谤造成的，所以曹公对她做出的判词"风流灵巧招人怨，寿夭多因诽谤生"是非常准确的。

作者在晴雯死前对她两件事的描写，让人们感到她的可亲可敬。一是死前的那一夜，她只管叫娘。这主要是发自内心的表现，同时也证明自己是清清白白的一个女儿家。这点连聪明的宝玉一时都没有明白，还傻傻地追问小丫头，她是不是曾叫唤过自己。二是在临死前还笑着对身边的小丫头说，自己不是去死，而是天上的玉皇帝让自己去做花神。小丫头问是管什么花的神，最终她说是专管芙蓉花的，并让转告宝玉。宝玉听闻，顿时去悲生喜，看着身旁的芙蓉笑道，此花也须得这样一个人去主管，我就料定她那样的人必有一番事业。死者给生者一个美好的想象和精神寄托，让生者不必陷于悲痛而是祝福她，作者塑造的晴雯是个多么可亲可爱的人！

宝玉为她作的《芙蓉女儿诔》长达千余言，是《红楼梦》中所有诗词歌赋中最长的一篇作品。文中以炽烈的情感、生动的比喻、形象的叙述，回想晴雯在世时，黄金美玉难以比喻她品质的高贵，晶冰白雪难以比喻她心地的纯洁，星辰日月难以比喻她智慧的光华，春花秋月难以比喻她容貌的娇美。宝玉用最美好的语言，热情赞颂这个"心比天高，身为下贱"被迫致死的丫头，以无限惋惜的心情，追忆了自己与她五年多的生活。同时，又以无比激愤的语言痛斥、责骂了那些制造悲剧的当权者和那些卑鄙无耻的小人。全篇用了很多古代志士仁人的典故来歌颂晴雯，文采飞扬、饱含真情，字字泣血。宝玉不但冒险到下人住处探视晴雯之病，还以群花之蕊、冰鲛之縠、沁芳之泉、枫露之茗，于夜静无人之时致祭晴雯，并写下这篇情意深长的长篇诔文，为她的抱屈夭亡而鸣不平。这种祭奠规格，大观园中夭折的任何人都没有享有过。另外，晴雯在金陵十二钗的又副册当中名列第一，排在袭人之前，可见晴雯在宝玉心中的分量之重。

有篇网络文章总结道"晴雯或许情商、智商都不高，但是她的风骨却是世间少有，她身上的个性具有超时代的意义，金陵十二钗又副册之榜首舍去晴雯，还有谁能担任呢？"诚哉！斯言。

参考文献：

[1] [2] 曹雪芹，无名氏. 红楼梦［M］. 北京：人民文学出版社，2008：628、629、634；678.

[3] 百合. 梦里不知身是客：百看红楼［M］. 太原：山西出版传媒集团，2017：99.

漫谈 87 版电视连续剧《红楼梦》

　　1987 年，一部电视连续剧《红楼梦》呈现在国人的眼前，它是将古典四大名著搬上电视的一部，引起广大观众的浓厚兴趣，对它的评论也就随之展开。令人想不到的是，这场评论竟然长达三十年之久，至今都没有完全平息。

　　要把曹雪芹的皇皇巨著《红楼梦》缩编成几十集的电视剧，取舍剪裁十分重要。电视剧明确把原作者定为曹雪芹，看来是以前 80 回为基础改编的，没有算无名氏续的后 40 回，这就需要加进许多原作中没有的内容，因此，电视剧的剧本是名副其实的再创作。

　　原作中的人物有好几百人，大小事件也有几十件，要写这部小说前 80 回当中重要的事件和人物，还要为这些事件和人物补写作品中没有的结局，恰当而合理地将以上这些情节、人物糅进 36 集的电视剧中，的确是难之又难的任务。而该剧编导克服了难以想象的困难，经过辛勤劳作，终于很好地完成了这一巨大的文学工程。

　　电视剧拍好后是面向全国各个文化层次的观众的，因此必须发挥电视的特点，以说故事为主，不能有太多的哲理和太深的含义，做到雅俗共赏，让多数观众看明白。要做到这点的确不易。

一

　　这部电视剧对原著众多故事的编导把握准确，构思巧妙，值得称赞。

略举以下几例：

1. 对主要人物黛玉、宝钗、宝玉形象的塑造是成功的，做到既在原则上忠实于原著，又照顾到电视剧的表现手法而适度改编。小说里这三个人的活动广泛，故事趣事极多，电视剧摘取了典型的事例作为重点内容来演绎。

黛玉是小说中第一号女主角，电视剧将她作为重点来拍，思路正确。表现黛玉的情节有：初见宝玉、作诗、葬花、偷读《西厢》、焚诗稿、离世等。葬花一节是电视剧的重点，拍得相当成功。编导利用黛玉写的《葬花吟》作为歌词，配上那天籁般的曲调，再结合凄美的画面，表现出黛玉"质本洁来还洁去"的情怀和"花落人亡两不知"的哀痛。

编导抓住她身上的几个特点进行演绎：满腹才华，灵气十足；体弱多病，多愁善感，以致常常以泪洗面。总之，编导对黛玉性格特点的把握是准确的。

在表现宝玉、黛玉、宝钗三人首次会面的一幕上，编导构思巧妙。第2集宝、黛、钗初会荣庆堂中，宝玉、黛玉初见宝钗时，电视剧用《枉凝眉》的曲子，填上第一支"红楼梦引子"："开辟鸿蒙，谁为情种？都只为风月情浓。趁着这奈何天、伤怀日、寂寥时，试遣愚衷。因此上，演出这怀金悼玉的《红楼梦》。"不仅词曲吻合，而且寓意深远。对这首词历来有多种解释，有的竟从国家或政治的高度来诠释。本人认为，这部电视剧是为普通观众而编写的，只能从贴近小说里的情节和人物来理解，而宝玉、黛玉、宝钗这三个人的故事，构成了全书的主要框架，用这首词高度概括这三个人的恩恩怨怨，非常贴切。

表现黛玉、宝钗、宝玉对偈说禅的一场戏，最能体现编导者的水平。这段体现三个人的思想和精神境界又涉及佛教理论的故事，内容较深，编写得不好就会让观众觉得枯燥无味，而彻底删去也非常可惜。编导撷取了原作中最主要的内容，用最简洁的语言和画面，在第10集"听曲文宝玉悟禅机"中揭示了这一段。其中有宝玉在初次接触佛教而做的诗和偈，特别是保留了黛玉那段"宝玉，我问你：至贵者宝，至坚者玉。尔有何贵？尔有何坚？"机锋甚利的问话，还有宝钗讲关于五祖将衣钵传给慧能那段佛史上的佳话。这样，便把原作这段中的精华部分，朴素而自然地展现给观众。

宝玉最后究竟如何与宝钗彻底分手，是小说前80回没有写到而留给后人去续写的难题。

电视剧编导将这个棘手的问题"圆"得很好：写宝玉偶然见到蒋玉涵，随他回到家里，蒋玉涵的新婚妻子竟是袭人；此时宝玉已经万念俱灰，面对袭人的欣喜和愧疚的表现态度冷淡，神态疲惫；又说到宝钗被赎出，即刻去接；等到一身村妇打扮的宝钗赶来时，发现已是人去屋空，宝钗不禁大放悲声；当蒋玉涵说要去寻找时，宝钗表示不必了，哽咽着说："他不会回来了。"

我认为，电视剧编导这样处理有着众多的"符合"，实在高明。一是符合曹雪芹在《红楼梦曲》的《枉凝眉》和《终身误》中的原意，尤其是后者，曰："空对着，山中高士晶莹雪，终不忘，世外仙姝寂寞林。叹人间，美中不足今方信：纵然是齐眉举案，到底意难平。"这句具有谶语意味的判词，已经将两人的悲剧结局说得很明显了。二是符合脂砚斋说的宝玉最后"抛妻弃婢，悬崖撒手"的批语。三是符合宝玉为袭人和蒋玉涵无意中牵线的情节，也为袭人安排了一个较好的归宿。四是符合宝钗极为了解宝玉这样一个旷世奇人的性格特征这一点。

2. 改写了黛玉之死。黛玉去世在小说里是后40回的事了，小说写黛玉听说宝玉要娶宝钗，便去质问宝玉，而宝玉因丢失"命根子"时呆时傻，让黛玉病恨交加，死于宝玉、宝钗成婚之夜。电视剧第33集对这段情节进行了大幅度的改编：

一是黛玉死时宝玉不在身边。为使出身"武荫之家"的宝玉体验"汉关烽火之地，海域悲笳之声"，贾政让他随北静王去了西海沿子。这既为处在生命最后时刻的黛玉思念宝玉制造了根据，又为黛玉孤苦伶仃而死平添悲凉。

二是展现了黛玉去世前的众多场景。她独自坐在池塘边的亭子里观赏戏水的鸭子，回忆起在大观园的往事，画面重现黛玉葬花的情景：她在一片盛开的桃林四处寻觅，出现埋花袋，建花冢的镜头；在表现黛玉与宝玉度过的幸福时光时，重现二人偷读《西厢》的场景，有黛玉要书看，宝玉把书藏在背后故意不给，还有黛玉看《西厢》，读到有趣处露出欣喜神情的镜头。幸福时光回忆完，电视剧再一次重现黛玉葬花的情景，加上令人心碎的《枉凝眉》主题曲音乐，悲哀的气氛被渲染得更加浓烈。重现黛玉葬花的情景预示着她的生命即将结束，而表现黛玉与宝玉共同度过的幸福时光，则反衬黛玉的悲剧，更增添观众对黛玉的同情。在有关黛玉去世前的这一集，电视剧编导的构思意境深远，令人赞叹。

三是编剧根据各种资料，确定黛玉是死于重病，而并非是上吊或沉湖等。关于黛玉得知宝玉将与宝钗成婚的消息，电视剧改编为黛玉偶然听到小红告诉紫鹃，宫里娘娘传出旨意，要宝二爷和宝姑娘成婚，而宝二爷遇到匪徒，不幸落水，至今生死不明。黛玉听后如五雷轰顶，她跌跌撞撞跑到怡红院，明明看到锁着门，仍大声敲门并喊宝玉和晴雯，表现她深受刺激而犯糊涂。紫鹃赶到，她又说："我来找宝玉，他让晴雯给我送旧帕子，他们都不在了。"表现她时而清醒，时而迷乱。此后，她在焚烧诗稿的悲切气氛中去世。显然电视剧是告诉观众，黛玉原本身体十分虚弱，听到这些噩耗，病情加重而身亡。

宝玉回来兴冲冲来潇湘馆找黛玉，却看到人去馆空，他坐在她的床边，看到洁白的床单如故，床上却无人。棋枰、鹦鹉尚存，仿佛主人还在。宝玉睹物思人，回忆二人亲密的情景，不禁悲从中来。

我认为，电视剧如此编导这一段情节要比小说后40回好得多。

3. 为宝玉庆祝生日的第24集"寿怡红群芳开夜宴"拍得极为精彩，编导充分发挥电视的优势，让画面既直观又充满美感。

白天，红香圃里大摆宴席。席间，突出了湘云的形象，她起先两次被罚酒，在划拳输了之后说酒令，最后说酒底时，她夹起桌上的一个鸭头，对着袭人说出那句著名的"这鸭头不是那丫头，头上那讨桂花油"的打油诗，引起晴雯的反击，说："好哇！云姑娘真会寻开心，拿我们丫头取笑"，接着就强灌了她一杯酒。这气氛热烈的一段表现出晴雯的伶牙俐齿，还显出袭人的憨厚。还有湘云醉卧花丛，梦中作诗，五彩缤纷的花朵和一群花季年华的少女组成绚丽多姿的画面，再加上隽永的诗句，优美的音乐，诸美同时呈现在人们面前，让观众瞬间感受到立体之美。

晚上，怡红院挑灯添酒重开宴。众芳齐聚，抽花签、听花曲。芳官演唱了一段《邯郸记》里的"赏花时"，让只读过小说的观众欣赏到这一段昆曲。湘云掣签"香梦沉酣"，有苏东坡"只恐夜深花睡去"的诗句，黛玉听了略微思索，说"夜深"两字改为"石凉"就对景了，分明是嘲笑她白天醉卧石上的事。湘云不甘示弱，看到一具小船的模型，灵机一动，说："看！船，快坐船回家吧！"作为反击，引起众人的哄笑和黛玉、宝玉略有羞意的微笑。这一集还有探春抽到"日边红杏倚云栽""必得贵婿"之签，引起大嫂李纨的凑趣："我看咱们家已有了个王妃，难道你也要是王妃不成？"这便为探春日后远嫁海外番邦郡王打下伏笔。

该集有些情节是小说里没有的，经过添加，又充分调动电视的优势，让这一天到处都是花影摇曳，欢声笑语，拍得既热烈又紧凑，表现出红楼众儿女的一次集体狂欢，是全剧众多拍得极好中的一集。

第24集大观园里的生日热潮还没有消退，第25集开头就传来贾敬在玄贞观因服丹而死的噩耗。宁国府的丧钟敲响，对应了小说第63回"寿怡红群芳开夜宴　死金丹独艳理亲丧"的题目。自此之后，贾府一系列丑事、恶事甚至惨剧相继发生，预示着大厦将倾的结局。

这些都反映出，编剧将喜与悲，美与丑之间的关系，尤其是盛极而衰的哲理理解得非常透彻。

4. 对刘姥姥二进大观园的改编有可圈可点之处。小说对这一情节的描述极为详尽，是书中的精彩段落。尽管曹公是驾驭语言的高手，但用书面语言体现如此复杂的场面毕竟有其局限性。电视剧的优势在于直观，最适合表现这种人数众多、七嘴八舌、突出人物面部表情加语言的场面了。

第16集捉弄刘姥姥的一场热闹戏便是电视剧发挥自身优势的典型。小说写在准备家宴时，鸳鸯就和凤姐、李纨说，外面老爷们吃酒吃饭都有个凑趣的，拿他取笑，咱们今天也得了个女清客了。电视剧表现贾母带着刘姥姥等进来后，凤姐递眼色给鸳鸯，她便拉着刘姥姥出去，悄悄嘱咐一席话，又说"这是我们家的规矩，要错了，我们就笑话呢"。显然，这一席话是鸳鸯下的"套"，要让姥姥完全按照她的意思去做。

小说写热闹戏的高潮开始时，凤姐便拿了一双沉甸甸的象牙镶金筷子给姥姥用，并送上一盘鸽子蛋，准备看她的笑话。贾母这边说了声"请!"耍弄刘姥姥的戏就要开始。电视剧此刻加上了一个镜头：凤姐拍了一下刘姥姥肩膀，暗示她"你要表演了。"让这一戏谑刘姥姥的情节不是从夹鸽子蛋开始，而是直接达到高峰——刘姥姥站起身来，高声说道："老刘，老刘，食量大如牛，吃个老母猪，不抬头!"说完鼓着腮帮子，两眼直视，一声不语。电视剧先拍贾母，后拍林黛玉等人愣了片刻，后才反应过来，接着便是全场都笑翻了。这一场表演让喜剧气氛一下子达到高峰，可以说拍得十分成功。

鸳鸯行酒令，让刘姥姥接对子这一节，电视拍的比小说的文字表述更要直观热闹，让气氛直达本集的又一高潮。鸳鸯："中间三四绿配红。"刘姥姥："大火烧了毛毛虫。"鸳鸯："右边幺四真好看。"刘姥姥："一个萝卜一头蒜。"鸳鸯："凑成便是一枝花。"刘姥姥："花儿落了，结个大倭瓜。"扮演刘姥姥演员加上表情和动作，让所说的内容更为风趣。刘姥姥以庄稼人特有的的见识和幽默，抛出的这一句句大实话，让在座的所有人都开怀大笑，气氛一波比一波热烈。

这些都是编导充分发挥电视剧特长的结果，让更多的人在欢快之中欣赏了这集的内容，而且还产生了阅读这部小说的愿望。

5. 补写了探春及宝玉、探春的兄妹之情。探春不仅是三春，而且是大观园众姐妹当中杰出的一个，才华横溢，有管理才能。她与宝玉一起长大，兄妹感情非常之深。探春在金陵十二钗当中名列第四，仅次于元春，是宝玉人生当中重要的姐妹之一。小说后40回写她远嫁，采取了"极不负责任"的态度，既没有临别前她与宝玉共叙兄妹之情的情节，又没有描写她远嫁海外启程时的悲切场面。编剧根据探春的判词和《红楼梦曲》，还有脂批，加了一场探春远嫁和亲的戏，弥补了这一缺陷。第32集添加了她和宝玉两段见面的情节。第一次兄妹二人回首往事的一段表现了二人真挚的感情，不仅感人，而且妙趣横生。探春说，以前你买来送我的那些柳枝编的小篮子、香盒、风炉，我喜欢什么似的，却都让人抢走了，你以后再选一些朴而不俗，直而不拙的带给我，我还像上回的鞋做一双给你穿，比那双还要下功夫。宝玉便回忆说，你上次那双鞋让老爷瞧见了，问我是谁做的，我不敢说真话。接着宝玉模仿其父的口气、声调，说："何苦来！虚耗人力，作践绫罗！"尤其是宝玉边说，边模仿贾政捋胡子的动作惟妙惟肖，让探春忍俊不禁。第二次是在得知探春即将远嫁，宝玉专门去大观园探望她。进门后见她正在写"娣探谨启二兄文几"，那是留给宝玉的信。她还把以前诗会上写的咏白海棠稿子带走，留作纪念。探春让宝玉随便写点什么带走，宝玉随即写下"人间几度清明，一边梳拭英雄泪"这首充满悲壮气氛的诗词。剧中还添加了探春对历史上盛极而衰的典型事例发表的一篇宏论："自古以来多少豪门望族，有几个能挨过了百年的"，表明其见识远远高出于大观园的众姐妹。

电视剧还安排探春与亲生母亲见最后一面，她终于叫出了撕心裂肺的一声："娘！"了却了赵姨娘的心愿。众人送她上船那一幕更为感人，尤其是著名作曲家王立平先生为"探春曲"《分骨肉》谱曲，探春和亲属泪流满面的画面在"一帆风雨路三千，把骨肉家园齐来抛闪"歌曲的烘托下，产生了催人泪下的效果。

6. 从画面的欣赏角度看，最美的当属第19集"琉璃世界白雪红梅"了。其中宝玉与妙玉踏雪赏梅的场景拍得精致，给观众留下的印象最深：一枝红梅伸出墙外，在白雪的映衬下，红白相间，真是美妙之极。

宝玉和妙玉二人在性格、气质方面都有相似、相通之处，都是特立独行之人。妙玉虽出身于官宦世家，却清高孤僻，蔑视权贵，淡泊财物，而宝玉对功名科考及种种世俗之事、之物深恶痛绝。惺惺相惜的二人此时在栊翠庵中，好似身处世外桃源。在如此纯洁的世界里相遇，大红与大白相映成趣，形成了浓烈的观感视觉对比，犹如一幅隽美的人间仙境画卷。一个自称"槛外人"，洁白如雪，超凡脱俗；另一个则称己为"槛内人"，看破红尘，风流潇洒，二人在严冬红梅背景之下傲然独立，堪称一对完美的组合。

而宝玉的诗，又配合白雪世界红梅灼灼的美丽图景，以字幕和朗诵形式出现，诗词与电视画面结合得非常紧密。宝玉这首《访妙玉乞红梅》的诗堪称诗中精品，水平极高。为配合电视画面，这首诗被裁为四段，而且裁剪得十分贴切精妙。

此外，在第10集的开始，描写姑娘们搬进大观园的画面也极美。导演让每位姑娘都露了一次脸，接着让她们嬉笑打闹地进入园中。其中表现黛玉的有好几个特写镜头，如她在雪白的梨花下和在红色枫叶下读书、闻花香。此外还有探春和妙玉的对弈，宝钗的刺绣，姐妹们在一起画画，钓鱼，荡秋千。这体现出编导的良苦用心，一方面充分利用电视的特长，表现出美轮美奂的画面，另一方面也让观众体会出，宝玉和姑娘们感到最温馨的时刻已是公府面临大厦将倾的年代，这一切美好的东西将被毁灭，即将上演人间最为悲摧的一幕。

7. 电视剧还有几处也值得充分肯定。

元春之死在小说后40回出现，其死因等描写历来受世人诟病。电视剧第34集写宝玉与宝钗成婚的当晚传来元春的噩耗，这与小说第63回一样突出大喜大悲，不仅增强戏剧的矛盾冲突，而且也符合曹公贯穿全书的主旨：福祸相依互化、盛极而衰、世事难料。元春的神秘死亡预示贾府的最大靠山倒了，电视剧表现贾府一片混乱，贾母也悲伤过度而病倒在床，这为贾府面临更大的政治风暴打下伏笔。

编剧安排最后陪伴凤姐的是丫头小红，这也很妙。小红原是宝玉屋里最外层的小丫头，很少能够见到并伺候主人。宝玉被伶牙俐齿的秋纹等人包围得水泄不通，小红连给宝玉送茶都遭到秋纹的斥责和侮辱。一次偶然机会，她被凤姐委派任务，后被凤姐看中，跳槽到其手下。晴雯等曾经讥讽她为"攀高枝"，得"巧宗儿"。小红原不属被关押之人，这时却愿意进来陪着凤姐，并说"这个巧宗儿，这个高枝都让我占了吧"，意思是说，我得巧在这儿碰到您，那我就陪伴服侍您吧。编剧在这里表现出，下层人物无论何时何地都忠于主人且有报恩之情的朴素感情，这很合理。

将贾雨村的结局编写得很妙。此人刚出场时，秉性、行为尚好。他考中进士做官不久便受排挤，丢官后经过黛玉的父亲的引荐和贾政的推荐，到应天府做了知府，接受门子的互官图的影响，开始发生变化，大肆贪污受贿。此人最卑鄙之处在于恩将仇报，对贾家落井下石。书中写他最得意时，曾被授予大司马，参与军事。电视剧最后一集写宝玉看到一辆囚车在大雪中行走，走近方认出囚车里的人竟是贾雨村，而押送他的则是当年的那个门子，于是痛快地放声大笑，嘲笑他"恶有恶报""登高必跌重"。这一幕设计得很巧妙，足显编导的高超水平。

当最后一集即将终了，宝玉行走在白雪茫茫的大地时，以画外音的形式响起了甄士隐为"好了歌"的解注："陋室空堂，当年笏满床"作为全剧的总结，实乃成功之笔，让人回味不止。

二

电视剧也存在着一些不足以及遗憾之处。

1. 缺少太虚幻境。据说是因为当时的技术条件有限，曾想拍太虚幻境，但最终放弃。这个理由有些勉强，因为同时期拍摄的《西游记》，其表现天空幻境、神仙妖怪的场面占据了剧情的大部分。表现太虚幻境的镜头，哪怕只有很短的一段也比干脆放弃好得多。由于缺失太虚幻境一节，也就没有宝玉窥视金陵十二钗的判词这一情节了，这不能不说是一个重大的不足之处。

2. 妙玉的结局没有交代。妙玉在金陵十二钗当中名列第六，是唯一一个与贾氏家族没有任何血缘关系的入围女子，位于十二钗名册的中段，说明她在宝玉心中的位置是很高的。电视剧中间曾有几段关于她的戏，尤其是第19集"琉璃世界白雪红梅"中，宝玉访妙玉乞红梅一段处理得相当不错。但遗憾的是，到结尾时，电视剧不知是有意还是无意，竟把她"拍丢了"。其实，交代妙玉结局的戏，电视剧可采用的手段很多，并且只需要十几秒钟就可以完成。

3. 剧中还有某些值得商榷的地方。

第35集中，贾府被抄家，主人和奴仆全被抓起来，暂时关押在羁候所和狱神庙。有"人牙子"私下说道："有旨意让发卖，白天到南门外开市"，画面还出现几排被卖之人站在高台上，有人吆喝着："看，身体多结实！""快来买，便宜！"之语，表示在进行公开拍卖。明清两代对犯官及其家属奴仆，做"入官"处理，就是把他们充当官产，送给其他权贵之家充当奴仆，不可能出现公开拍卖的情况。况且，剧中"人牙子"瘦子和王短腿对话中也说到，私自贩卖人口被抓住，按《逃人法》是杀头的罪。这说明，当时社会连私自贩卖人口都不允许，更何况公开拍卖人口呢？显然，出现公开拍卖人口的一幕，与这段对话的意思是自相矛盾的，更违背当时社会的现实情况。

这一集中还有一处值得商榷。贾雨村当着披枷带锁的贾政和贾赦的面，报告忠顺王说，以前江南甄家、金陵史家被抄时的财产，好多转移到贾家藏匿。这更让贾家罪加一等。我认为，贾雨村凭着在官场摸爬滚打几十年练就的圆滑本领，他不至于不留余地与贾家彻底撕破脸皮，当面揭发其罪行。因为就此事来说，背后告发与当面揭发对贾家的打击是差不多的，都会以搜查出来的财物为证据而判罪，他何必这样做呢？就算贾政、贾赦日后被杀，但是贾家子孙众多，保不齐哪个人存活下来，东山再起，对他进行报复也未可知，贾雨村会想到这一点的。我认为编剧在这点上，对贾雨村的性格人品还没有揣摩透，故而写出他公开揭发贾家的一幕。

4. 还有几处涉及编剧的纰漏。

第4集中贾敬说："不如把我从前写的《阴骘文》给我好好的叫人写出来刻了。"

程乙本书中是，贾敬对贾珍说："莫如把我从前注的《阴骘文》给我好好的叫人写出来刻了。"并且加注："《阴骘文》是道教文昌帝君写的劝善书，贾敬为积累功德，曾为该文注解。"庚辰本此处的大意也如此。[1]这均表明，《阴骘文》不是贾敬写的，他只是为该文注解，把"注"说成是"写"，一字之差，却谬以千里。

第10集宝钗与宝玉、黛玉等人聊佛史，说到"五祖欲求法"。对照原文，后面少了一个重要的"嗣"字，使意思大变。"五祖欲求法嗣"是五祖想寻找南宗继承人的意思。

第21集湘云出谜语，谜底被宝玉猜中，说是"耍猴的"，而书中是"耍的猴"。这三个字次序变动意思就全变了，"耍猴的"是耍猴的人，这就错了。

第34集巧姐儿被卖，刘姥姥问卖到了哪儿？小红说，被卖到"南省瓜州"。刘姥姥在同歌妓院老板商讨赎回巧姐儿时，两次说到的地名都是"瓜州"。中国历来有发音一样的两个州，一个是处在西北荒漠中敦煌附近的瓜州，另一个则是王安石那句流传久远的"京口瓜洲一水间，钟山只隔数重山"诗句里的瓜洲，是扬州附近靠近长江的瓜洲镇。电视剧中，刘姥姥下船后呈现的"瓜洲古渡"四个字的地碑更证明了这点。这里不能用小红和刘姥姥知识有限为由说明其合理性，这反映的是编导或者工作人员的疏漏。

我不由想起，以前曾有人曾说，电影是一门令人遗憾的艺术，意思是说，演员在表演时有些表演不到位，甚至发生小差错的地方，在事后自己发现不如意时已经晚了，因为当时电影胶片极其昂贵，都不可能再拍了。我想，这一定是电影圈的业内人士由衷发出的感叹，因为局外人是不会有这种体验的。而如今的电视剧何尝不是这样呢？被广大观众称为某一版的电视剧、某一经典戏剧拍成视频后，这些戏剧中即使有各种纰漏也不可能重新拍过了。电视剧的视频就像照片被"定格"一样放在视频库里，里面所有令人遗憾以及种种错谬之处，都不可能有一丝一毫的改动了。

三

近年来对 87 版电视连续剧《红楼梦》的评价始终没有停止，多数为有论点有论据的分析文章，即使论点偏激，言辞激烈，也无可厚非的。例如，有文章批评 87 版电视剧关于林黛玉几处不符合原著的设计，如文化修养极高的大家闺秀成了任性的小肚鸡肠女孩儿，豁达的情怀和活泼的个性成了不分场合哭哭啼啼的泪美人儿。还有人认为，气死黛玉是该剧最大败笔，并提出了较为充分的理由。

本人认为，围绕一个很小的社会问题都会发生各种各样的看法，对《红楼梦》这种文学巨著产生成千上万种观点也是毫不奇怪的，只要是讲道理，观点如何偏激甚至新奇，都没有什么大不了的。

然而，有些网络评论文章就太不靠谱了。例如，有个笔名叫"文萃大观园"的，在 2020 年 6 月发表评论，借"红楼梦的伟大到了登峰造极的地步，所以不适合进行二度创作"为由，说看了连续剧，简直令他"怒不可遏"，"怎么也没想到能把这么经典的作品，糟蹋到如此不堪的地步"，"除了作曲，别的一无是处"，并说，作为一个红学爱好者没法接受这部连续剧，如果按照电视剧质量分 10 档的话，它达不到第 6 档。这篇文章一是没有具体的论据论点，二是笼统地说这部剧"一无是处"，口气大得令人反感，仿佛这位"红学爱好者"对《红楼梦》无所不知，无所不晓。

从一些介绍文章看，可以大致了解这部 87 版电视连续剧是如何问世的，其间经历了怎样的艰难的历程。

剧本是一剧之本，剧本的编写请的是红学家周岭、刘耕路、周雷先生，导演则是驰骋剧坛多年的王扶林先生，他成为该剧最重要的人物。此外，编导的背后还有一个阵容极其强大的专家顾问团。从前几位大名鼎鼎的王朝闻、沈从文、曹禺、周汝昌、吴祖光等就可以发现，这个阵营的强大是空前绝后的。

剧本的写作花费了好几年功夫，电视剧的拍摄前后共花了三年之久。

其间，演员的学习和提高就占了不少时间。

特别是作曲家王立平先生为剧本作曲，其精神和事迹更是让人肃然起敬。仅仅主题曲《枉凝眉》他就写了一年多，而《葬花吟》则写了一年零9个月。王先生自己说，《葬花吟》的调子一定下来，连自己的眼泪也下来了。整个作曲时期，他气断神伤，耗时4年半才完成了电视剧13首配曲及所有背景音乐。如今听来，那一首首歌曲和主题音乐，犹如陈年老酒，沁人心脾，让人如醉如痴。

还有一项更值得一说，那就是主创人员对演员采取全国海选的方法得到极好的效果。本人认为，不仅三位主要人物黛玉、宝钗、宝玉，而且王熙凤、贾母、探春、香菱、李纨等，还有大丫头鸳鸯、平儿、晴雯、袭人，小丫头小红、坠儿等的扮演者，都选得极为恰当，十分贴近剧中人物的气质和神韵。例如探春，无论是扮演者还是配音都显得非常适合，她们将这位三姑娘强势的特点表现得淋漓尽致。演员的成功选出是这部剧获得广泛好评的一个重要方面，广大观众认为这些演员就是自己心目中的红楼之人，这已形成惯性思维，估计几十年都不会消失。

在这里，本人并不是想用这些主创人员的大名和电视剧的成就来压服谁，而是想说，这部电视剧是国内红学圈子里第一流的内行人，用了相当充沛的时间来完成的，而他们创作的态度又是极其严肃和认真。说这部电视连续剧"一无是处"，显露出作者的浅薄和无知。对待这类根本不讲理的文章的态度，就根本用不着去关注，去争辩，而任其自生自灭好了。

参考文献：

[1] 曹雪芹，高鹗 . 红楼梦［M］. 北京：人民文学出版社，1964：121；曹雪芹，无名氏 . 红楼梦 ［M］. 北京：人民文学出版社，2008：154.

87 版电视剧《红楼梦》如何展现"诗词红楼"

　　诗词在小说《红楼梦》里占了非常重要的地位，遂产生"诗词红楼"一说。"红楼"因诗词而雅，诗词是提升"红楼"的阶梯。如果没有那么多堪称精品的诗词，小说《红楼梦》就会大大减色。诗词的特点是含蓄典雅，处处用典，要慢慢咀嚼才能品出味道，适合在小说等文学作品中展现。电视剧则是画面直观，可以用字幕清楚地表示剧中人物的语言，但体现诗词的意味就存在困难。因此，在电视剧如何表现诗词，如何让诗词发挥其应有功效的问题上，87 版电视剧的编剧和导演花费了很大的心血。

　　《红楼梦》里有上百首诗词，其美学价值日益受到人们的重视。这些诗词从多角度抒发情感，有感叹盛衰变化的，有通过咏菊、咏白海棠等自然花木抒发个人情感的，还有的是剧中主角如黛玉哀叹自己悲凉身世的。要从如此多的诗词当中挑出一小部分适合于电视剧各种场景的诗词来，是对编导的首要考验。其次，对挑选出来的这部分诗词如何进行艺术加工，对其进行剪裁，并且配上相适应的音乐和画面，也是再创作的任务之一。

一

　　本人认为，87 版电视剧在运用诗词来点明主题，烘托气氛，使观众更易理解小说的主旨上是很成功的。

　　将跛足道人所唱的《好了歌》置于电视剧开头，甄士隐解注《好了歌》的"陋室空堂，当年笏满床"放在末尾，前后相互呼应，设计很妙。我认为，这一前一后的两段文辞实际是指导人们理解这部小说的钥匙。这两段文辞可以归结为以下几个意思：感叹世间沧桑变化，福祸互化；否极泰来，盛极而衰；人生无常，世事难料；功名利禄如过眼烟云，劝人莫贪、止欲；善恶皆有报应等。小说里所有的故事情节，莫不围绕这几句话展开。

　　"一个是阆苑仙葩，一个是美玉无瑕"，这支《红楼梦曲》中的《枉凝眉》，在编写电视剧时学术界已有争论。一些学者认为"美玉无瑕"说的不是宝玉，而是另有所指，甚至还有判定这首《枉凝眉》，指的是宝玉及与其有密切关系的几个女子。

　　编导和作曲家能够将其判定为是歌颂宝玉、黛玉爱情的重要词句，并把它配曲，作为整个电视剧的主题歌、主题曲之一是要有勇气的。我很赞赏编导和作曲家的这种态度，并认为在当时的情况下，无论持何种观点，只要有根据、有理由并能自圆其说，都是可以拿出来付诸实施的。如果当时他们在争论面前退缩，而舍弃这一艺术水准上极美、极高的词，也就没有剧中反复应用的这一主题歌和主题曲，那么，整个电视剧的艺术魅力将大大减弱。要知道，这一主题歌、主题曲与黛玉的《葬花吟》一样，在观众中产生了巨大的共鸣，为电视剧增色添辉。87 版电视剧之所以在群众中取得热烈反响，并且被多数评论家认定为优秀作品，其主题歌、主题曲的成功运用是重要原因之一。说到这里，应该讲著名作曲家王立平先生功莫大焉，这里便不予展开了。

　　黛玉的《葬花吟》全诗共 26 个整句。电视剧采用了其中的大部分，可以说是重点诗句。名为《葬花吟》，却不见一句葬花的行为，都是抒发哀伤、幽怨的感情。它以花喻人，感叹"明媚鲜妍能几时，一朝漂泊难寻觅。花开易见落难寻，阶前愁杀葬花人"。其中也寄托了对世态炎凉和人情冷暖的感慨和自我认知，"柳丝榆荚自芳菲，不管桃飘与李飞"二句寄托了她对现实的不满和对世态炎凉的气愤；"一年三百六十日，风刀霜剑严相逼"二句表达出对长期以来，其冷酷的环境对待自己的现实的一种控诉；"质本洁来还洁去，强于污淖陷渠沟"二句则表现出当现实的处境与自己所幻想的世界相违背的时候，她自身所坚持的不与之同流合污的骨气。一首《葬花吟》写出了黛玉孤傲和不服输的强硬一面，和与这个污浊的现实决裂的豪迈气概，但也同时为其人生困境甚至人生终点埋下了内在伏笔。"天尽头，何处有香丘？"竟然设想天空中有没有适合安葬自己洁白玉体的香冢。"未若锦囊收艳骨，一抔净土掩风流。试看春残花渐落，便是红颜老死时。一朝春尽红颜老，花落人亡两不知！"是最强烈的感情抒发。人们从这几句诗中，能够感受到她在预感自己爱情的不幸时所表现出的挣扎和痛苦。总的说来，这首长诗表现出她身上自怨自艾和多愁善感的气质特点。

编导充分发挥出电视剧的特长，诗句与画面相结合，再加上音乐，取得更感人的效果。有诗，有落花在流水中的画面，有凄美的音乐，各种艺术综合应用发挥为立体效果，催人泪下。值得说的是，电视剧将成功创作的音乐与诗句相结合，是该剧一大亮点。王立平先生将这首诗谱曲，演唱时分段采取合唱、独唱的形式极大地渲染了气氛，增强了这首诗的感染力。整支曲子，前半部旋律处在中低音区，如泣如诉，随后音调逐渐升高，到"天尽头，何处有香丘"时，强音高亢，直逼人心，让人们感到这是黛玉命运发出的呐喊声。

由黛玉的《葬花吟》产生主题歌，又由主题歌产生主题曲，让主题曲在剧中符合需要的时候出现，这是编导和作曲家在该剧中常使用的手段，这种手段又推及其他诗词。在这一点上，87 版电视剧运用得是十分成功的。

二

小说中有好几场宝玉和大观园众姐妹在结诗社、生日、节日庆典时，当场作诗的精彩情节，如咏白海棠、咏菊诗会，还有芦雪庵联诗等。这些诗词曲赋，既生动活泼又风雅有趣，恍若画中之景，唯美动人。其间，红楼儿女们的性格特征也跃然于诗词之中。

电视剧选择了"芦雪庵联诗"一场作为重头戏。联诗不同于一般的一个人作诗，而是一个人说出一句，另外的人抢着联出下一句，并且再起另一句的开头。因为是联诗，因此参加的人物众多，非常热闹，适合电视剧发挥自身特长。芦雪庵联诗不仅有诗社的原来成员，还有刚刚来到大观园的宝琴等。刚学会写诗的香菱也第一次加入，给人以期待。这场即景联诗由偶然到此且不大通文墨的王熙凤开场，她从下大雪联想到刮北风，便说出"一夜北风紧"的首句，得到众人的称赞。李纨接"开门雪尚飘"，起"入泥怜洁白"。轮到香菱，她抓住难得的机会，接"匝地惜琼瑶"，起"有意荣枯草"，探春接"无心饰萎苕"。下半段选中两句对得极美的诗：宝钗起"皑皑轻趁步"，黛玉接"剪剪舞随腰"。宝玉一句"撒盐是旧谣"引起湘云的不满，说他不中用，还耽误了自己。在湘云笑着说出"石楼闲睡鹤"之后，黛玉戏语作诗，接道"锦罽暖亲猫"，自己也不禁笑起来。经过一连串的联诗，最后姐妹们相互推搡、嬉笑，其中黛玉还故意把湘云推搡在炕上，引起探春也来凑热闹，一时欢闹的气氛达到高潮，可以说效果非常好。

小说原写宝玉因为联诗表现不佳而被罚到妙玉处折枝红梅来插瓶，并没有宝玉求红梅的具体描写，而电视剧则结合宝玉的诗，浓墨重彩地展现出在白雪世界中红梅灼灼的美丽图景，诗词与电视画面结合得非常成功。宝玉这首《访妙玉乞红梅》的诗堪称诗中精品，水平极高。为配合电视画面，这首诗被裁为四段，而且裁剪得十分贴切、精妙。在寺院的钟声下，宝玉走到栊翠庵门口，念"酒未开樽句未裁，寻春问腊到蓬莱"，意思是说，酒还未动杯，诗句尚未构思敲定，为求红梅就来到仙境栊翠庵。妙玉在墙内问，"墙外吟诗，莫不是怡红公子吧？""是的，我是要向你寻一样东西。""什么东西，请说来。"这时宝玉吟出"不求大士瓶中露，为乞嫦娥槛外梅"两句：我并不是来求观音净瓶中盛有治病祛灾的甘露，而是乞嫦娥姐姐俗世外的红梅。妙玉开门，双手合十迎他进入庵中。"入世冷挑红雪去，离尘香割紫云来"两句出现在宝玉进到栊翠庵中。"入世"是折了梅回"去"之称，"离尘"是"来"到庵里乞梅之称。梅称"冷香"，所以分"冷""香"于两个分句中。"挑红雪""割紫云"都是比喻攀折红梅。这里，诗中每个字和词都用得十分准确、精妙，电视的优势也充分发挥，表现出琉璃世界白雪红梅的美丽景象。不仅有景，还有情：妙玉冰清玉洁般的脸庞在白雪红梅的映衬下愈发动人，她和宝玉两人无语，却似有无限情愫要传递。"槎枒谁惜诗肩瘦，衣上犹沾佛院苔。"用在了宝玉拿回一大枝红梅花的路上，是他的内心独白：踏雪冒寒，因冷耸肩，谁怜诗人瘦肩嶙峋；即便如此，归途中尚不忘佛院之清幽。

第24集为宝玉庆祝生日的聚会一场，电视剧采取宝钗为香菱现场注解的方式，既符合香菱刚学作诗的状况，又能使观众当场就能大致明白所出现的诗词的含义。黛玉按照规定念道："落霞与孤鹜齐飞，"宝钗解释道："这句是王勃《滕王阁序》里的一句。""风急江天过雁哀，"宝钗解释："这句是唐诗。""却是一只折足雁，"宝钗解释："折足雁是骨牌名。""叫得人九回肠，"宝钗解释："九回肠是曲牌名。"最后凑成"鸿雁来宾。"宝钗解释："鸿雁来宾是皇历里的话。"这一处理，不仅让观众欣赏了电视剧的情节，还让观众得到有关诗词的知识。

众人看到湘云醉卧花丛中，电视剧添加了黛玉的一句话，"云丫头这副模样倒活画出一副唐诗来：'醉眼芳树下，半被落花埋。'"与画面的景致很是吻合。湘云犹作睡语说酒令，仍然采用了宝钗现场注释的方式。湘云唧唧嘟嘟地说："泉香而酒洌，"宝钗："这是欧阳修《醉翁亭记》里的名句。""玉碗盛来琥珀光，"宝钗："这是李白《客中行》的一句。""直饮到梅梢月上，"宝钗："梅梢月上是骨牌名。""醉扶归，"宝钗："醉扶归是曲牌名。"最后凑成"却为宜会亲友。"这一段，电视剧处理得也很好。

为诗词谱曲，烘托气氛，是该剧常采用的手段。例如，在贵族公子冯紫英等人参加的宴会上，宝玉唱"红豆曲"这一场景，编、导、曲三者结合得非常巧妙。为这样长的句式谱曲，难度之大可以想见，然而王立平先生为这首词的谱曲却极为成功。宝玉唱"红豆曲"时，每一句都有与之相适应的画面，大部分都是黛玉的形象，让人们看到，他在任何时候都是把黛玉放在心上的。此外通过这一情景，突出了宝玉在格调、品位上的高尚，显示出他与蒋玉涵、冯紫英、薛蟠等人的不同之处。还有第 30 集"大观园诸芳流散"的开头，就有一首诗通过独唱来表现。前四句："池塘一夜秋风冷，吹散芰荷红玉影。蓼花菱叶不胜愁，重露繁霜压纤梗。"电视剧通过悲切的诗歌和画面，表现秋天的萧瑟和女儿的悲愁。后四句出现在宝玉一人沉思之时，"不闻永昼敲棋声，燕泥点点污棋枰。古人惜别怜朋友，况我今当手足情！"这首诗原来是《紫菱洲歌》（"紫菱洲"即迎春居所），如今放在这儿十分恰当，表明迎春已经离开了紫菱洲，这里已是人去院空。这首诗出现在这儿还预示，红楼女儿不仅风流云散，而且有的人将要遭遇厄运。果然，这一集中，迎春出嫁后遭受虐待，命运悲惨，香菱则被折磨致死。

咏白海棠的诗会是小说中著名的篇章。黛玉的一首《咏白海棠》构思奇特，是诗作中的佳品。小说描写当时黛玉"提笔一挥而就，掷与众人"，表现得极为自信。这首诗得到姐妹们的喝彩，宝玉甚至还说"从何处想来"。可是，连续剧演出过半都没有出现这一幕，让很多观众都认为编导放弃了，不料，它竟然出现在最后一集。以前专管大观园栽花种树事情的贾芸到庙里看望被关押着的宝玉，宝玉回忆起贾芸当年送白海棠时的情景，随口吟出："半卷湘帘半掩门，碾冰为土玉为盆，偷来梨蕊三分白，借得梅花一缕魂。"宝玉读完这前半首，哽咽着说："这是林妹妹的。"贾芸也大受感动。时过境迁，黛玉已死，贾府被抄，宝玉被押，在这种凄惨的境况下读黛玉当年的诗作别有心酸的意味，这比表现当时黛玉写此诗，读此诗一幕的效果要好得多。编剧很懂得这样处理会产生不一般的效果，事实上果然如此。

三

电视剧在表现诗词方面也有美中不足之处。

芦雪庵联诗很长，电视剧受到场面时间的限制只选了其中一部分，这是可以理解的。小说中，这场联诗的主角其实是湘云。湘云多次抢着联诗,见到众姐妹一句接一句联诗,她看得有趣,一边笑一边联。她口渴喝茶的瞬间竟被人抢先,她放下茶杯又接着抢机会。有一次她为自己腹内的诗句笑弯了腰,起得含糊,众人没听清楚,问她到底说的是什么,她连忙起道"石楼闲睡鹤",黛玉听后笑得握着胸口高声接道"锦罽暖亲猫"。湘云最后竟笑得浑身发软,说:"我也不是作诗,竟是抢命呢。"而宝玉则看宝钗、宝琴、黛玉三人共战湘云,十分有趣,竟忘了自己联诗。诗才横溢的黛玉见到联诗机会难得,竟破了规矩,在上一联没起之时,抢先开起,从此联诗就改为一人一句了。这是小说描写得最为出彩的一节。遗憾的是,电视剧在这场联诗中,对湘云才思敏捷且顽皮、可爱的形象突出得不够,没有把她作为主角来表现。另外,还有几段相当精妙的诗句没有出现,令人感到美中不足,如宝玉起"何处梅花笛",宝钗接"谁家碧玉箫?"宝琴起"伏象千峰凸",湘云接"盘蛇一径遥",[1]对仗工整且构思奇妙。尤其是最后一联,两位少女仿佛站在高空俯瞰雪后的群山,竟把群峰的凸起比作大象伏卧在莽原上,把蜿蜒曲折的山路看作大蛇盘旋而上,气势宏伟,诗境美妙。

电视剧第 24 集写大观园众姐妹为宝玉等人庆生日,以抽签为乐。宝钗抽到的签上写"任是无情也动人"。这句诗出自唐朝诗人罗隐的《牡丹花》,加上前句,组成"若教解语应倾国,任是无情也动人"。其意是说,如果牡丹花会说话,能解人意,就拥有了倾国之美,即使它含情不露,也具有打动人心的魅力。书中写道:宝玉却只管拿着那签,口内颠来倒去念"任是无情也动人",听着芳官儿唱着《邯郸记》里的曲子,眼看着芳官不语。[2]宝玉不同一般人,他脑子里充满了常人所没有的想法,有时对着落花、飞鸟、游鱼、星星、月亮,都能自言自语一番,而且常常见喜思悲。宝玉为何颠来倒去念宝钗抽到的"任是无情也动人"这句并且发呆,只有一种解释,他回想起在太虚幻境中 14 首《红楼梦曲》中涉及宝钗、黛玉的"终身误":"空对着,山中高士晶莹雪,终不忘,世外仙姝寂寞林。叹人间,美中不足今方信;纵然是齐眉举案,到底意难平。"由于自己心中只有林妹妹,又与宝钗在思想观念等方面不合,宝钗近在咫尺,却不能和她结合,即便今后在未知的各种强力压迫下两人结合,也是"终身误",

而且两人都是"终身误"！宝玉最是怜香惜玉，关心众姐妹的一切，宝钗也是他一生中最重要的姐妹之一，因此他看到宝钗掣的这个花签，又联想到"终身误"，模糊地意识到自己和宝钗将陷于这种悲剧的结局，心绪无比复杂，便对着这七个字发起呆来。电视剧在这点上没有表现作者的原意，画面上宝玉仍然嬉笑如常，没有发呆的场面。

香菱学诗是小说中较吸引人的情节。书中描述，香菱着魔般地跟黛玉学习写诗，共写了三首咏月诗，一首比一首好。电视剧第19集表现的是她写的第二首中的一部分："丝丝柳带露初干。只疑残粉涂金砌，恍若轻霜抹玉栏。梦醒西楼人迹绝，余容犹可隔帘看。"曾被黛玉评价："过于穿凿"，"还不好"。宝钗也笑评她偏了题，不像吟月，而是写月色。香菱毫不气馁，继续努力，居然在梦中作诗："精华欲掩料应难，影自娟娟魄自寒，一片砧敲千里白，半轮鸡唱五更残，绿蓑江上秋闻笛，红绣楼头夜倚栏，博得嫦娥应借问，缘何不使永团圆。"[3]她咏道：无论何物也难把月亮的华光遮掩，她情影多娟美质地多清寒。广袤的原野一片银色传来阵阵捣衣声，雄鸡报晓夜色将阑残月仍挂天边。秋江里身穿绿蓑的游子听闻笛声更添愁绪，楼上伤情哀怨的少妇夜里倦倚栏杆。惹得月宫里寂寞的嫦娥也不禁要问：是什么原因不使人间的民众永远团圆。很显然，香菱还把自身的凄惨身世揉进诗里，使这首诗更为感人——今世是不能与家人团圆了，只能将这凄苦的心情寄于诗中。

这第三首诗是香菱作诗初步成功的象征，被众人称为"不但好，而且新巧有意趣"，还准备下帖子，请她加入诗社。我认为，香菱第三首诗是她学诗生涯当中的一个高峰，已接近探春作诗的水平，应在电视剧中给予突出地位。然而电视剧却主次颠倒，把她不成熟的第二首略突出地显示出来，成熟的第三首却被边缘化，第20集只有她在桌上挥笔，断断续续写着"绿蓑江上""何缘不使"的字样，没有给她展现一生创作诗词最高水平的机会，这不能不说是一个遗憾。

总之，87版电视剧展现"诗词红楼"是极为成功的，这是该版电视剧受到高度评价，且收视率经久不衰的重要原因之一。87版从始至终充满原作当中经典的诗词，一首首诗词自然地融进各个故事情节之中，又像珍珠一样把整个剧本串起来。曹公创作的那一首首典雅、精致的诗词，极大提升了电视剧的艺术性，这是 87 版《红楼梦》与其他版本《红楼梦》的重要区别。

参考文献：

［1］［2］［3］曹雪芹，高鹗. 红楼梦［M］. 北京：人民文学出版社，1964：703、711；807；685、688.

87 版电视剧《红楼梦》竟演绎了
黛玉的最后遗作

　　小说《红楼梦》第 64 回"幽淑女悲题五美吟"，写林黛玉为"寄感慨"，写了五首咏西施、虞姬、明妃、绿珠、红拂这些"古史中有才色的女子"的诗，被宝玉命名为"五美吟"。在"五美吟"中，林黛玉一改"葬花吟""秋窗风雨夕"等自伤自叹的风格，为历史上五位奇女子的豪情而讴歌。在她眼里，虞姬可欣，红拂可羡，西施、明妃可悲，绿珠可叹，五首诗读起来令人荡气回肠。

　　脂砚斋在批阅《红楼梦》时，在黛玉作"五美吟"旁，批曰此与后"十独吟"对应。这证明"五美吟"后存在与之对应的"十独吟"，曹公遗失的后文中是有"十独吟"的，但是，续书里却不见"十独吟"的踪迹。

　　黛玉在"五美吟"之后，再借古史上十个独处的著名女子的愁怨，来写当时自己的现实感触是完全可能的。这十位著名女子，除了李清照、冯小青外，坊间流传的还有：

　　息夫人（春秋时息国君主的妻子。后楚王灭了息国，将她据为己有。她在楚宫里虽生了两个孩子，但默默无言，始终不和楚王说一句话。）

　　卓文君（西汉临邛人，汉代才女，貌美有才气，善鼓琴，家中富贵，却看中了穷书生司马相如。随他私奔后，文君当垆卖酒，传为千古佳话。）

　　孙夫人（三国时吴国国君孙权之妹。刘备定荆州时，孙权对其十分畏惮，于是将妹嫁与刘备为夫人，重固盟好。孙夫人才捷刚猛，有诸兄之风，身边侍婢百余人，皆亲自执刀侍立。）

蔡文姬（东汉著名学者蔡邕的女儿。通诗文，懂音律，以琴音作《胡笳十八拍》，在中国历史上是屈指可数的大才女。）等。

87版电视剧《红楼梦》第34集中出现这样一段情节，画面和诗句都极为感人。黛玉死后，宝玉得知紫鹃要南去为黛玉守灵，心底悲伤，回房抚摸玻璃绣球灯等黛玉生前遗物。宝钗见到后，懂得他的悲苦，却不宽慰，不劝谏，坐下略微思索后挥毫写下两首诗。起初宝玉以惊异的目光凝视宝钗，直至看到"潇湘妃子"等字样，才得知这是黛玉最后的遗作，顿时泪流满面。字幕和朗读的诗曰"赌书空忆泼茶时，铁马敲风乱入诗。青女不谙霜雪苦，忍将剩冷锁残枝。烛花剪梦恨难双，雨暗罗衾泪暗江。一自孤山春尽后，荷花柳浪枕幽窗。右绿潇湘妃子药余偶得十独吟十首李清照冯小青二首"。

这实际是87版《红楼梦》的编剧替黛玉代拟了两首咏李清照、冯小青的诗，让我佩服至极。小说120回没有这一段，编剧以"再创作"来弥补这一缺漏。这两首诗又非编剧的凭空杜撰，是编剧在综合小说内外各种线索的基础上编写出的黛玉遗作。第33集中写黛玉服药之后，她支撑着病体写下几首诗，宝钗嗔怪她病未好就写诗，并看到诗稿有"药余偶得十独吟"几字。宝钗知道黛玉曾写过"五美吟"，再写"十独吟"来对"五美吟"，顺理成章且对仗工整，便默默记下诗句。

"赌书空忆泼茶时，铁马敲风乱入诗。"首句引用了李清照夫妇的典故。夫妻两人酷爱背书，两人比赛，谁赢了便奖励一杯茶；茶水翻倒，打湿衣袖，故有赌书泼茶的故事。清代纳兰性德曾有描写李清照夫妇"赌书消得泼茶香，当时只道是寻常"的诗句，运用了这个典故。首句之意是，赌书泼茶这些寻常且温馨的家常事都随着家破人亡而空留记忆。"铁马"指楼阁檐下铜铁做成的铃铛，"民多铸之，谓之铁马。以如马被甲作战斗形，且有声也。"那些声音清脆的铜铃，在风中相互敲击，真似大队人马在交战。南宋时金兵入侵，双方军队交战的情景不时而无序地写入李清照的诗中。"青女不谙霜雪苦，忍将剩冷锁残枝"："青女"是主管霜雪的神女，"残枝"，对照比喻夫妻恩爱的"连理枝"，是指李清照寡居时的生活处境。这两句是说，主司霜雪的青女不懂人间寒冷的凄苦，竟然忍心还要为本就独处悲伤的人再添凄凉。

"烛花剪梦恨难双，雨暗罗衾泪暗江。一自孤山春尽后，荷花柳浪枕幽窗。"这是吟咏冯小青的诗句。冯小青，明万历年间广陵人。自小极为聪慧，好读书，解音律，善弈棋。据称她十岁时遇老尼口授《心经》，一过成诵。由于祸乱，小青嫁给儒雅的冯公子为妾，二人共同度过一段幸福生活。烛花合剪，如西窗共话，象征夫妻幸福温馨生活。"烛花"还包含她与冯公子初次见面时一段佳话中的意思：当时冯公子出的灯谜有一个"话雨巴山旧有家，逢人流泪说天涯；红颜为伴三更雨，不断愁肠并落花。"她猜中谜底为"红烛"。

"烛花剪梦恨难双，雨暗罗衾泪暗江"是说，二人成双的幸福生活就像被剪掉烛花的一场梦，只留下寂然独居的余恨；如同雨水悄悄地打湿衾被一样，泪水默默地流成江河。

由于大妇悍妒，不容小青，冯公子无奈于西湖边的孤山下为小青购置一所旧屋，使其独居。其时孤山四面环水，陆路难通。大妇严令小青不可出屋，又禁其夫前往探视。孤山之地素开梅花，春去梅花败落，只有西湖边的荷花、柳浪聊以代枕在幽窗之下。小青独居孤山，青灯照壁，冷雨敲窗，形影相吊，遂读《牡丹亭》，与杜丽娘对话，以度漫漫长夜。她曾写下诗篇："冷雨幽窗不可听，挑灯闲看牡丹亭。人间亦有痴于我，岂独伤心是小青。"小青受尽折磨，18岁夭亡。不久剧作家吴炳以此为题材，写了一部昆剧《疗妒羹》，和《牡丹亭》一起流传至今。

冯小青写过不少绝句，除上篇之外，还有一首曰："盈盈金谷女班头，一曲骊歌众伎收。直得楼前身一死，季伦原是解风流。""季伦"是西晋石崇的字。石崇不仅巨富，而且妻妾成群，其中一妾名为绿珠，貌美如花，擅长歌舞。赵王司马伦派心腹孙秀去索要绿珠，石崇没有答应，因此得罪了赵王一党。石崇深知自己惹祸上身，在得知赵王寻借口抓捕他之时，他对绿珠说出实情。绿珠感动不已，跳楼自尽以报答石崇对自己的爱意，然而这并没有摆脱石崇全家被杀的命运。

小青这首诗借"绿珠"来对比自己，作为妾室的她渴望自己的丈夫也能如石崇般"解风流"。

黛玉在"十独吟"中写冯小青，而冯小青的这首诗又写黛玉"五美吟"中的绿珠，这实在有趣！而且，两人同以绿珠为题抒发情感，反映其思虑相近，意趣相投。

以上都是文学史上的佳话。

再回到黛玉和"十独吟"的话题上。87版电视剧《红楼梦》三位编剧之中不知是哪位能根据以上扑朔迷离的线索，通过黛玉之手写出吟李清照、冯小青的两首诗，实在令人佩服。我在佩服编剧的同时，又埋怨剧组有关人员的马虎。

本来电视剧展现这一幕就够深奥的了，然而，由于有关人员的疏忽，配画面时的朗读和字幕，在"十独吟十首"后面少了一个重要的"之"字，这让观众更加糊涂了：明明两页纸上只有几行诗句，怎么能是10首诗呢。还有，"录"的繁体字是加上金子边的，这让工作人员误写成了"绿"，"右録"成了"右绿"。如果仔细对照屏幕中的原稿看，就会猛然明白：那一写着"潇湘妃子"字样的潇洒的行书，在"十独吟十首"后面有一个"之"字，繁体的"录"也依稀可见。原来宝钗凭借超强的记忆力，抄写的是黛玉"十独吟"中写李清照、冯小青的两首。

原著中没有这一联诗，电视剧的"再创作"加进了这一情节，体现出编剧深厚的文学功力。人们怜爱黛玉，祈望这是她的"天鹅之歌"——其生命终结前的最后绝唱。

浅谈古典名著中有关"佛、道"
方面描写的粗疏与精细之分

——兼论当代戏剧编导应如何对待经典作品中的纰漏

我国明清两代出现了不少杰出乃至伟大的作家，他们在戏曲、小说等方面创作出很多优秀的传世作品。在肯定其作品进步的思想性和高度的艺术性之基础上，也应看到其作品在"佛、道"方面的描写有着粗疏与精细的区别。

众所周知，道教是中国土生土长的宗教，佛教则从国外传来，二者教义教规不同，我国使用特定词语来区分它们。如佛教的女信徒被称为"尼姑"，居住地称"庵"。道教的女信徒则称为"道姑"，男女信徒居住地均为"观"（去声）。《辞海》和《现代汉语词典》都很明确地表述了这点。此外在戏剧、小说中表示二者区别的，除了特定用语之外，还有标志物、饰物、服饰等。

一

《牡丹亭》剧本是明末汤显祖于 1598 年仅用了三四个月便创作成的伟大作品，它不仅构思奇妙，语言瑰丽，用典贴切，而且在涉及"佛、道"问题上的描写也是准确的。

杜丽娘死后，依她遗言被葬于后花园大梅树下。遵主人嘱托在此建梅花观，由石道姑照看坟墓。"梅花观"一词基本贯彻始终，如在第 27、33、

94

35、36 出中分别出现，偶尔作者还用"红梅院"一词，也并无大碍。然而，剧本还两次出现"梅花庵观"一词，引人关注。第一次是第 20 出"闹殇"，杜太守对陈最良言"起座梅花庵观，安置小女神位"。"梅花庵观"看似有些矛盾，然而考虑到中国古典戏剧特别是昆曲语言的特点，这个似有纰漏的用词，其实是可以解释通的。

昆曲的念白唱词不同于现代文学的语言，有自身的一套规范，如念白除讲究精炼、含蓄外，或为了句子的通顺流畅而朗朗上口；或为了句子抑扬顿挫，有明显节奏感；或为了铿锵有力，或为了增强韵律，戏剧作家便创造出一些念白的规范，如定场诗、词一般的长短句式，其中四六句、对偶句等使用普遍，还有词组的"四字格"等格式，突出其文学的精美和念白的效果。在"起座梅花庵观，安置小女神位"这句时，构成两个对称的六字句，念起来自然、通顺。"梅花庵观"一词貌似矛盾，实则一虚一实，是古典戏剧家经常使用的修辞手法。类似的例子在戏中很多，如丽娘在《寻梦》中唱的【嘉庆子】"是谁家少俊来近远"中的"近远"二字，则是一实一虚的偏意副词。另外，还应考虑其语境的方面：杜太守说这句话时还没有想好到底是修"庵"，还是建"观"，可理解为他只是初萌为女儿安置神位的想法，之后便说出"就着这石道姑焚修看守"这句话。

第二次使用"梅花庵观"一词是在第 27 出《魂游》中，丽娘的魂游到后花园，见到生前景象，念"呀，这是书斋后园，怎做了梅花庵观？"这里用"梅花庵观"一词除了从上述昆曲念白的自身特点上理解，还有特殊原因：这房子是丽娘死后才建的，她生前不知，这时怎能一眼看出这是"庵"还是"观"呢？更需指出的是，她当时还是鬼魂，不可能像有正常思维的人一样来正确称呼这房子，所以汤公第二次使用"梅花庵观"是完全讲得通的。此外，第 55 出《圆驾》还出现"庵观"并列之词：柳梦梅指责杜宝有三大罪，其二是"女死不奔丧，私建庵观"。这句道白前五后四，念起来不仅通畅，而且铿锵有力，要是改为"女死不奔丧，私建观"，那就非常别扭了。另外，柳梦梅在这里是指责杜宝这方面有罪，重点是"私建"，并无必要细指私建的是"庵"还是"观"。

由于《牡丹亭》多以"梅花观"为正式称呼，"庵观"并存只发生在词语上，更重要的是，在整部戏中并没有出现"佛、道"上冲突的具体情节。这三处"庵观"并存，看起来似有破绽，但从以上具体分析看，是可以讲得通的，不能视为纰漏，因而汤公在"佛、道"问题上的描写并无错误。

二

在"佛、道"问题上，纰漏出得多且明显的是明高濂所著的《玉簪记》传奇。毋庸置疑，该剧艺术性和思想性都很高，辞藻华丽，用典贴切是其特点，多年来受到文人雅士的喜爱，传唱至今。

然而，再优秀的作品也有粗疏之处，如第一出《手谈》，面对自称王公子的官员的挑逗，陈妙常唱道，"争奈我禅心爱寂寥，相告，休错认莲池比做蓝桥"，另一处还出现"轻谒禅堂"之词。第二出《佛会》，住持出场，自称"观主是也"。一行香客来到这里，念"此是女真观，车阗马隘，人人簇拥拜莲台，且停骖看佛会"。另一处，住持向众香客介绍，出现"观音座""释迦极乐西方界""罗汉""禅心""说偈警沉迷"等佛教色彩极强的词汇，第四出《问病》、第七出《姑阻》，出现"佛殿""佛法"等词。

可以看出该剧全篇的宗教基调是"佛"，陈妙常入的是佛门，进的是尼姑庵，可再细看，道家的色彩却不时地闪烁于字里行间，"佛"与"道"不时地穿插："女真观"三个字在全剧中极为显著，如上述众人来到这里明指"此是女真观"，却"停骖看佛会"。在《琴挑》一出中，妙常念白"小道亦见月明如水"，明确自称"小道"，却在《偷诗》一出受到潘必正的挑逗时大念"阿弥陀佛"。妙常抚琴时，唱"抱琴弹向月明中，香袅金猊动"，"人在蓬莱第几宫"。[3]高濂写的该段唱词，美则美矣，但他疏忽了，"蓬莱"是中国神话中仙人居住的地方即"蓬莱仙境"，是道家向往的聚集之地。还有潘必正多次称陈妙常为"仙姑"，这也与"佛"不符："仙姑"即"女仙人"，"仙人"通常是指长生不老之人，而长生不老则是道家追求的目标。即便从美貌、漂亮如仙女或天仙的角度称呼她为"仙姑"也不对，因为仙女就是年轻的女仙人，天仙则是传说中天上的仙女，[1]这都与"道"有关而与"佛"不符，因此称身为尼姑的陈妙常为"仙姑"显然是不妥的。

总之，在《玉簪记》原作中，"佛、道"不分的现象严重，既存在"佛殿""佛法""禅心"等与佛教相吻合的常用之语，也有"蓬莱""仙姑"等带有浓厚道家色彩的用语，更不用说还有"女真观""道姑"之类的明确称谓。在"佛"占主流之下，"道"也常常出现，而且二者还不时地"短兵相接"，自相矛盾，让人迷惑不解，继而惊诧不已。其自相矛盾之处不仅是在个别用词上，而且还有不少具体表现，这便是该剧的硬伤。

三

清代曹雪芹所著的皇皇巨著《红楼梦》（前80回）规模比前两部戏剧剧本要宏大得多，让人惊奇的是，它不仅涉及政治、宗教等宏观方面，而且还描写诸如诗词、戏曲、菜谱、中药等细微之处，表述精到，有根有据，因此堪称近代中国社会的百科全书。更重要的是，它在关乎"佛、道"方面的描写甚为精细，笔下的"佛"与"道"，二者泾渭分明，毫无抵牾之处。如：

宁国府辈分最高的贾敬，"一味好道，只爱烧丹炼汞，别事一概不管"。他的寿辰将至，儿孙请他回家接受大礼，他推脱自己清静惯了，不愿意参加热闹场面，并说"不如把我从前注的《阴骘文》给我好好的叫人写出来刻了"广为散发。《阴骘文》是道教文昌帝君写的劝善书，贾敬为积累功德，曾为该文注解，极为重视能够勘印流传。此公常年住在玄贞观中，"与那些道士们胡羼"，最后死于炼丹。贾敬死后下人报道，"老爷天天修炼，定是功成圆满，升仙去了"。大夫探明死状说道，此"系道教中吞金服砂，烧胀而殁"。

第13回描写为秦可卿发丧，贾府"停灵七七四十九日"，其间"请一百零八众僧人"为死者拜"大悲忏",为其超度,另设一坛于天香楼,请"九十九位全真道士,打十九日解冤洗业醮",另外,灵前还请"五十众高僧,五十位高道对坛按七做好事"。第15回写秦可卿丧事大肆铺张,还在宁荣二公的"家庙""铁槛寺"停灵。凤姐嫌不方便,率领贾府女眷住在附近的"馒头庵"里,"老尼"静虚带两位徒弟来迎接。在凤姐休息时,"老尼"还趁机央求凤姐办件事,答应送3000两银子作为报酬。[2] 行佛事为死者超度,称"大悲忏"。请道士为死者办道场称"打醮",特别强调为死者"除却冤枉洗涤罪孽"的,称打"解冤洗业醮"。这段描述中,"佛"与"道"各行其是,丝毫不悖,体现了民间所说的"道是道,佛是佛"的含义。

第22回"听曲文宝玉悟禅机"中,写众人看戏时,宝钗点了一出《山门》——《水浒》中鲁智深醉打"山门",并向宝玉推荐说,自己最喜欢这出戏当中一套【北点绛唇】,铿锵顿挫,那音律不用说是好了;那辞藻中,有只【寄生草】极妙。宝玉见她说的这般好,便央求念念给他听。宝钗便念道:"漫揾英雄泪,相离处士家。谢慈悲,剃度在莲台下。没缘法,转眼分离乍。赤条条来去无牵挂。哪里讨,烟蓑雨笠卷单行?一任俺,芒鞋破钵随缘化!"宝玉听后萌发出家当和尚的念头,他提笔,"立占一偈",引着黛玉,宝钗和湘云纷纷加入,与他对偈谈禅。此后作者还借宝钗之口,写出史上佛理深厚的那首偈:"菩提本无树,明镜亦非台,本来无一物,何处染尘埃?"[3] 这里,"智深""剃度""莲台""破钵""随缘""菩提",还有"无一物""染尘埃"连成一组词,"佛性"高度一致。

大观园里有个"栊翠庵",里面住着尼姑妙玉,妙玉自称"槛外人",有"出家人"之意。一次,贾母带着刘姥姥等人来到"栊翠庵",一行人往东禅堂来,妙玉迎接。贾母说:"我们才都吃了酒肉,你这里头有菩萨,冲了罪过。"另外,曹公对妙玉判词的前两句曰:"欲洁何须洁,云空未必空。"极像佛门的偈语,其形式和内容都与妙玉的身份高度吻合。此处,"尼姑""妙玉""栊翠庵""禅堂""菩萨"以及偈语式的判词,也与"佛性"十分和谐。

很有意思的是，第51回曹公借薛宝琴之口，做了十首怀古绝句，说内隐十物，作为谜语叫姐妹们猜。最后两首的谜面竟是该书多次提到的两部戏：《西厢记》和《牡丹亭》。这最后一首的谜面是"《梅花观怀古》：不在梅边在柳边，个中谁拾画婵娟，团圆莫忆春香到，一别西风又一年"。[4]曹公在这里提到距他100多年前汤显祖的《牡丹亭》中陪伴丽娘坟墓的那座房子，并以此作怀古诗，肯定"梅花观"是其正式称呼。

四

昆剧《牡丹亭》的全本改编是21世纪初由全国各地艺术家完成，称为青春版《牡丹亭》。它的演出引起轰动，风靡海内外。新版《牡丹亭》演出成功的原因是多方面的：著名演员的传帮带，使青年演员的演技迅速提升，尤其是几位主要演员（如杜丽娘、柳梦梅和春香的扮演者）唱念做水平一流，其形象受到广大观众特别是年轻人的喜爱；舞台美术，服装设计超前等，而其中重要原因之一是剧本改编得好——这是个很大的题目，此处不需赘述，只略提涉及本文主题的方面。由于新版的编导大刀阔斧地将原剧浩繁的55出缩减为27出，自然删去了很多内容，这原剧第20出中有些争议的"梅花庵观"一词也就随之不见了，剩下第5出《魂游》里"这是书斋后园，怎做了梅花庵观？"中的这个词以及柳梦梅指责杜宝"女死不奔丧，私建庵观"这句话，上面分别分析过，它们在这里出现是可以讲得通的，并无纰漏。

然而，这部戏也偶然出现"佛、道"不分的个别错误。在央视青春版《牡丹亭》2009年版中本第五出《魂游》中，石道姑开设道场时，神台左右两边挂着竖幅，每一条竟写满了"佛"字。我实在想不出，这种"画蛇添足"式的纰漏是怎么产生的。

新版昆剧《玉簪记》全本于2008年由两岸编导改编而成。该剧沿袭原著的主要内容，既把原著中文辞典雅华丽，用典贴切等优点保留了，也把有关"佛、道"问题上的纰漏基本继承下来。该剧视频有一段艺术性的片头，最初出现"色""空"字样和莲花，继而推出"玉簪记"三字，此后，剧中背景还出现巨大的观音像，这都表明"佛"是新版的基调。然而通看全剧，原版"佛"与"道"不时穿插，形成矛盾的情景依然存在。第一出《投庵》中，陈娇莲即后来的陈妙常说自己"做尼姑"，住持说："来，参拜我佛！""皈依我佛！"明确表示这里是佛门寺院，准确地说是尼姑庵。然而，在《琴挑》中妙常却自称"小道"，那句"小道亦见月明如水"的道白不仅保留，而且在《诘病》中她再次自称"小道"。潘必正道白中说，自己的姑娘（即姑姑）在"女真观"中做主持，而且"小生寄居在姑娘观中已经有些时日"；最后的演职员表中出现既有"庵主"，还有众"道姑"扮演者的名单，矛盾明显。不仅如此，新版还放大了原来隐藏其中的这种矛盾：第一出是《投庵》，背景以手握莲花之像来配合，幕布拉开后背景中"女真观"三字赫然入目，这等于是把"庵"与"观"自相矛盾的状况直观地暴露给观众。

为何"女真观"如此显眼地多次出现在该剧中？这有历史渊源。高濂的《玉簪记》是以三个剧本为基础而写成的，一是元代大戏剧家关汉卿的《萱草堂玉簪记》，二是明代无名氏杂剧《张于湖误宿女真观》，三是明代《燕居笔记》中的《张于湖宿女真观》。显然，"女真观"是个历史遗留的观名。而高濂粗心大意，在编写这部以佛教为主基调的戏剧时，不仅把故事发生的地点"女真观"原封不动地放到了戏里，并且沿袭原作中多处描写"佛、道"相抵触的曲词。历史上的错谬已经躺在故纸堆里了，这已是不争的事实。现在的问题是，当代戏剧编导对待这种错谬采取何种态度呢？

长期以来，昆曲及其他剧种的《玉簪记》常以折子戏的形式演出，如《琴挑》《偷诗》《秋江》。舞台上演折子戏有其一般的理由，但《玉簪记》却不尽然，它以折子戏形式演出的好处是避开全剧的"佛、道"矛盾，或者模糊妙常的身份，或者指明是尼姑，做到在某一折中自圆其说。以折子戏演出《玉簪记》以回避原作中的矛盾，这恐怕是参演的各剧团都有的心思。这也说明，参演剧团意识到了原作当中的纰漏而回避之。

应该承认，明代传奇作品中有关"佛、道"的描写较混乱，一些戏中

"佛、道"不分。关键是当代编导的态度。由于广大观众搞不清新版《玉簪记》妙常的身份，网络上常常引起质疑，有的则直接批评高濂的剧本不严谨，好多地方比较草率，实际上也是指责新版继承了这些不严谨及草率之处。在该剧录像播放时，弹幕中不时出现"妙常是尼姑还是道姑"的疑问，还有一观众答道，"戏台上是不分佛道的"。这句答复使我沉思：该现象不限《玉簪记》，别的戏也有；该现象已是经年累月存在，观众见怪不怪，并不在意。这反映出观众对戏台上的这种现象已经习惯且麻木的一种情绪。的确，多数观众在看戏时，关注的是演员的扮相，沉醉其中的是婉转优美的唱腔，被吸引的是戏剧的情节等，至于这部戏所处的时、空、制度等是不在意的。然而，观众可以这样，我们的艺术家、戏剧编导却不能持这种态度。对古典作品，我们不必再苛求，可当代编导不能依据"观众对戏剧中佛、道之分并不在乎，他们认为反正是出家人就行了"的说法，以"尊重古典作品"的名义不予修改其中的这种明显纰漏。

很多戏剧来源于民间传说甚至神话，这种状况决定了：戏剧中某些事物可以虚拟，某些概念可以模糊，但也要有"度"。根据剧情需要，对某种概念要么有意模糊而不提，但要涉及某种概念就需大致符合事实。以《牡丹亭》为例，该剧鸿篇巨制，剧情复杂，时空概念不能回避。剧中描写金兵及其附庸势力南侵，历史背景显然是南宋，而南宋的抗金前线是淮扬一线，这就符合事实。剧中还出现临安、广州等地名。有了这些地名作为坐标，那么故事发生之初的地点——"牡丹亭"所处何位就很关键，稍有疏忽就会造成违背中国史地的基本事实且许多事情说不通的麻烦。汤显祖把这个关键地点设在了北宋时建置的南安，而南安是在我国著名古关之一、处于南岭之北的"梅关"（今赣南的大余境内，大余之称源于所处的大庾岭）附近，这样柳梦梅从广州到临安赴考经过南安，此后夫妻二人乘舟经赣江入长江这段途中最重要的通道，最后"如杭"也就合理了。戏剧中对时空处理的要求是如此，对其他领域的要求也基本相同——都要符合人文历史等社科的大致脉络和基本事实。依据此理，剧中如以"出家人"为主角，其宗教身份就须界定清楚，戏中不能出现"佛、道"不分，甚至相互交叉的内容，否则就会被视为作品的破绽。

著者迷惑不解，新版《玉簪记》编导是真的看不出高濂这部戏里的纰漏，还是囿于某种传统影响故而没有去触动原著呢？再往深处讲，如果戏剧界存在着类似"戏剧中佛、道没必要分清"，甚至"对存在此类问题的戏剧不必修改，对观众的指责也可不予理会"的不成文约定，那么现在到了应重新审视这种约定的时候了，否则"与时俱进"这句话在戏剧界该如何理解并施行呢？

其实，要是把这些不时闪现出的纰漏都改掉，新版《玉簪记》还是一部非常好看的戏。它曲词精妙，曲调动听，尤其是《琴挑》一折中的几支【懒画眉】，支支都是精品，让人百听不厌。只是每当出现上述纰漏时，心里总觉得不舒服，盼着有人出面修改。

"剧本剧本，一剧之本"是戏剧界同仁多年总结出来的至理名言，精辟而深刻。剧本中如存在破绽，那么演员表演得再出色，舞美道具再精美，也算不得好作品。另外，昆曲自产生起，多在文人士大夫圈子里传唱。当今昆曲仍属"雅部"，欣赏者多为文化发达的大中城市的知识阶层。整体而言，当今广大观众对昆曲的欣赏已处于较高水平，他们懂审美，更懂鉴赏。希望该剧编导以"不为尊者讳"的勇气，再次操刀修改，将作品当中的种种"坑坑洼洼"之处都抹平，其原则不外是"一佛到底"或"一道到底"，使之自圆其说。据著者看，如果是"一佛到底"，那么"人在蓬莱第几宫"，还有"仙姑"的称呼，已经有数百年的积淀，难以改动，不改也罢。但是，"女真观"三字，还有明确表示道教的几句词必须改掉。这项工作并不难，比起在该剧中投入到其他方面的心血和努力应该少得多，而且还可取得事半功倍的效果。既然如此，那么何乐而不为呢？不修改而照旧演出，观众对该剧的质疑仍会长期存在。

浙江绍兴小百花演艺中心于2012年上线的全本青春版越剧《玉簪记》，从当代戏剧编导应如何对待原作中纰漏的角度上看，为改编经典作品开了一个好头。由于改编的蓝本不仅是高濂的昆剧剧本，还有越剧早年的剧本，因此该剧中原作古典的痕迹便淡多了，其唱词念白除保留了原作中的某些精华部分外，大多采用适合于越剧的通俗语言。该剧不仅充满诙谐幽默的情趣，而且"一佛到底"：第一场也叫"投庵"，"女真观"改为了"白云庵",轻喜剧在巨大莲花背景和"南无阿弥陀佛"的歌唱中开场,且全剧没有明显的"佛、道"冲突,只是偶有疏忽,如潘必正在《琴挑》中唱出了"原来观内藏天仙"之语。

《玉簪记》常以折子戏的形式演出和青春版越剧《玉簪记》的推出,说明部分院团对戏剧中"佛、道"不分的现象已有清醒认识,希望这种认识能扩及整个戏剧界,并对此达成新的共识。

参考文献:

[1] 古汉语常用字字典 [M]. 北京:商务印书馆,1979:263;
现代汉语词典 [M]. 北京:商务印书馆,2005:1471.

[2] [3] [4] 曹雪芹,高鹗. 红楼梦 [M]. 北京:人民文学出版社,1964:146、166、168;251、252、254、256;630.

昆 曲 篇

昆曲历史四百与六百年之辨析

十余年前，央视推出了两部关于昆曲的大型专题纪录片，一部是《昆曲问源》，一部是《昆曲六百年》。两部作品从各自不同的角度介绍了"百戏之祖"昆曲的历史发展，以及昆曲在各发展阶段的特点和成就，在普及昆曲知识方面有很大的意义。该片中有很多难得的历史回顾和资料，值得重视。由于这两部作品都涉及昆曲起源的时间问题，尤其是前部作品的上集是"滥觞何处"，引起我的关注。

一

《曲律》是明朝嘉靖年间魏良辅的代表作。在这部书中，他最早归纳了昆山腔的歌唱法则，记录了他在演唱和乐器伴奏上所进行的改进。长期以来，戏剧界公认的昆曲历史起源，是从他改良昆山腔的明嘉靖年间即16世纪中期算起的。

1960年，年轻的戏曲研究工作者吴新雷访问文化部访书专员路工先生，从他那儿得到一篇极为珍贵的资料，这就是魏良辅的另一篇重要文章——《南词引正》。该文中有一条是与昆山腔有关的："元有顾坚者，虽离昆山三十里，居千墩，精于南辞，善作古赋，扩廓帖木儿闻其善歌，屡招不屈。与杨铁笛、顾阿瑛、倪元镇为友，自号风月散人，善发南曲之奥，故国初有昆山腔之称。"[1]这条史料是昆曲历史上的新发现。

此外，还有一条史料也佐证了上述资料。明周元暐写的《泾林续记》

当中记载了这样一则掌故：明太祖朱元璋听说昆山有位百岁老人周寿谊，认为他是国之祥瑞，便召见了他。朱皇帝对他说，听说昆山腔甚佳，你能否为我唱几句？百岁老人回答，昆山腔我很喜欢，但我不会唱，我只会唱吴歌，便为皇帝唱了几句吴歌。

这样，《泾林续记》便证实了《南词引正》中"国初有昆山腔之称"的说法。这样两条血缘关系甚远的史料证明，14世纪中期的元末，昆山腔已出现，它与余姚腔、弋阳腔、海盐腔并称为"南戏四大声腔"，明朝初年昆山腔就已经在吴中地区传播。

吴新雷先生尽管对这条涉及昆山腔资料的发现感到极为兴奋和新奇，但是他并没有明确说昆曲的历史应该从14世纪中期顾坚的活动开始算起。然而，《昆曲问源》的作者却因发现了《南词引正》而在此下了定论："按照魏良甫自己的说法，元代在昆山有个叫顾坚的人始创了昆山腔。这一下昆曲的历史，由明朝嘉靖年间上推到了元朝末年，至今已有六百多年的历史。"

仔细核对《南词引正》的原文，就发现上述定论存在问题，暂且不论重要的昆曲历史上推问题，对顾坚的评价就存在夸大。文中虽然称赞顾坚"精于南辞，善作古赋""善发南曲之奥"，但是魏良甫绝没有说，是顾坚"始创了昆山腔"。

纪录片《昆曲六百年》尽管没有具体谈到昆曲的起源时间问题，但从片名已简单明了地回答了该问题。

既然有顾坚的史料，那么挖掘顾坚其人的生平活动，以及他从事昆山腔的具体事情就引人瞩目了。然而，对顾坚的追寻探访的结果却令人十分失望。查遍图书资料，甚至昆山县志，都不见其人的任何线索。幸而研究者从宗谱学中受到启发，经过查询，终于在上海图书馆的顾氏宗谱中找到魏良甫所说的那位顾坚。人虽查到，但除了代表"官学秀才"的几个字外，并无其他资料。正因为如此，在其故乡昆山千灯镇的顾坚纪念馆，除了证明他生于此地，也并没有他在昆山腔方面做出何种贡献的资料。

《南词引正》说到顾坚与"杨铁笛、顾阿瑛、倪元镇为友，自号风月散人"自然是唯一的线索了。顾坚显然是"玉山草堂"的座上客，常到玉山草堂献艺。"玉山草堂"是元末士绅顾阿瑛创建的文艺沙龙，主人经常邀请诗人、音乐家、画家等著名艺术家到这里饮酒、论画、赋诗，那些典雅的诗词往往会成为顾坚吟唱的歌词。

《昆曲问源》也承认，2002年《昆曲大辞典》关于顾坚的词条中写道，他是"元朝末年昆山腔的原创歌手"。本人认为，这个定义恰当而准确，说明该词条撰写者学术上的严谨。顾坚在"玉山草堂"使用在场艺术家创作的诗词当场吟唱一种吴歌——昆山腔，是名副其实的"昆山腔的原创歌手"。

《昆曲问源》说六百多年前"昆曲就由他在这一片土地上培育了最初的萌芽"，在没有提供顾坚在此从事昆山腔研究的任何资料的情况下，就明确地肯定是顾坚"创立了昆山腔"。这不仅极其草率，而且结论明显是夸大其词。《昆曲大辞典》中"昆山腔的原创歌手"的定义与该片提出的"昆山腔的创始人"显然不是一个概念，二者存在很大的差距。更有甚者，《昆曲六百年》还称顾坚是昆曲的"鼻祖"。

很难想象，一种腔体是由一个人创立的。昆山腔是由顾坚一个人创立，还是以当地积淀多年的吴歌俚曲、里巷歌谣、民间小调为基础逐渐演化成的，顾坚在昆山腔形成过程中的作用表现为哪些方面等，是需要进一步挖掘资料，进而继续研究的专门问题。在现今这方面资料极为匮乏的情况下，只能是维持《昆曲大辞典》中他是"昆山腔的原创歌手"的定义，这应该是每一位文人、学者应持有的态度。

本人不想贬低顾坚的学问和地位。他出身"官学秀才""精于南辞，善作古赋，善发南曲之奥"，并著有《陶真野集》十卷，《风月散人乐府》八卷，是个有真才实学的民间艺术家。此人还具有蔑视权贵的高尚品行，元朝中书丞相扩廓帖木尔听说他的才能，多次传他去献艺，竟遭他拒绝。尽管顾坚与昆山腔存在某种程度的联系，但也应尊重历史，实事求是。称他是"昆山腔的创始人"，甚至是昆曲的"鼻祖"，显然是夸大其词。

二

本人认为，魏良辅及其团队在 16 世纪中期改革昆山腔后，"昆曲"才算正式出现。

昆曲学术理论家詹慕陶先生、昆曲学者顾笃璜先生和苏州大学教授周秦先生对这一段昆山腔的历史有多年的研究。根据他们对魏良辅改革昆山腔的表述以及原始资料，本人进行梳理、归纳，现将这场改革的内容简明归纳如下：

1. "去乖音谐音律"。针对唱词中"字"的发音，讲求字的平、上、去、入四声，这样五音即宫、商、角、徵、羽才能发挥很好的效果。"五音以四声为主，四声不得其宜，则五音废矣。"即是说，如果四声安排不当，五音也就发挥不了好的效果。

2. 行腔"调用水磨"。所谓"水磨腔"，是指曲调委婉细腻，轻柔绵长，是借用做木工活时的一种技巧——用木贼草蘸水，因而打磨出又细又滑的家具——创立出"水磨"以及"水磨腔"的概念。这种昆山腔，"功深熔琢，气无烟火，启口轻圆，收音纯细"。由于加上了许多装饰音，行腔便一唱三叹，缠绵轻柔，一字之长延至数息。再加上注重唱词中声的平、上、去、入之"婉协"，每字头、腹、尾音的"毕匀"，就产生一种典雅的美。著名艺术家、音乐家徐渭于嘉靖三十八年，即 1559 年的《南词叙录》中这样称赞改革后的昆山腔："唯昆山腔止行于吴中，流丽悠远，出乎三腔之上，听之最是荡人。""水磨调"成为昆曲最具特点的唱法。

将魏良辅改革昆山腔中这前两项合并为一，方体现成语"字正腔圆"的真正含义。

3. 由于伴奏中应用曲笛，魏良辅发明了以笛子的工尺七调来为唱腔和伴奏定调的方法。这改变了原来"依腔唱调""以意定调"的随意性，使昆山腔行腔和伴奏都有了一定的音高、音准，并且还可与北曲更和谐地同台合腔、合套。以曲笛工尺七调来定调的发明，并用简明的工尺谱加以标明，让昆山腔有了系统而规范的谱面记载，从此更便于昆山腔的推广和传承。这是魏良辅在本次改革当中最重要的一项，也是他对昆山腔做出的最大贡献之一。

4. 完备伴奏"场面"。"场面"，即伴奏乐队。昆曲场面按乐器的功能分为文场和武场。武场以打击乐器为主，如鼓板、大小锣、铙钹，还有弦。武场乐器突出的是节奏和气氛。文场以丝竹乐器为主，有曲笛、弦、笙、提琴。文场乐器突出的是旋律。曲笛分雌雄两种，以不同的调为各种角色伴奏。弦子是由张野塘把北方的三弦改造成较小的一种，适合南曲。笙是我国最早的和声乐器，由簧片发出声音，其声与笛声相协，它的加入使伴奏曲调更加丰满。提琴是从宫中传出，其形状似板胡，魏良辅将它进行改造，并在太湖当中的一个岛做了一个月的试奏，才开始用作伴奏。

明戏曲声律家沈宠绥总结了魏良辅在伴奏乐器方面的成就，曰："嘉、隆间，昆山有魏良辅者，乃渐改旧习，始备众乐器，而剧场大成，至今遵之。"这里提到的"剧场"，就是"场面"，即伴奏乐队。

5. 融南北于一炉。长期以来，北曲和南曲存在诸多差别。如北曲唱腔以遒劲为主，南曲则以宛转为主；北曲为弦索调，南曲则为水磨调；北曲字多曲调急促，故词情多而声情少，南曲字少而调缓，故词情少而声情多。由于张野塘对北曲相当熟悉，在他的帮助下，魏良辅将北曲的诸优点融入南曲，使南曲具有更多的优势，得到更多观众的认可。例如，放弃仅仅依赖吴语演唱昆山腔的传统，而是采用北方语音为基础，应用更为广泛的中州韵来演唱。[2]

经过这些改革，魏良辅才认为昆山腔在各方面大大优于余姚腔、弋阳腔、海盐腔。因此，他"唯昆山腔为正声"，赋予它在南曲中独一无二的地位。

顾笃璜先生曾总结说，经过改革，魏良辅把原来的南曲从"平直"变为"清柔而婉折"了，从"无意致"而变成"流丽悠远"了，把原来的"讹陋""乖声"变得"谐声律"了，与唱词的声韵结合得很好，字正腔圆了。[3]

由于昆山腔有了以上严格的规范，开启了定律、定调、定谱的程式化，进入有规有矩的阶段，从此才被称为"昆曲"。它以唐诗宋词和宋元的散曲，以及元杂剧和宋元南戏中的优秀文辞为歌词进行演唱，这些演唱，有时被称为"清曲""剧曲"。而在此之前的 200 年间，昆山腔没有这些起码的规范，处在一种随口可唱、"无规无矩"的散漫状态中，只能称为是昆曲的"前身"。

詹慕陶先生曾总结昆山腔的"美听"和使其腾飞的原因在于，"不仅有魏良辅的字清、腔纯、板正和声情、意味、理趣，还有他的气发于丹田和五音以四声为主，还有以笛色七调来定音和用管弦来加以伴奏的创举，于是在元末明初就有的昆山小调，经历了 200 余年的停滞之后，终于焕发了自己的青春，变成一个美丽的姑娘。等待这株幽兰的绽放就只有一件事了，这就是戏曲文学的接引"。[4]细细地咀嚼这段堪称经典的文字，让人们对魏良辅的改革有了更深切的认识，而那句"昆山小调经历了 200 余年的停滞"的话，更是佐证了本人上述的结论。

三

嘉靖（1521—1566 年）年间出现了不少文学艺术大家，他们在不同时期对包括昆山腔在内的南戏进行的评论，有助于理解魏良辅改革昆山腔的深远意义和昆曲正式形成于 16 世纪中期这两个具有紧密关系的问题。

祝允明（1461—1527 年），与唐寅、文徵明、徐祯卿并称为明代"吴中四才子"。他在嘉靖初年写的《猥谈》一文中抨击当时包括昆山腔在内的南戏："数十年来，所谓南戏盛行，更为无端，于是声乐大乱。而歌唱愈缪，极厌观听，盖已略无音、律、腔、调，愚人蠢工，徇意变更，妄名余姚腔、海盐腔、弋阳腔、昆山腔之类，变异喉舌，趁逐抑扬，杜撰百端，真胡说耳。"[5]

这表明，他极不喜欢包括昆山腔在内的南戏的。祝允明为何鄙视南戏呢？根本原因在于，这些腔类很不成熟，无论是曲词还是腔调，乖漏尽出。而昆山腔由于处在"无规无矩"的散漫状态中，"略无音、律、腔、调"，曲词、腔调难以给人带来美感，因此遭到他的痛斥。不要以为祝允明只擅长于书法，最多作诗论文，实际此公对戏曲不仅爱好，而且在行。他会唱戏，还能粉墨登场，连职业艺人都自叹不如，被戏曲声律家沈宠绥称为"博雅君子"。

二三十年后，业内大家对昆山腔的评价风向大变。翰林院编修、散曲作家曹含斋在嘉靖二十六年，即1547年为文徵明抄录的《南词引正》作跋中说，对昆山腔，"吾士夫辈咸尚之"。意思是说，当时包括自己在内的士大夫们都爱好起昆山腔来了。

如前所述，徐渭于1559年的《南词叙录》中称赞改革后的昆山腔："唯昆山腔止行于吴中，流丽悠远，出乎三腔之上，听之最是荡人。"另一位戏曲研究者钮少雅也曾高度赞扬魏良辅改革后的昆山腔："腔用水磨，拍捱冷板，每度一字，几近一刻，飞鸟为之徘徊，壮士闻之悲泣，雅称当代。"[6]为何祝允明与曹含斋、徐渭、钮少雅对昆山腔的评价截然不同呢？其实，搞清楚他们是在相距大约二三十年的不同时期对昆山腔进行的评价，对这个问题便很容易理解了。正是在此期间的16世纪中期，昆山腔发生了重大变化——魏良辅对昆山腔进行了一系列改革使之脱胎换骨。祝允明的评论是这场改革前，曹含斋、徐渭、钮少雅的评论是在改革后做出的。这几位文学艺术大家对昆山腔持有的对立的褒贬态度，并非是个人的审美标准存在很大差异，而是他们观察的客体——昆山腔发生了重大变化。客体发生了变化，自然会影响主体。因此稍晚些的曹含斋、徐渭、钮少雅对昆山腔的态度就与祝允明完全不同了。

昆山腔经魏良辅的改造，主要表现为声腔即音乐的成熟。在此基础上，高明的《琵琶记》、梁辰鱼的《浣纱记》、汤显祖的《牡丹亭》陆续问世。"水磨调"与剧本文字相结合，标志着昆曲的正式形成。

戏曲声律家沈宠绥于1639年面世的《度曲须知》中，总结了昆曲历史这一段艺术变迁，并明确称"声场禀为曲圣，后世依为鼻祖"的人并不是顾坚，而正是魏良辅。[7]

四

姑且不论顾坚是否为昆山腔的创始人，只谈昆山腔与昆曲的关系问题。

"昆山腔是昆曲的前身"已是各方面研究者形成的共识，《昆曲问源》的作者在下集"雅乐终成魏良甫改革昆曲规范"中很明确地提出了这个观点。《昆曲六百年》也认为"昆山腔就是昆曲的前身"，说"六百多年前，昆曲的前身昆山腔就是从千灯镇发源"。本人认为，"昆山腔是昆曲的前身"这个结论是可以成立的，它是我们解决下面的问题——昆曲的历史究竟该从何时算起——的基础。

昆曲是从昆山腔出现时算起，还是仍循旧论，从魏良甫改革昆山腔时算起？

如上所述，从元末的14世纪中期到明代16世纪中期，昆山腔实际处于一种散漫的状态，歌唱者随心而唱，歌手之间通过口传心授方式传播唱腔，其主要特点就是"无规无矩"。到16世纪初，昆山腔也没有产生实质性的重大变化，因而遭到祝允明等文人雅士的排斥和蔑视。斥责一种腔调为"胡说"，其意就是没有章法的"胡唱""乱唱"，其曲调让人听了极不舒服。祝允明所说的那种腔调，正是这个阶段未经改良的昆山腔。

魏良甫对昆山腔进行了一系列的改革，为它定规立矩，让昆山腔有了严格的规范，这才被正式称为"昆曲"。此后"昆曲"有时也被称为"昆山腔"，但它已发生质的变化。

半个多世纪之前，昆曲研究学者一直认为，昆曲正式形成于16世纪中期的明嘉靖年间，距今大约有四百多年历史。1960年，吴新雷先生挖掘到魏良甫的《南词引正》，周元暐的《泾林续记》又印证了前一史料中"国初有昆山腔之称"的说法。问题是，这两条新材料的发现是否就能推翻原有结论呢？

这涉及对于一个事物的衡量标准问题。

确定一个事物的起源，判定的标准是最重要的。这里有两个概念必须搞清，一是某个"事物本身"，二是某个"事物的前身"。本人认为，某个事物的"前身"不等于某个事物，不能用"前身"来代替正式事物，否则就会引起混乱，就会把一个原来能够搞清楚的事搅成一团乱麻。比如，如果用"前身"来代替正式事物，那么还会引出"前身的前身"这个概念，再用它来代替正式事物，这样行吗？

为了更好理解这段话，不妨以人类为例来说明。人类究竟有多长的历史，即人类的起源该从何时算起，解决这个关系到我们人类自身的问题，恩格斯关于人类形成三个阶段的划分最具科学性。根据古人类学、社会学、历史学家的判定，人类形成的三个阶段，第一是"猿人"阶段，大约从 3000 万年到 1400 万年前；第二是"正在形成的人"阶段，大约从 1400 万年到 300 万年前；第三是"完全形成的人"，大约从 300 万年前算起。不过对于古人类学来说，"完全形成的人"的绝大多数时间仍然属于"化石人类"，而公元前 1 万年以后的人才能称为现代人类。[8] 按照这种划分，人类的历史最早该从"完全形成的人"出现算起，至今约有 300 万年的历史。如果套用"某个事物的前身等于某个事物"的逻辑，那么"正在形成的人"作为"完全形成的人"的"前身"也可以算作是人类了，这样人类起源的历史就将大大推前，人类就有上千万年的历史了。这显然是荒唐可笑的。

上述两条有关昆山腔的新材料，是证明昆山腔在元末的 14 世纪中期就已经存在了，这点毫无疑问。然而昆山腔只是昆曲的"前身"，昆曲的"前身"不等于昆曲，正如前面所述，"正在形成的人"只是"完全形成的人"的前身，不应视为人类。这个逻辑应该非常清楚。

国人有个很不好的毛病，遇事总爱夸大，这从 20 多年前国内大学纷纷挖掘创立时间的热潮中可略见一斑。1998 年北京大学以 1898 年京师大学堂开办为根据，隆重纪念北大成立百年。一时间，国内高校掀起一场"认祖归宗"，纷纷寻找本校起源年代的热潮。不少高校不仅凭借"前身"之说，不断地把本校历史向前"掘进"，而且还相互攀比，呈现出不搞出个"具有七八十年悠久历史的高校"，甚至"百年老店"的结果就不罢休的情景。现在回头想想，的确好笑。高校现实的质量与学校历史是否悠久，虽然有一定联系，但是二者不是正比关系，这是有识之士的共识。

自从这两部电视剧定下调子，说昆曲有六百多年的历史，很多书籍、文章都随这个口径走，不少演员及观众谈到昆曲，一开口也是六百多年的历史。还有一些作家、学者，拿不出顾坚在如何改革昆山腔方面的任何资料，也随意说他是"昆曲的鼻祖"。显然，这两部电视剧左右了关于昆曲历史的舆论，现在到了应该彻底搞清这个问题的时候了。

几十年前，众人都认为，1790年（乾隆五十五年）四大徽班进京是京剧的诞生的年代和标志。然而，此后经过京剧界学者和老艺人严谨地考察研究，终究推翻了这个结论。他们拿出事实根据，普遍认为直到道光中期甚至同治初年，大约在1840—1860年间，京剧才正式形成。与以前的结论相比，京剧诞生的年代要晚半个世纪之多。因此，京剧有二百多年历史之说，也要重新修改了。京剧界同仁们这种认真严谨的态度，值得文艺界所有人学习。

不顾历史事实，把一个事情尽量夸大，将其历史尽量前提，不是好的社会风气。无论何等大小的问题，都必须尊重历史，尊重事实。这是我们应该持有的基本态度。

五

昆曲有四百多年历史已经很了不起了，这放在任何一个国家的传统戏剧历史中进行比较，都属于非常惊人的。（当然，昆曲有四百多年历史与我国具有五千年文明史有关，不能在国际间绝对横向比较某种文化的长短。）如前文所述经过京剧界学者和老艺人的考察研究，认为我国京剧只有不到二百年的历史。作为"百戏之祖"的昆曲，在自身出现后的一二百年间，用自己丰富的艺术营养哺育了京剧、越剧、黄梅剧等传统戏剧，其历史成就和作用还不够傲人的吗？

说昆曲有六百多年历史，就必须拿出顾坚为昆山腔定律、定调、定谱，使昆山腔进入有规有矩阶段的证据，如同本文摆出的魏良辅对昆山腔进行的一系列改革。仅是发现顾坚这位"元朝末年昆山腔的原创歌手"，就把昆曲的历史向前推进二百年，这未免太草率了。

作为研究中国和世界戏剧史的文学大家，余秋雨先生在自己的新作《极品美学》的第二部分"昆曲美学"中，间接涉及昆曲产生的问题。余先生虽然没有明确谈到昆曲正式形成的时间，但是从他的论述中可以看出，他对昆曲何时产生的问题是有结论的。余先生将昆曲置于较为宏大的历史时期内进行考察，认为在一个节点上，"中国戏剧史终于产生了一个新的里程碑，那就是昆曲的改革"，而这个重大改革是从唱腔曲调入手。接着，他便详细地论述了魏良辅对"昆山腔"的改革，如"水磨腔"的流丽婉转、伴奏乐器的加入，以及按新腔调演唱的昆剧《浣纱记》的产生等。这段论述大约有三、四千字，可见其重视的程度。值得注意的是，在这段论述中，他压根儿就没有提到元朝末年顾坚的名字。由此可见，余先生认为昆曲形成的标志便是魏良辅对"昆山腔"的改革。这进一步佐证了我的上述结论。

不能认为余先生在这一节中所有的论述都是正确的。公允地说，他的某些论点还是有失偏颇的。然而，他在论述元杂剧消亡后的这段戏剧史中，紧紧抓住南戏四腔中"昆山腔"在唱腔曲调方面的改革，明确指出是魏良辅在 16 世纪中期领导了这场改革。这无疑是符合历史事实的。此外，余先生还认为昆曲在中国剧坛有 230 年左右的繁荣期，[9]这也与本人的观点相合，只不过他认为的繁荣期的始末与本人的算法略有不同。

基于上述可以看出，一些传统定论是很难推翻的，因为它是经历史积淀而成的。创新、超越的精神是好的，但要戒浮躁，做足功课。否则，提出的新结论只能热闹一时，经不起时间的考验。此外，这个学术问题不应被政治化。

说昆曲有六百多年历史与说昆曲有四百多年历史对当代昆曲有何不同影响呢？我看没有丝毫影响。昆曲不会因为说它有六百多年历史而地位陡升，也不会因为说它有四百多年历史而地位骤降。不管说它有多少年历史，昆曲仍以它优雅的姿态面对世人，以它特有的艺术魅力吸引观众。虽然如此，昆曲正式形成于何时的问题还是要搞清楚的。

本文无意贬低这两部电视专题片的整体质量和效应，它们倾注了作者的大量心血，起到了为大众普及昆曲知识的重大作用。其中很多珍贵资料，以及还原历史场面等记录，深刻影响了大批昆曲爱好者。本人只是就其中昆曲起源问题，与两部电视专题片的作者进行正常的学术磋商。

参考文献：

［1］［3］［6］顾笃璜．昆剧史补论［M］．南京：江苏古籍出版社，1987：11；17；4、6.

［2］詹慕陶．昆曲理论史稿［M］．杭州：杭州大学出版社，1996：45、46、47；顾笃璜．昆剧史补论［M］．南京：江苏古籍出版社，1987：11~22；魏良辅．曲律［M］．北京：生活·读书·新知三联书店，2014：27、41、55.

［4］［5］［7］詹慕陶．昆曲理论史稿［M］．杭州：杭州大学出版社，1996：54；36；47.

［8］李纯武，等．简明世界通史［M］．北京：人民教育出版社，1981：2、3、4、5、6.

［9］余秋雨．极品美学［M］．北京：北京联合出版公司，2020：141、188.

从"花雅之争"论昆曲何时衰落

"花雅之争"是在中国戏曲史上很著名的事件，它是清代中叶以来戏曲界出现的花部和雅部之间的竞争。

清戏曲行家李斗在《扬州画舫录》认为，雅部就是昆腔。花部为京腔、秦腔、弋阳腔、梆子腔、罗罗腔、二黄调，统谓之"乱弹"。

花、雅之分，沿袭了历来封建统治者分乐舞为雅、俗两部的旧例，具有崇雅抑俗的倾向。所谓雅，就是正的意思，即奉昆曲为雅乐正声；所谓花，就是杂的意思，言其声腔花杂不纯，多为野调俗曲。故花部诸腔戏，又有"乱弹"的称谓，曾长期受到上层社会、士大夫的歧视而登不了"大雅之堂"。

雅部与花部的划分，对戏曲声腔有明显的褒贬评价，是古代封建正统的"雅""俗"观念对戏曲认识上的具体表现，所以戏曲史中把此时期"花部"诸腔和昆曲争夺剧坛地位的历史事件称为"花雅之争"。

一

明中叶到清初，昆曲以唱腔优美和剧目丰富，在剧坛占有几乎压倒一切的优势。明清以来的苏州地区，由于工商业较为发达，形成了江南的经济文化中心。

昆山腔经过明朝嘉靖年间（1521—1566 年）魏良辅等曲词大家的改进，以"调用水磨，拍捱冷板，声则平上去入之婉协，字则头腹尾音之毕匀，功深镕琢，气无烟火，启口轻圆，收音纯细"为特征，形成昆曲，素有"曲苑幽兰"之雅称，其音律精美，乐词优美，执剧坛牛耳者已明显归于昆曲大宗。

此后，梁辰鱼的《浣纱记》、汤显祖的《牡丹亭》陆续问世。引人注意的是，《牡丹亭》剧本问世的第二年，即 1599 年的重阳节，正逢南昌滕王阁新修落成，江西巡抚王佐在阁中大摆宴席，在大学士张位的建议下，邀请《牡丹亭》的作者汤显祖赴宴，并由浙江海盐县宜伶名角王有信领衔首次公演。演出盛况空前，观者如潮。

明朝末年苏州虎丘中秋夜，千人曲会盛况反映出昆曲如何深入普通百姓家，"唱者千百，声若聚蚊，不可辨释"，他们以"歌喉相斗，雅俗既别"。人们对昆曲的热爱达到如痴如醉的疯狂程度，一些文人士大夫几乎三日一小宴，五日一大宴，终年宴饮观剧。

昆曲成为当时的流行歌曲。"家家收拾起，户户不提防"这句话就是当时昆曲深受广大民众喜爱的真实写照。所谓"收拾起"，就是昆曲《千忠戮惨赌》中逃亡在外的建文帝所唱【倾杯玉芙蓉】第一句"收拾起大地山河一担装"。"不提防"则是《长生殿》里，传奇的乐工李龟年所唱【一枝花】曲牌第一句"不提防余年值乱离"，讲述的是唐天宝年间的"安史之乱"。"家家收拾起，户户不提防"这句话，就是家家户户都会唱两句昆曲之意。

昆曲除在苏州乃至江南地区得到普及之外，在明万历（1572—1620年）年间进入北京，进入官宦士大夫之家，以后又受到皇室的青睐，明末著名曲家王骥德曾记载，"迩年以来，燕赵之歌童舞女，戚弃其杆拔，尽收南声，而北辞尽废"。[1] 意思是说，万历末年，京畿之地的演员，全都抛弃了杂剧的阵地，改唱昆曲，不演杂剧了。

明末清初，戏剧家洪昇历时十年完成了剧本《长生殿》，1699 年孔尚任创作的《桃花扇》问世。南洪北孔成为当时最著名的剧作家，标志着昆曲开始出现繁荣景象。

清康熙（1661—1722 年）统治中期，宫廷中的南府即开始养有宫廷戏班。康熙第 3 次南巡（1699 年）时，苏州织造李熙就雇用苏州城里最著名的两大昆班为其演出，得到康熙的嘉奖。之后每班各选二至三人进宫当差，充当昆曲教师。到康熙60大寿（1714年）时，北京城共建戏台42座之多，北京著名的昆班有聚和班、三也班、金斗班、景云班等，这些戏班经常奉旨进宫演出。[2] 至于康熙、雍正（1723—1735年）年间苏州的昆曲戏班和演出盛况，在众多文人笔下比比皆是：戏馆林立，演出火爆，靠昆曲为生的艺人成千上万。

总之，明末清初昆曲由发展期进入繁荣期。

昆曲的鼎盛时期是清代乾隆（1736—1796年）和嘉庆（1796—1820年）年间。

乾隆年间，虽然有花部诸腔的兴起，初步形成了与昆剧竞争的局面，但是昆剧凭借着自身的优势仍然占据着主导地位。花部诸腔作为一种通俗的戏曲艺术，起初在广大农村、小城镇占有优势，它们以其内容的民间性和形式的浅显易懂性，开始向城市发展，争夺市民观众。然而，由于清代的最高统治者自身喜好昆曲，便往往用行政手段，支持昆曲，压制花部。另一方面，此时花部在艺术形式上还很粗糙，尚不能与精雕细琢的昆剧相比，尤其是在士大夫阶层，昆曲仍凭借其特殊魅力占有主导地位。

乾隆本人就是个昆曲爱好者，他在多次南中，带回江南昆班中男女角色多名，在政务结束后往往传唤昆剧著名角色演唱。见到皇帝如此爱好昆曲，下边的达官显贵，也纷纷效仿，以欣赏昆剧为雅事，并把演出活动当作逢迎上司以及官场应酬的手段。清朝派驻在苏州的织造府，除了主业之外，还有选拔昆剧艺人供奉内廷的任务，蓄有昆班。官府和私家蓄养昆班的风气也盛极一时。在这种气氛的助推下，京都出现众多大型戏班。据记载，当时在北京的昆剧班，大型的就有保和、永庆、宜庆、太和、吉祥、庆春等十多个昆班，保和还分文武两班，这在非吴语地区的京都，已经可以说是很多了。

乾隆四十九年（1784年）被称为"金派曲口"的金德彪任宫廷戏班总调度，他集苏、杭、扬三府戏班的优秀演员组成集秀班，在御前演出，引得龙颜大喜。此后，他还被任命为南府昆曲总教习。学者顾侠强先生也提到，在乾嘉的鼎盛时期，南府管辖的宫廷戏班最多时曾达到1447多人，居住在如今的雍和宫一带。[3]戏剧理论家顾笃璜先生提到文人震钧在其《天咫偶闻》一文中说："国初最尚昆腔戏，至嘉庆中犹然。"认为这句话很接近实际，并指出嘉庆十五年（1810 年）在北京的昆班还有庆宁、迎福、金玉、彩华四部，艺人都出自吴中的事实。

苏州是昆曲的发源地，此地昆曲的繁盛首先表现为昆班剧团众多。除了供奉宫廷的昆班之外，民间的昆剧班众多且编制齐整，据顾笃璜先生收集的材料统计，在乾隆四十八年即 1783 年，苏州共有较大的昆剧班 47 个，并建立了行会组织梨园公所。[4]

苏州昆剧班特点是编制齐整。按传统，昆剧剧团编制最少是 18 个演员，号称"18 顶网巾好开锣"。这种 18 个演员的剧团当中，男角 9 人，包括老外、老生、副末、小生各一人，净正副二人、丑正副二人。旦角 9 人，包括老旦、正旦、作旦、四旦、五旦、六旦各一人，大耳朵旦又称七旦一人，小耳朵旦又称八旦、九旦，二人，共为 18 人。苏州昆剧班大都符合这种编制要求，而比较大一些的剧团演员，从二十多人至四五十人，加上音乐舞台工作人员，甚至上百人不等。从这些可以初步看出，苏州昆剧从业人员的数量的确是相当可观的。这些剧团的演出舞台是多种多样的，有戏楼、戏馆，还有到官绅士商之家去唱堂会，当然还有一部分人去农村唱所谓草台戏。此外还有一种江南特色的演出形式，在船上搭台演戏吸引四方村民乘船来看戏。

除了苏州，处于大运河与长江之交的漕运要道的扬州，奢华之风和声色之盛，国内无可匹敌。乾隆先后 6 次南巡，扬州为必临之地，地方官员每次为了迎驾都费尽心思，琢磨如何讨得皇帝的欢心。迎驾自然少不了要用昆剧，这样势必有很多优秀昆剧演员聚集于此。在这种气氛中，扬州的富商巨贾纷纷附庸风雅，极为重视昆曲。

南京昆曲之盛，也不比苏州、扬州逊色多少。清朝康熙至雍正、乾隆年间，在南京，昆曲大有欣欣向荣之势。《儒林外史》的作者吴敬梓，生活在康、雍、乾三代，常年居住在南京，这部作品假托明代的故事，实际上反映的是作者亲身经历的清代生活。书中曾经提到，南京共有 130 多个戏班，而且从演出剧目上看，大都是昆剧。

这个时期精彩的折子戏的剧本和演出也达到高潮，乾隆三十九年（1774 年）成书的《缀白裘》收入了当时流行的昆剧单折 430 个，[5]由此可见，当时昆剧舞台呈现的繁荣景象具有坚实的戏曲文学基础。

正因为如此，顾笃璜先生认为，昆曲的鼎盛时期是乾隆和嘉庆年间，并且用"乾嘉之盛"作为小标题来概括。[6]

长期以来有种观点说，昆曲发展、繁荣、鼎盛时期，即昆曲在中国戏曲中执牛耳的时期，是从明末至清康熙末年，大约一百余年。这绝对是个错误的结论。实际上，这个时期大约从明朝末年的 17 世纪初到清朝嘉庆年间的 19 世纪 20 年代，长达二百余年。

二

在昆曲发展、繁荣的同时，即从康熙末年至乾隆时期，各种地方戏似雨后春笋纷纷出现，蓬勃发展。地方戏以其瞩目的排场和独特的风格，赢得观众的爱好和欢迎，并与昆曲一争长短。然而，地方戏的致命弱点使它登不了大雅之堂，被统治者排斥压抑；而昆腔则受到钟爱，受到政府扶持。花部诸腔不甘受挫，在广大民众的喜爱和民间艺人的辛勤培育下，花部以新鲜和旺盛的生命力不停地冲击昆腔，争夺剧坛的主导地位。民间戏曲的竞争，逐渐夺走昆曲的部分场地和群众，但是花部总体上还不能与雅部分庭抗礼，宫廷和官僚士绅府第所演的大多数还是昆曲，花部剧种仍处在附属地位，主要在民间演出。

很难准确说"花雅之争"是从哪一年开始，到哪一年结束，只能说出这场文艺竞争始终的大致年代。

"花雅之争"经历了三个阶段。整个过程并非匀速发展的，而是前期发展缓慢并无明显迹象，在最后阶段却呈现斗争激烈的景象。

第一阶段，康熙中叶后的昆腔与弋阳腔（京腔）并峙。技艺高超的弋阳腔与昆曲争胜，弋阳腔在北京的分支高腔取得优势，甚至压倒昆曲，出现"六大名班，九门轮转"的局面。这时昆腔则受到统治者的青睐，进入宫廷，很快演化成御用声腔，失去刚健清新的特色，逐渐雅化。也就是说，"花雅之争"大约开始于康熙年间的17世纪末期。

第二阶段，乾隆中叶的京腔、秦腔之争。1779年（乾隆四十四年）秦腔表演艺术大师魏长生进京，与昆、高二腔争胜，轰动京师，大有压倒后者的势头而占取上风。然而清政府却保护昆曲，打击花部。清廷出面，屡贴告示，禁止秦腔演出，魏长生被迫离京南下。

第三阶段，乾隆末年四大徽班进京是"花雅之争"表现激烈的重要事件。1790年（乾隆五十五年）乾隆帝80大寿，著名徽籍艺人高朗亭率徽班来京演出，以安庆花部，合"京"（即高腔）、"秦"二腔，组成三庆班，接着又有四喜班、春台班、和春班，即著名的四大徽班，把二黄调带入北京，与京、秦、昆合演，形成南腔北调汇集一城的奇特景观。

长期以来，戏剧界一直把乾隆五十五年（1790年）四大徽班进京，看作京剧产生，"花雅之争"结束，花部取得胜利，昆曲最终衰落的重要标志。然而仔细翻阅这一历史时期的资料却发现，这个传统结论是不准确的。不仅如此，这几个事件也并不存在如此必然的、紧密的联系。

先说"四大徽班"进京和京剧产生的问题。

"四大徽班"领衔的是三庆班，又名三庆徽。该班班主为著名旦角高朗亭，安徽人。入京师后，该班以安庆花部为主，合"京""秦"两腔，故名三庆班。该班虽以二黄调名义而来，实则对诸腔各调兼收并蓄，而兼演昆剧则是历来的传统，这是该班想挤进城市并占据一席之地不得不采取的措施。据统计，当时该班优伶善演的剧目，昆曲占其大部，如《思凡》《拷红》《断桥》等，此后，其昆剧节目才逐渐减少。

四喜班，实则就是个昆剧班子。该班一向最负盛名，曾经排过《桃花扇》。这个班子最有昆曲情结，到道光年间昆剧在京中已呈现相对衰落之势，各徽班竞演"乱弹"剧目以迎合观众之时，四喜班仍然坚持演出昆剧。这种状况一直持续到了同治（1861—1875年）甚至光绪（1875—1908年）年间。此时期，四喜班还拥有不少昆曲演员，并经常演昆剧。梅兰芳的祖父梅巧玲在同治年间享有盛名，曾经主持四喜班，他就是昆旦出身，后来才兼学皮黄。据同治年间的记载，当时四喜班的昆剧演员还有近20

名。这个戏班，对昆曲可谓是情有独钟。

和春班，以善演京腔武戏最为著名。江西的弋阳腔流传到北京，产生一个支派，名为京腔，这个名称大概在康熙时已经出现。

春台班，是个童戏班，大部分都是从苏州、扬州买来的小孩子。从这个班子的演员大部是苏、扬籍来看，大约也是演昆剧为主的。

所谓"四大徽班"进京诞生京剧的说法是完全错误的。

当初徽班风靡京华，到嘉庆、道光年间，又有一只花部出现在京都，那就是湖北的汉调。汉调艺人纷纷进京，其中不少搭入了徽班，形成徽汉合流的局面。徽戏在汉调的影响下，声腔、剧目、演出诸方面都发生了新的变化。经过较长时间的孕育、演化，经过多种融合与嬗变，终于产生出一种新的剧种，那就是京剧。

另外，并非四大徽班都与京剧的产生有关，要说有关的，只是三庆班。三庆班以徽腔为主，采集诸腔之长，糅进二黄、梆子、昆曲等腔，并吸收湖北的汉调，成为创立京剧的主力。而其他三个徽班仍在"各行其事"，其中，演昆剧仍是他们的主要活动。

近年来，京剧界修正了过去有关京剧产生的时间问题，认为直到道光（1821—1850 年）、咸丰（1850—1861 年）这段时间，即大约在 1840 至 1860 年间，中国戏坛上才出现了新的变化，各部艺人集花雅之精粹，逐渐变成以西皮和二黄为基调的皮黄戏，创造出一个新的剧种京剧来。

由此可见，京剧并非产生于乾隆末期的 18 世纪末，而是产生于 19 世纪的道光、咸丰年间。以 1790 年"四大徽班"进京作为京剧产生的标志是不准确的，这个结论至少将京剧的诞生提前了五十多年。

三

从 1790 年"四大徽班"进京到京剧诞生，其间长达半个多世纪，此期间，可以称为京剧的酝酿产生期，也是花部诸腔与昆曲相争相斗，同时又相吸相融的时期。

此时期昆曲的状况如何呢？

先看昆剧在北京的情况。

二黄、梆子以及正在孕育成熟的京剧，以其通俗性文艺的特点登上舞台，在争取观众方面自然具有明显的优势。此时期昆剧丧失了部分观众，但并没有彻底退出舞台，更谈不上马上就衰落了。

昆曲自产生起就与"大众化""通俗性"无缘，可以称之为小众化的戏剧。与花部诸腔相比，作为雅部的昆曲的观众面一直是很窄的。这个时期，虽然部分观众为正在孕育成熟的京剧所吸引，但是还有一部分艺术情操高雅，能够领略昆曲之美的观众仍然在这个圈子里"侧耳会心，点头微笑"。京剧产生后，昆剧的观众更少了一些，但也不能说成是昆剧的危机和衰落。

上面提到，到嘉庆十五年（1810 年），在北京的昆班还有宁庆、迎福、金玉、彩华四个戏班，艺人都出自吴中。

领衔的三庆班来京后以花部诸腔的演出为主，当中还有一部分人一直兼演昆剧，著名的程长庚，徐小香辈，都还是以善演昆剧出名的。不仅如此，三庆班后期培养的学生，不少都是昆旦。据同治十二年的调查，这时三庆班的昆剧演员还有十几人之多，而且注明的旦角有九人。

昆剧是在苏州发源，继而成长起来的，可以说是吴中地区土生土长的戏剧。因此，被苏州的历代文人奉为戏剧之正宗，这可以视为昆曲在吴中地区具有顽强生命力的基础。苏州文人喜昆曲的情节甚至影响到当地的官员，他们曾发布种种行政命令，来压制排斥花部诸腔的演出。嘉庆初年，苏州有一幅官方布告，说乱弹梆子，弦索秦腔等，声音淫靡，而扮演者形象猥亵，因此严查禁演。同一时期，苏州制造局也发布公告，重申禁止演唱淫靡戏曲的告示，明确指向乱弹等班，还对违禁者做出比较具体的处罚规定。[7]

昆曲真正产生危机是发生在道光年间，此期间中国政局发生千年未见的大变动，内忧外患加重，外国的入侵，发生鸦片战争，清廷丧权辱国，内外交困，政治日趋腐败，经济面临崩溃边缘，民不聊生，百业萧条，这种状况必然影响到各种戏剧及剧团，昆曲也无法幸免。本来受到花雅之争而逐步衰弱的昆曲，也终于产生危机。

在北京，三庆、四喜、春台等戏班受到花部的冲击，每天只能演出一两出，最多三出，处于曲高和寡的尴尬境地。

苏州的集秀班被解散可以看成是昆曲衰落的标志之一，集秀班曾有老、新两班，如其名所示，它集中了最优秀的演员，演出南北闻名。老集秀班是苏班最著名者，演员都是梨园父老，非第一流演员不能入班。新集秀班是众多高水平演员在一次合作演出后成立的，活跃于吴中数年，于道光七年（1827 年）被迫解散。

顾侠强先生也认为，昆曲的衰落发生在道光年间，他举出了几个典型事例，道光七年（1827 年），清廷中专管戏剧表演的南府改为升平署，不仅将行政级别降低，而且反映最高统治者出于各种原因，对昆曲开始不那么重视了，道光还逐步遣散宫廷戏班中苏扬籍的专职演员。顾侠强甚至以道光七年作为昆曲的衰败的准确时间。[8]结合苏州的集秀班正是在这一年被解散，以道光七年（1827 年）作为昆曲的衰败的准确时间似乎还真有些道理呢。

然而，一个剧种不可能准确到在某一年衰败，集秀班被解散也不过是昆曲衰败的现象之一。

即便在集秀班解散后，苏州地区的昆曲活动也仍然存在。

道光二十九年（1849 年），苏州一地仍然拥有洪福、大雅、大章、全福四个老戏班，还出现新的有名戏班锦凤班、咏仙班，虽与盛况相比已经很不景气了，但仍属难得。洪福班常年在上海演出，还有一个保和班也常年在沪上演昆剧。著名维新派人士王韬在咸丰（1850—1861 年）初年常在上海看戏，说上海的昆班中，"洪福为领袖，其次为保和"，其演出的昆剧水平极高。他在另一篇文章中还提到，沪上盛行的昆曲，以大章、大雅、洪福、集秀尤为著名，"洪福班中的荣桂，集秀班中的三多，俱称领袖，一登氍毹，神情态度迥而不同"。这些演员唱、念、做、表情俱佳，演的《西厢记》和《长生殿》中的折子戏，观者"侧耳、注目、击节"，叹赏不止。[9]

到 1860 年，太平军攻克苏州使得苏州的昆剧演出一度完全停止，然而艺人们的精神却很顽强，在战乱之后竭力维持恢复和发展，苏州失陷后，各班分散逃避，但是在上海还有一百多名昆曲演员在洋人开设的文乐园、丰乐园演出，暂为糊口。

还有一些昆剧艺人，在上海、宁波演出，到了同治（1861—1875 年）年间，不少艺人陆续回到苏州，于是苏州的昆曲演出又有了一些好的景象。

然而，这些不过是昆曲演出的一些零星记录。从北京、苏州、上海这几个中心城市来看，昆曲已无可挽回地衰败了。尤其是在上海坚持演出的洪福班、保和班，这两个最重要的苏州昆剧文班于咸丰十年之前被解散，更是给了雪上加霜的昆曲猛烈一击。[10]

本人认为，昆曲衰败的时间应断在道光、咸丰年间，大致在 19 世纪中叶。

从大气候上看，清王朝政治日趋腐败，内忧外患加剧，社会动荡，民不聊生，在这种背景下，无论是天子众臣还是官僚士大夫乃至黎民百姓，都没有心情，也没有精力和时间，去欣赏这个不温不火、优雅娴静的昆曲了。

昆剧多表现帝王将相，才子佳人，并以典雅、娴静、轻柔为主要的艺术风格，从题材和艺术风格看，也与当时的动乱的年代几乎格格不入。

京剧正是产生于道光、咸丰年间，其艺术风格最适应当时的各阶层人士。京剧一些铿锵有力的唱词，慷慨悲壮的唱腔，更能顺应官僚士大夫乃至民众的心理。由于京剧的产生，进一步冲击古老的昆曲，使昆曲无法抵挡而真正衰败了。

也就是说，昆曲真正的衰败和京剧的正式产生几乎是发生在同一时期，只不过与以前的观点相比，这个时间要大大推后半个世纪之多。

国学大师胡适先生曾谈论过包括昆剧在内的各种文学和戏剧。虽然他肯定明清的昆剧是对元杂剧的超越，但更加强调的是，这种超越是类似达尔文纯粹生物进化那样的自然进化。他在 1918 年 9 月发表的《文学进化观念与戏剧改良》一文中曾无意中论到昆曲衰败的时间，说"昆曲不能自保于道咸之时"，[11]明确把昆曲的衰败断在道光、咸丰年间。胡适先生距离那个时代比我们要近得多，他所研究的问题和结论要更加符合当时的实际情况，这也可以当作本人观点的一种佐证吧。

昆曲之所以在"花雅之争"中最终落败，其根本原因在于它自身的局限性。

各种地方戏从内容和形式上都有其优点，它们的内容大都是历史演义，反映悲欢离合的故事，以情节见长，而风格则灵活多样。最重要的是，地方戏的曲词道白十分通俗，普通老百姓都能听懂词，看懂戏，并从中得到日常的谈资。而反观昆曲，从一开始就有着典雅深奥的特点，是只供封建士大夫欣赏的小众化艺术。尤其进入宫廷之后，这种状况更加严重，除了粉饰太平、歌颂皇帝的"应承戏"，就是反映才子佳人之间的相思，被讽为"十部传奇九相思"。不仅如此，编剧者往往利用"误会"和"巧合"作为戏剧冲突的手段，形成俗套，令观众厌烦。至于曲词道白，则讲求雅而又雅，应用的典故又太多，一般观众根本听不懂，无法理解，更谈不上欣赏。

学者陈益认为艺术上保守僵化是昆曲萧条的一个重要原因，他举出几方面的表现：表演形式越来越多地采用图解式的动作，完全陷入形式主义；唱腔字少腔多，转折过密，让人无法听懂演员的唱句。因为听不懂演员所唱的字，只有"衣呀吁哟"的声音在低回慢转，人们把听昆曲戏称为吃"鸡鸭鱼肉"。还有，剧中无论什么身份的人，编剧者都为他们设计典雅深奥的曲词道白，例如，在《水浒记·活捉》中，生活在市井中的阎婆惜居然唱出："马嵬埋玉，珠楼堕粉，玉镜鸾空月影，莫愁敛恨"的词句，很令人不解。[12]

这样，昆曲越来越失去观众，它的衰败也就不可避免了。

即便在真正衰败后，昆曲仍然在中华大地闪现着余晖，表现出顽强的生命力。

原来领军的洪福班于咸丰年间在上海解散，在苏州的大雅、大章、全福三班，大部分演员逃往上海。光绪（1875—1908 年）年间，全福班取代洪福班的地位，在上海演出活跃。全福班后来由文武两班组成，其中不少是刚满师的青年演员和舞台经验丰富的中年演员，这种师徒同台的演出在光绪末年持续不断，不仅在苏州，还在江南各地区演出。全福班鼎盛时期曾走过 66 个码头，足迹几乎遍布整个长三角地区，成为名副其实的江湖班。[13]不仅全福班这样的正规戏班仍然在江湖中行走演出，还有一种规模更小的"挑担戏班"——"堂名"仍然活跃在太湖流域，他们以清唱作为谋生手段，还是让昆曲在社会的底层生生不息地维系着。

到了民国初年，由于政局动乱，军阀混战，百业凋敝，民不聊生，昆曲真正处于命悬一线的危险境地。好在众多有历史责任感的有识之士，1921 年在苏州创立起"昆曲传习所"，聘请全福班老艺人充当教师，担当起传承昆曲的历史任务，使得昆曲未能最后绝迹。

四

从史实中可以发现，在"花雅之争"的整个过程中，昆曲一方面受到花部诸腔的冲击，另一方面却走向繁荣乃至鼎盛，这的确是一个奇特的现象。

"花雅之争"的第一阶段，从康熙中叶到乾隆中期。由于花部艺术的粗糙，以及政府扶植昆曲等原因，昆曲几乎没有受到什么冲击和影响，反而不断走向繁荣。

"花雅之争"第二、第三阶段，从乾隆中期到乾隆末年。一方面，"花雅之争"的确出现激烈的局面，而另一方面，昆曲又呈现出繁荣乃至鼎盛的景象，这如何解释？

这个现象的确奇特，大大超出人们的一般想法。本人认为，"花雅之争"中出现的这个奇特的现象有其深刻并独特的原因。

昆曲艺术上极为成熟，而艺术的成熟造就了其自身的强大。

昆曲是积淀了 400 多年的典型的综合艺术，它建立在文学、语言学、音乐、舞蹈、美术，甚至园林艺术基础之上，并且在音韵、度曲、剧本创作等方面有一套成熟的理论。

例如，在音韵格律学方面，有元朝周德清的《中原音韵》、明魏良辅的《曲律》、明《洪武正韵》、明晚期沈乘麟的《韵学骊珠》。演唱的曲牌体组成它演唱的基本套路，也有了一套极为成熟的度曲理论学说和实践，如明初朱权的《太和正音谱》、明中期沈璟的《南九宫十三调曲谱》和《词隐先生论曲》、明中期徐于世和纽格的《北辞九宫谱》、祁彪佳的《远山堂曲品》、明晚期李玉编撰的《北辞广正谱》、清乾隆年间周祥钰和邹金生编辑的《九宫大成南北词宫谱》、清乾嘉年间叶堂的《纳书楹曲谱》。这一系列重要的度曲理论学和曲谱在长期的艺术实践中得到运用并不断修正，尤其是叶堂的《纳书楹曲谱》对近代乃至当代昆曲和昆剧都有重大价值和影响。此外，万历年间曲论家王骥德的《曲律》、明沈宠绥的《度曲须知》、戏剧理论家李渔的《闲情偶寄》、明末清初钮少雅的第一部昆曲《牡丹亭》全谱《小雅格正牡丹亭》以及《南曲九宫正始》等[14]，更是昆曲理论宝库中不可多得的精品。至于众多剧作家创作出的那些传世百年的作品，如高明的《琵琶记》、梁辰鱼的《浣纱记》、汤显祖的《牡丹亭》、孔尚任的《桃花扇》、李玉的《一捧雪》等，更是让昆曲人引以为豪的杰作。几百年来，这些昆曲先辈如灿烂的群星，始终照亮昆曲坎坷不平的前进道路。

可以说，就戏剧艺术的规模、质量、水平等方面，当时任何一支花部都不可与昆曲匹敌。

艺术的成熟让昆曲成为艺术上的强者，造就了它自身的强大。因此，面对花部的进攻，昆曲不会轻易遭到损害而失败，显示出十足的韧性。另外，"花雅之争"在艺术上有相互伤害的一面，也有相互吸收艺术营养的一面。作为艺术上强者的昆曲，在吸收兄弟艺术营养上，反而具有兼收并蓄、兼容并包的气量和优势。

中国历代文人士大夫阶层往往坚守内心的操守和审美观念，他们成为支持昆曲的忠实观众和力挺昆曲的舆论传播者。

明清两代文人雅士试图用昆曲精心打造自己心目中的精神家园，表现自己的思想情操、审美观念和风流雅致。他们把在现实世界里得不到的东西，通过自己的想象和艺术加工表现出来，而昆曲正是他们表现自己追求超凡脱俗，风流雅致的最好艺术形式。因此，在昆曲遭受冲击，昆剧失去了部分观众之时，这部分仍坚守内心的操守和审美观的文人雅士，仍然对昆曲情有独钟，始终不放弃这个阵地。正是他们的坚守和支持，昆曲不仅抵挡住花部诸腔的攻击，还在"花雅之争"的过程中，将昆曲推向繁荣鼎盛的阶段。

人们看到，在"花雅之争"激烈进行的乾隆中后期，北京和苏州一带，仍然存在着相当数量的昆班和昆剧演员，他们的演出持续不断。昆班的存在及其演出说明，昆剧并不缺演出市场，观众队伍的主体就是文人雅士，除了他们，还有一些市民。

如今深懂昆曲的业内、业外人士常常感叹，昆曲太独特了！这句话其实有丰富的内涵，放在这里，就是讲上述的奇特现象：它在受到花部诸腔的联合进攻之时，反而维持了一个相当长的繁荣甚至鼎盛时期。

这一事件启示人们，世间万物太复杂了！不仅物质世界，而且在社会文化中，很多事情和现象并非会按照人们的一般思维和逻辑产生和发展，却会按自身独特的状况而演化发展。奇哉，昆曲！

参考文献：

[1] 詹慕陶．昆曲理论史稿［M］．杭州：杭州大学出版社，1996：105.

[2]［3］［8］［11］［13］顾侠强．昆曲天地［M］．北京：中国戏剧出版社，2011：86、87；87；89、91；261；90.

[4]［6］［7］［9］［10］顾笃璜．昆剧史补论［M］．南京：江苏古籍出版社，1987：95、84、87；78；98；109；110.

[5]［12］陈益．寻梦六百年［M］．上海：上海辞书出版社，2004：73；73、129.

[14] 顾侠强．昆曲天地［M］．北京：中国戏剧出版社，2011：88；谢柏梁．红尘四梦——汤显祖传［M］．北京：作家出版社，2020：285.

昆曲杂谈

一

近年来影视传媒中，两则关于"触昆"的综艺节目引起了众人的关注和兴趣。

一则是电视中的专题节目。京剧著名女老生王佩瑜老师以其精湛的唱功蜚声中外，资深主持人听说她在学昆曲，说作为京剧演员来说，学昆曲是不是可以相对自然些，容易些呢？她的回答耐人寻味，说"我以为是，其实不是"。她解释说，按自己的观察，京剧与昆剧在"四功五法"上不是一回事，过去学的所有的"四功五法"在昆曲上都使不出劲儿来，都说京昆不分家，以为京剧演员"昆乱不挡"，都会唱几段昆曲，但其实并非如此。主持人实际有意请王佩瑜唱几句昆曲，但是接下来她并没有唱。王佩瑜是苏州人，吴侬软语十分正宗，苏州评弹也唱得有模有样，但她为何对昆曲却敬畏有加，不愿试唱呢？

还有一档节目也十分有趣，说的是明星"触昆"的经历。香港一些著名的影视歌星，如赵雅芝、刘嘉玲、莫文蔚等曾到苏昆学习昆曲。明星们不仅拜了师，而且学艺的态度非常虔诚。在唱腔动作身段上，她们下了很大功夫向苏昆的老师学习，一招一式都很认真。经过一番刻苦努力学习后，她们试着表演，却发现，哪怕是一个小动作，一句唱腔，自己都学得不大像样，不约而同地发出了"太难了！太难了！"的呼声。

另外，看到不少反串节目，有歌唱演员唱昆曲的，也有京剧演员唱昆曲的，甚至还有京剧团正式演出昆剧的。据本人观察，无论他们原来演唱的水平有多高，但张嘴唱昆曲，那种"模仿秀"立即暴露出来，怎么听都不像是昆曲。歌唱演员唱的昆曲像唱歌，而京剧演员唱的又充满京剧味儿。

这里，本人不是在嘲笑他们，而是想说明一个道理：昆曲这个"空谷幽兰"是一枝奇葩，不经过多年的严格学习训练，是唱不出昆曲本色味道的。它同其他艺术种类既有联系，同时又存在巨大的差异，甚至与和它有亲缘关系的京剧都有许多不同之处，不能因为有一句"京昆不分家"的话，就认为京剧演员"昆乱不挡"，都自然能唱几句昆曲。王佩瑜对此认识得很深刻，所以，在主持人有意请她唱两句昆曲时，她只说了上述很有道理的话，并没有试唱昆曲。她做得很明智。

影视明星发出昆曲"太难了！"的呼声也并非是她们的艺术修养、领悟能力不高的缘故，究其原因，还是昆曲的独特性使然。我想，这时她们会更深刻地体会出"隔行如隔山"这句老话的含义，尤其是对昆曲而言。

再剖析昆曲唱腔当中的一些秘密，就像把想要搞清楚的东西置于放大镜之下看一样，就知道内行人说昆曲这个"空谷幽兰"是一枝奇葩，轻易碰不得的结论并非虚言了。

就拿人们熟知的《牡丹亭》中【皂罗袍】"原来姹紫嫣红开遍，似这般都付与断井颓垣。良辰美景奈何天，便赏心乐事谁家院！"这几句来说，里面的学问还真不少呢。

先说唱腔中字的发音。昆曲讲究"依字发音"，明代魏良辅在改革昆山腔时提出，如果字的四声安排不当，五音也就发挥不了好的效果，可见其对唱腔中每个字发音的重视。

昆曲唱词中的发音同普通话相比是有变化的，南昆很多字带有苏州味，例如这段唱词中，"原"字要发"you"的音，"遍"字发"bi"，"般"字发"buan"，"断"字发"do"，"井"字发"zin"，颓字发"to"，"垣"字发"yo"。这对于南方人尤其是江浙人来说还不算什么难事，稍加注意就可大致发出正确的音，难就难在唱腔上。

以旦角为例，除了老旦之外，其他的旦角都是以小嗓（假声）为主，大嗓（真声）为辅，也就是说，在唱腔中，较少出现的低音区用真声，而大量出现的中高音区则用假声。这就要求演员时而用假声，时而用真声，而且大小嗓之间的过渡还要自然，不留痕迹。更重要的是，昆曲的大小嗓与歌唱的大小嗓，在音色上存在很大差别，要掌握昆曲的发音技巧可不是短时间就能成的，没有两三个月甚至更长时间，根本无法学会，更谈不上熟练掌握。这样，短时间内模仿昆曲演员唱一段，自然没有昆曲的味道。另外，大小嗓在什么音区转换，歌唱演员与昆曲演员是不一样的。唱民歌的女高音也有大小嗓转换的技巧，但根据研究，唱民歌的女高音转换的位置要比昆曲闺门旦的高八度左右，这样在学唱昆曲闺门旦的唱腔时，她仍会按习惯在原位置转换，也就是说，昆曲唱腔早就应该转换成小嗓唱了，可是歌唱演员仍在用大嗓唱，那唱出的效果自然就不像昆曲了。

说完大小嗓再说唱腔。昆曲为什么好听？除了细腻委婉的"水磨腔"本色，昆曲有着丰富的声腔演唱技巧和规则。为了表达不同的情绪变化和角色，唱腔旋律中加入了很多起修饰作用的润色腔，如"擞腔""豁腔""罕腔""橄榄腔"等。

发什么音的字，要用什么润色腔，昆曲都有严格的规定，这是"依字发音"更重要的一层含义。

比如，"姹"字是去声字，昆曲有"逢去必豁"之说，因此这个字要用"豁腔"，是在主音"5"音将要唱完后，向上略微一挑。"豁腔"广泛使用在去声字上，这段唱词中使用"豁腔"的还有"遍"字，"奈何天"中的"奈"字。

"擞腔"是最重要的润色腔，其意是把音略加抖擞，让它宛转动听。"擞腔"类似歌唱中的颤音，缺少了它，旋律就平淡无奇了。"奈何天"中的"何"字，还有"谁家院"中的"院"字都用了"擞腔"，让唱腔听起来风味十足，十分过瘾。还有"橄榄腔"，"原来"的"来"字，其延长音要用"橄榄腔"完成，即先轻，后重，再轻，这样听起来就自然、悦耳。

"赏心乐事"中的"乐"字又是按另一种规则处理了，它要唱出顿音效果。因为南昆有"逢入必断"的规矩，遇到入字音都会这样处理。所谓入声字源于苏州方言，它的唱法是出口即断，如《牡丹亭》其他几段唱腔中，"便赏心乐事谁家院"的"乐"字，"听呖呖莺声溜的圆"的"呖"字，"原来春心无处不飞悬"的"不"字，"淡春风立细腰"的"立"字，这几个入声字，演员都是这种唱法，听起来极为悦耳、惬意。而北昆没有入声字，这些字分别派入平、上、去三声，字音也有很大变化，如"落"字，北曲中念"lao"。

【醉扶归】"艳晶晶花簪八宝填"中的"宝"字，【好姐姐】"闲凝眄"中的"眄"字，【忒忒令】"线儿春甚金钱吊转"中的"转"字，你能看出这几个字在字音上有何相同之点吗？不管是哪位专业演员唱这几个字，一定都会使用"罕腔"，让声腔从高向下滑落，增强旋律的美感。原来这几个字都是上音字，昆曲逢上音字一般都会使用"罕腔"，让声腔从高向下滑落。你要是在综艺节目中听到哪位演员不是这样唱的，那一定是没有经过内行人点拨的昆曲业余爱好者。

真正的舞台演出中，一句唱腔中的润色腔还不是那么简单地出现，往往是复杂地掺入，比如【醉扶归】中，"不提防沉鱼落雁鸟惊喧"中的"惊"字有两个擞音，听起来，旋律中增加了变化，其缠绵婉转、柔曼悠远的特点也愈加突出。《牡丹亭·寻梦》【忒忒令】"嵌雕阑芍药芽儿浅"一句就使用了"豁腔""擞腔""橄榄腔"等技术。

别以为这些规矩是戏校的老师要求学生，或者编导要求演员这样做的，其实，这些规则已经有400年左右的历史积淀了，说起来还要追溯到明朝万历年间呢。那时有一位著名的戏曲声律学家沈宠绥在他的《度曲须知》当中，首创昆曲唱腔发音时的规矩，即建立平、上、去、入四声腔格的规则，提出"凡遇入声字面毋长吟，毋连腔，出口即须唱断。"这就是今天"逢入必断"的根据。遇到去声字，他开出的演唱窍门是"平出，高唱，远豁"和"逢去豁头"，也就是今天所说，去声字要用"豁腔"的理论渊源。而上声字，他提出从"初出稍高，到转腔低唱，再到平出上收"，奠定了现在"罕腔"的基础。[1]

"擞腔"在演唱中的运用是非常多的，对于没有变化的直音来说，加上"擞腔"就使得唱腔更加婉转动听，就如一道丰盛的菜肴，如果加上适当的佐料，味道便更加鲜美。南昆当中使用擞音明显多于北昆，有学者对《牡丹亭》中《惊梦》《寻梦》和《拾画叫画》中的擞音做了一下统计，发现在杜丽娘和柳梦梅唱腔中，一共有 74 个擞音，[2] 可见这个润色腔使用之广。难的是，这些"擞腔"之类的润色腔加进来，不能让人听出过重的刻意迹象，而要做到如盐入水，了无痕迹。优秀的演员，唱起这些加入润色腔的旋律，让人听了感到自然而有韵味。如果要用现代技术来分解、检测这些声音，那一定如同心电图那样，平缓的曲线中不时会出现高低不齐的小山峰。

这些不过是谱面上的要求，要把它们运用好还难着呢。这不禁让人感叹："这昆曲真是难唱呀！"

还有一项也是昆曲的难点。歌唱需要气息，演员行腔必有偷气、换气、歇气、取气等，但是昆曲为保持自身优雅的格调，自开始起就不允许演员在台上有明显的换气、吸气现象。而且更重要的是，昆曲演唱的唱腔中没有"过门"，换句话说，伴奏中没有为演员留下一点儿喘息的间奏，一支曲子往往三、四分钟甚至七、八分钟，演员的演唱要一气呵成，可以想象这有多难。昆曲这项极其独特、早已形成的规范，必须遵守。我国自唐代就有曲家发现"气发丹田"的原理，魏良辅也提出"发于丹田，自能耐久"的结论，此后历代曲家对这方面的探索一直没有停止，当代著名昆曲演员俞振飞等人提出解决这一难题的具体方法。演员要想做到这点，必须要学会"气发丹田"的学说和方法，来解决这一难题。据说，运用此种方法，不仅能吸进大容量的气息以供发音需要，而且还能控制气息流量，使之徐徐有效地加以利用，以最省俭而合理的方法来冲击声带，使之发出美妙的歌声，表现出"水磨腔"的流丽悠远，婉转动人。

真要学昆曲，你还要会识工尺谱。作为世界人类口述及非物质遗产的昆曲有着厚重的文化底蕴，几百年来它的音乐旋律等是靠工尺谱来流传的。工尺谱是我国音乐特有的记谱形式，早在明朝魏良辅改革昆山腔时代便有了，流传至今。当代很多昆剧中的唱腔，都是根据这些古谱作为基础修订而成的。

　　我们现在听到的很多经典唱段，其实是几百年前的延续成果，其原因就在于古人发明了工尺谱这种记谱方式，让现代人根据某段唱腔的工尺谱，就能大致唱出当时的旋律走向。工尺谱的最大功绩是将一支支曲子，用这种记谱法记录下来，以便昆曲人代代传唱。但是其缺陷是不精准，它只能确定一支曲子的基本轮廓，如调高、调式、旋律走向等，每个人参照工尺谱，都会按照自己的理解来唱。还有，有些昆曲师傅不认工尺谱，昆曲的传承主要靠口传心授。这样一代代下来，一支曲子经过漫长时代就会模样大变，甚至面目全非。我曾经听过一只年代久远的昆曲唱段，听了很久才分辨出是《牡丹亭》中的【步步娇】"袅晴丝"这段。其唱法与现在的演员相比，差别实在是太大了。

　　工尺谱虽有历史价值，学起来却很难，那形状各异的符号，代表着音高和音值以及各种润色腔，比学简谱要难多了。好在如今已有人做把工尺谱翻译为简谱的工作，可若是连简谱都不识，那就只能先学简谱了。

　　另外在学习技艺上，有些技艺先学不难，然后便感到越来越难。比如古琴，学过一段时间就能弹个简单曲子，但要把它弹得有古琴味道，弹出意境来那就难了。而昆曲则相反，它入门就很难，让人抓不住要领，用年轻人的话说就是"一下找不到北"，很难在一个较短的时间内就能初步掌握而体现出昆曲味来。

　　其实以上谈的还只不过是昆曲难学这方面冰山的一角，甚至连冰山一角都算不上呢。

　　正因为如此，不论是歌唱演员，还是京剧演员唱起昆曲来，难免带有自身原来的味道，影视明星要在短时间内，唱出略有昆曲韵味的唱段来，也是相当难的。无怪乎她们认真学习了一段时间，看到自己的唱腔和表演动作都不太像样，而大呼"太难了！"据我看，昆曲圈外的人士要学昆曲，没有两三个月较为系统的训练，唱念做都很难达到具有昆曲味这种地步的。

　　世上越美的艺术，其内部构成就越精细，学起来自然就越难。昆曲就是如此，它的美是不能完全用语言来描绘的，需要细细品味才行。要学昆曲，首先就要明白它的美表现在哪些地方。青春版昆剧《牡丹亭》总导演、昆曲艺术家汪世瑜先生对此有一番很好的见解，他说，很多戏迷朋友，支持昆曲，热爱昆曲，首先要懂得，它美在哪里，而不只是出于喜爱戏中的某个演员或某个戏的情节。昆曲究竟美在何处，我想每个人都有自己的答案。

二

做昆曲演员何其难也！

首先要过的，是古典文学的关。昆曲的文辞，包括曲词和道白。昆曲的曲词不仅典雅，而且多为古文，其中运用典故甚多，有的甚至达到艰深晦涩的地步。昆曲的曲词之所以多为古文，是由唐宋时期流传下来的曲牌决定的。如我们经常见到的【步步娇】【醉扶扫】【皂罗袍】就是曲牌，这些曲牌填上词就是昆曲的唱词，当然是古文了。而且，每种曲牌都有其代表的情绪，不能随意使用。一折戏中由不同的曲牌组成一套，即所谓"套曲"，这些"套曲"有其一定的组合传统和规律。北套有北套的，南套有南套的，当然还有南北合套。

历代戏剧家在填这些词时还要遵守声律方面的规矩，这些规矩是明代声律学家和戏曲文学家经过多年研究而提出的。例如，著名戏曲理论家王骥德曾在他的《曲律》一书中提出，阴平字适合搭配上声字，比如"孤影""知否"；而"冷清清""眼睁睁""假惺惺"，为什么听起来感觉舒服，那是因为遵守上声字宜配阴平字这个原则的缘故。而去声字，一开口，音已尽，不能婉转而唱，后面宜配阴平字。[3] 如《牡丹亭》【醉扶归】"艳晶晶花簪八宝填"中的"艳晶晶"三字，"艳"是去声字，后面配了两个阴平字，声律就协和了。这些文辞不仅精美，而且声律协和，配上"水磨调"，唱起来就更有美听之效了。这些基本知识，作为昆曲演员不能不知。

梅兰芳先生曾说过，昆曲是边唱边做的，唱里的身段为曲文解释。所以不懂文，就无法做身段。

《牡丹亭》里，杜丽娘唱【步步娇】中"迤逗的彩云偏"中的"彩云"，要知道这是小姐在指自己的头发，而不是天空中的云彩，要不然就会闹出笑话来。过去曾有大学生昆曲剧团的演员，唱到"彩云"这个词时，竟仰望天空，就是缺乏古典文学的基础，而犯了望文生义的错误。

再如，在《幽媾》中一折当中，杜丽娘对柳梦梅唱的"没包弹风藏叶里花"，说的是什么意思呢？结合上句"奴年二八"和演员唱这句词呈现出的羞涩表情，实际上是委婉地表明自己还是处女。这句"风藏叶里花"用的是多么形象，又是何等含蓄，富有文采。那么，杜丽娘下面一句，"无他，待和你剪烛临风，西窗闲话。"委婉地表达自己什么愿望呢？如果说这句不难理解，那么在《寻梦》【玉交枝】中的"哦！是这答儿压黄金钏匾。"又是什么意思呢？

类似难以理解的曲文，在昆曲众多唱段念白中到处可见。

所以，梅先生那句"不懂文，就无法做身段"的话，看似平淡，却道理深刻。

做昆曲演员，你要读大量的历史书籍和古典文学的书籍，具有相当高的古典文学基础才行。虽说昆曲最讲程式，每句唱词，每个动作，都有老师为你讲解和示范，但做演员不能完全依赖老师，必须要很好理解唱词及道白的含义，才能做出正确的动作和表情。

昆曲唱腔普遍极高，做昆曲演员，首先考虑自己的嗓音是否有潜质。拿小生来说，小生一张嘴，随便唱两句，那声高普通人根本无法企及。（当然，京剧中的小生也同样如此。）如果测量，小生比普通男性的嗓音高八度甚至还多。

昆曲唱腔不仅高，而且音域很宽，这是由曲牌决定的。很多昆曲的曲牌音域很宽，达到了两个八度，甚至两个八度以上。昆曲中音域达到二个八度的曲牌很多，如《牡丹亭·惊梦》的【山坡羊】、《白蛇传·断桥》的【金络棠】、《牡丹亭·惊梦》的【山桃红】、《跃鲤记·芦林》的【降黄龙】等。《南西厢记》里有段"小姐小姐多风采"的【十二红】，音域极宽，由 E 调的低音 3 到高音 5，跨两个八度加小三度。大家都知道有一首民歌叫《青藏高原》，它很高，很难唱，但这首歌也只有两个八度。而一般的歌曲最多有一个半八度左右，有的民歌甚至只有一个八度的音域。

这样一对比就知道了，做昆曲演员，如果没有一副好嗓子，那就根本无法经过训练走上舞台的。

昆曲演员还有很多基本功要掌握，除了大家熟悉的形体训练，"五法"，手眼身法步当中，光是眼睛的训练，就让人"饱受折磨"。演员通常需要在舞台上保持在较长时间不眨眼，在下面就要经常训练自己在20分钟甚至30分钟睁大眼睛不眨眼。不仅如此，在舞台上强烈的灯光会一直照着你，你要是主角，那射灯会一直追着你，你还要保持睁大眼睛不眨眼，这有多难！我想，光这一点就会吓坏不少人，对当昆曲演员望而生畏吧。

看到现今报考戏校戏院的昆曲专业出现热潮，本人对此引发的感慨颇多，亦喜亦忧。喜在随着昆曲得到初步复苏，部分地区出现"昆曲热"。报考昆曲专业的热潮说明古老的"百戏之祖"后继有人。忧在许多年轻人只看到做昆曲演员的光彩，既不了解自己是否具备做昆曲演员的基本条件和发展潜力，也不知道终生走这条路的艰难，更谈不上为此做好心理准备。

昆曲演员是不是世上最难的行业，不敢说，但它一定是终其一生都探究不完，需不懈努力、不停付出的职业。

对昆剧演员的一般要求远远高于其他戏剧演员的说法，有人会不服气，说难道京剧演员不难吗？解释起来很麻烦，这里只说一句，看看戏剧学院的广告，对比一下昆曲与其他专业的招生人数就明白了。

做个普通的昆曲演员就不易，要想脱颖而出，扮演剧中主角，继而成为名角更是难上加难。

戏校毕业，初进剧团，坐冷板凳是常例，不熬个五六年七八年，别想跻身某戏的配角行列。如果说这个阶段主要是熬年头，那么由配角被选为剧中主角就不是熬年头那样简单了。除了自身条件要够，唱念做俱佳，还要符合导演近乎挑剔的要求，这样才能在众多备选演员中最终被选为剧中主角。

北昆多为帝王将相的戏，南昆则多为才子佳人的戏，主角最多两人，往往是男女各一，如《长生殿》中的唐明皇和杨贵妃，《牡丹亭》中的柳梦梅和杜丽娘。

演员的演出水平和舞台技巧靠的是演出，只在下面练功，而缺乏舞台实践，是难以提高水平的。也就是说，演员想要不断进步，没有常年的演出是根本不行的，只有靠大量的演出才能脱颖而出。问题是，剧团能给自己这样的机会吗？

深究阻碍不少演员进步的原因，昆剧"资源紧缺"是其中之一。有人会说，你这是危言耸听吧？老祖宗保留下来的传统昆剧少说也上千部，你怎么胡说昆剧"资源紧缺"呢？

虽说保留下来的传统昆剧剧本不少，但大部分都属于自诞生后就从来没有上演过的"案头剧"，这些文字剧本以及处于文献阶段的剧本，安静地躺在戏剧研究者、图书馆、书店的书柜里呢。更何况，只有文字剧本是演不出戏的，从文字剧本到演出剧本还需艰苦的再创作。改编传统昆剧剧目往往前途未卜，有的走过漫长道路而获得成果，有的则出于各类原因还未成形便胎死腹中。即便演出剧本艰难诞生，还有修订曲谱，对各场戏进行导演等繁重任务在等着呢。

中华人民共和国成立后那些在舞台上经演不衰的大戏都属于近百年来不时上演的成熟剧目，这些剧目就全国来说也就百十来出。有学者统计过从南戏到昆曲的22部连台本戏，除了人们耳熟能详的《牡丹亭》《长生殿》《桃花扇》《南西厢记》《玉簪记》《蝴蝶梦》等之外，还有南戏《张协状元》《琵琶记》《烂柯山》《荆钗记》《浣纱记》《狮吼记》等。[4]如果再加上未被统计的剧目，便会使得上述数字翻番，甚至再翻番，可供上演的成熟的经典大戏也就百十来出，这难道不是昆剧"资源紧缺"具体表现吗？

更何况，各院团上演大戏还须从自身的实力和剧目特色考虑，这样，每一院团能演的大戏就屈指可数了。北昆、上昆、江苏省昆、苏昆阵容强大，实力雄厚，可选择的剧目范围较宽，而浙江省昆、湖南省昆都要考虑自身实力和剧目特色，浙江永嘉昆剧团则更要考虑得精细。永昆是我国最小的的昆剧团，之所以保留它，是由于永嘉、温州是宋元南戏乃至南昆的发源地之一，永嘉昆曲成为昆曲的一个流派。因此，这个剧团选择剧目首先要考虑的是自身特色，选择剧目的范围更加有限。

此外，传统戏不能原封不动地搬出，还要改革创新，推出新编的传统昆剧，而昆剧的改革创新是相当难的。昆剧是最讲传统的，大的方面，"套曲"的组合传统不能动，细微处，唱腔中唱到哪个字都有相应的动作身段，一招一式都讲程式和规矩。经改革的传统大戏往往遭到众人评头品足，多为批评意见。有时，戏只演了两三场，各种各样的批评已经出来了。这种做编导难，做批评家容易的状况影响到不少剧团的编导，他们对此望而生畏，不愿做改革传统大戏这种吃力不讨好的事。至于新编历史剧和现代剧，那从编写导演到推出，更要经历重重困难。还有，新编戏费了很大的劲儿才搞出来，却往往演不了几场就撂在那儿了，新编戏这种命运严重挫伤编导的信心。

虽说昆曲迎来了春天，已经复苏，然而近年来演出状况并非那么乐观。一些院团一年排不了几场戏，再加上不可抗拒的特殊原因，演出就更少了。对于所有演员尤其是青年演员来说，没有演出就意味着自己的功夫无法施展，更无法进步。

许多条件不错的演员一生都没有做过主角，有些甚至连戏份较多的配角的滋味也没有尝到过呢，那种遗憾和痛苦是旁人无法体会到的。

在当前状况下，能够在大戏当配角，小戏（经压缩的传统大戏）或折子戏做主角就很不错了。目前不少青年演员都是这样做的，他们在大戏当配角，小戏或折子戏做主角的过程中逐渐积累舞台经验，同时也积累名声人气，以后说不定有机会脱颖而出做大戏的主角呢。

《牡丹亭》中杜丽娘的一角的确靓丽，成为很多闺门旦演员一生追求的目标。然而现实却很残酷，只有极个别人才能出演杜丽娘而站到舞台中央。这除了杜丽娘一角的表演难度非常高的因素之外，更重要的还有机遇，而这个机遇却只能是极少数人才可以碰上的。"机遇是留给有准备的人的"这句话本身并没有错，但在昆剧界却不尽然，有多少做好充分准备的优秀演员却终其一生没有站到这个舞台中央，这不能不说是巨大的遗憾。究其原因，就是这种机遇在昆剧界实在是少之又少，可以说是可遇而不可求的。

别以为昆曲演员在舞台上很是风光，除了辛苦的练功，他们在院团编导和观众眼中还有难以言说的尴尬。

昆曲舞台表演，在表演程式和唱腔道白的吐字、运气方面极为苛刻，十分讲究。培养一个演员往往需要十年打基础，就算 10 岁开始学戏，到 20 岁才能成为一般演员。这样，昆曲演员一般都要到 30 岁至 40 岁左右才能够挑大梁，因为只有到这时，演员各方面的表演艺术才可能成熟。然而，尴尬局面却出现了：演员艺术上倒是成熟了，青春却早已逝去。例如，在扮演"二八"妙龄女郎时，演员通常已是"四八"甚至"五八"的年龄。我认为，在当下的昆曲舞台上，以"三八""四八"的年龄扮演杜丽娘之类的大家闺秀还是非常理想的，但是"五八"甚至"六八""七八"的年龄扮演"二八"女郎，观众欣赏起来就会觉得不对劲了。从另一角度讲，大龄演员尽管经过精心的化妆，完全是一副少女模样，唱、念、做、舞俱佳，而心理上却早已是"过来人"，这样演员全靠"做戏"来适应"二八"女郎的特征。无论演员演技如何高超，也难以给观众带来真实的感觉，总让观众感到"做戏"的味道浓厚。[5]

就算另想他法，将孩子学昆曲的年龄再往前提也存在问题。从七八岁开始学戏，经过 10 年学习，到十七八岁，至多 20 岁开始挑大梁，这行不行？我看这也很难。虽然演员的年龄距"二八"年华的杜丽娘、陈妙常非常接近，但是他们的文化知识、文学修养尚浅，即便"四功五法"都很不错，艺术仍处在青涩阶段，无法担当这些戏的主角。因此近年来舞台上，人们几乎看不到有 20 岁左右的演员充当主角，就是这个原因。

青年演员艺术不成熟难以挑大梁，到了能挑大梁时青春却早已逝去。这种两难的困局似乎是一种怪圈，在戏曲界长期存在却无法从根本上破解，在昆曲界尤甚。

目前社会的风尚对昆曲和昆曲演员提出了更高的要求。

当下，各种戏剧的衰落仍不可避免，究其原因，主要是如今娱乐方式的多元化，使人们选择娱乐方式的范围更广。还有，生活节奏的加快使得很多人特别是年轻人讲究吃"文化快餐"，这便挤压了包括戏剧在内的各种文艺表现形式的生存空间。比如说，即便是极受大众欢迎的电影，如今一些网友通过刷手机，看电影介绍，几分钟就把一部电影浏览完了。这样，一部正常的电影在他们看来就显得情节太松散了。如果这样比照昆曲，问题就更严重了：任何一部即便情节再简单的昆剧，也要一两个小时才能演完，而且一句唱腔都要"咿咿呀呀"地唱个不停，大部分年轻人都会认为剧情松散、拖沓，唱腔啰唆、絮叨而无法接受。虽说十余年前，一部青春版《牡丹亭》让当时很多年轻人熟悉并喜欢上昆曲，但是一股热潮不可能按原来的规模持续下去。时代在变化，上述娱乐方式的多元化，越来越多的人讲究吃"文化快餐"，就是近年来出现的新现象，而且这种现象不但不会减弱，反而会越加明显，这对包括昆曲在内的各种戏剧无疑是巨大的挑战。

当今科技的发展，电子产品的普及也对演员形成更严的要求。

在昆曲衰落那个时期，人们多看京剧。那时把看京剧说成是"听戏"，这非常有道理。戏迷们对故事情节的熟悉就不用说了，对各段唱腔也早已烂熟于心。他们往往闭着眼，摇头晃脑地听着。别以为他们是昏昏欲睡，实际他们的耳朵可尖着呢，台上演员唱腔中某个字唱得不对，一句道白念得不地道，他们都可以听出来，可说是"曲有误，周郎顾"。

当今电子产品的普及无意中也对演员形成更严的要求。戏迷或戏剧评论者要评判一位昆曲演员的演出水平，可以把演出进行录像，拿回去仔细反复观看视频，更可以把演员的脸部放大到纤毫毕露的程度。这样，演员在唱念做舞中的任何失误，都可以被发现。人们在反复观看这些视频录像的同时，也就自然要对演员的表演进行评判。科技的发展，客观上竟造成对演员在舞台表演的监督。

尽管面临各种压力，昆曲人仍然保持着顽强的精神，让昆曲这只古老的幽兰散发清香。

今年（2021 年）是"昆曲传习所"成立 100 周年，又恰逢昆曲成功"申遗"20 周年，国内一些昆曲院团纷纷献艺，拿出自己精心打造的新编剧或传统剧，来纪念昆曲的盛大节日。

三

　　既是杂谈，就聊聊近年来本人了解的几位活跃在当下舞台的昆曲演员。

　　在如今昆曲界中，杰出的青年闺门旦演员不少，顾卫英算是其中一位经历较为独特的人物。一盘《牡丹亭》CD碟代表着她昆曲演唱的整体水平。在录音室里专心致志地演唱，其效果自然比舞台上边唱边做或边唱边舞要好得多。由于演唱的音质好，效果好，聆听这盘碟子是我巨大的精神享受。这盘碟子成为我的最爱，时不时地要听，并将它推荐给亲朋好友。

　　其实，顾卫英是张继青老师较早的入门弟子，深得张老师的真传。她的演唱，讲求发声技巧和气息，圆润厚重，韵味十足。广州乐团对这八段经典唱腔，设计了精良的伴奏，配器也相当丰富。这样，古典唱腔与现代音乐因素相结合，更加烘托出昆曲的古典之美。她对这八段唱腔的演唱，可谓酣畅淋漓地向人们展示了昆曲闺门旦的演唱技巧和风格。

　　她在脍炙人口的【步步娇】【皂罗袍】等唱段中的演绎之好，可用"精彩绝伦"这四个字来形容。顾卫英在这些唱段中的用嗓，是典型的闺门旦"真声"和"假声"并用，同时还有混合声。不仅如此，她的大小嗓过渡得还十分自然。

　　【皂罗袍】带【好姐姐】这个唱段，包含几乎所有南昆曲调的唱法精要和韵味特色，最能体现闺门旦演员的演唱水平。她演唱的这段，声音柔美，气息平和，不时闪烁出的"假声亮字"，更让唱段锦上添花。如"原来姹紫嫣红开遍"中的"红"字，"似这般都付与断井颓垣"中的"颓"字，"假声"清美，悠扬百转，不仅体现出的"水磨腔"的一般特征，而且显示出她自身特有的清丽、柔美色彩。

　　就是较为冷僻、最为难唱的【集贤宾】，她也唱得声情并重，悲伤的基调与欢欣的【步步娇】【皂罗袍】形成鲜明对比。

　　魏良辅在其所著《曲律》中曾说，曲有五难，其中之一是唱低音难。

要唱出有质量的、又不失闺门旦气质身份的中低音的确是闺门旦演唱的一大难点。

【集贤宾】这段唱腔低沉哀婉，许多音都处在中低音区，尤其是后面两句中的"人去难逢"的"难"字，"在眉峰"中的"眉"字，都一度沉落到低音"1"上，嗓音没有相当的宽度，根本无法唱出这两个字。然而，这些对她来说都不算什么难事，她在低音部分用有控制的真声，很轻松将其唱出，质量还很不错。

作为该曲"务头"（"务头"之说请参看"十余年后惊回首"的论文）的"看玉杵秋空"全句及其"看"字和"空"字，还有"凭谁窃药把嫦娥奉"的"奉"字，她唱得千回百转，闻之令人心碎。"须不是神挑鬼弄"，悲歌中含有几丝哭腔，至于"心坎里别是一般疼痛"的"痛"字，哭腔明显，更是断魂之唱。

在行腔中，顾卫英极为娴熟地运用各种润色腔，让昆曲的韵味更加浓厚。如【江儿水】中"花花草草"的"草"字、"生生死死"的"死"字、"酸酸楚楚"的"楚"字都为上声字，她用"罕腔"唱出这几个字由高向低的走向，更增添哀伤的气氛。至于"擞腔""叠顿腔""橄榄腔""揉腔"等技巧，都让她糅合在各句唱腔中，显得天然去雕饰。【嘉庆子】"话到其间腼腆"中的"话"字有"擞腔"，有休止，并达到全曲最高音，她把这些难点都轻松化解，并唱得很漂亮。上句的"到"字和"又素乏平生半面"中的"素"字，这两个去声字向上挑的音都很短，须糅在众音之中。仔细聆听，这两处的"小豁腔"她发挥得很自然，没有丝毫刻意的痕迹。"敢迤逗这香闺去沁园"中的"这"字，以及【尹令】"生就个书生"中的"个"字，"擞腔"擞得潇洒、干净，确有美听之效。【皂罗袍】中"那荼蘼外烟丝醉软"一句，她唱"丝"字用"叠顿腔"连"擞腔"，"醉"字则使用"双揉腔"，而且音色逐渐亮出来，使这句最有特色。

昆曲之所以有令人着迷的味道，其中原因之一是演员在唱腔中熟练地运用"小嗓"，即"假声"。本人认为，只有发出悦耳完美的"假声"，才能让观众感到昆曲之美，这样的演员才算是一个优秀的昆曲演员。顾卫英的"假声"技巧高超娴熟，而且大小嗓过渡得自然。在这八段经典唱中具有高质量的"假声"音区以及"假声亮字"处处可见，尤其是【忒忒令】中的"那一答可是湖山石边，这一答似牡丹亭畔。"前句的"可"字，和后句的"牡"字，"假声"发挥到位，音质漂亮，而且放时甚为有力，收则戛然而止，可谓收放自如。尤其是前句的"可"字，代表她"假声亮字"中的最高水平，闻之如饮甘醪，如醉如痴。我曾比较过几位"杜丽娘"对这句中"可"字的演绎，认为她发挥得最好。

有学者提出，昆曲演员的声音要有"亮心"，即声音放响后具有穿透力的核心和声音的个性。[6]我认为，她的声音中，尤其是"假声"音区，在需要发挥的关键之处都有这种"亮心"的效果。

在唱念做中，顾卫英的唱功最为突出，属实力派演员，是当代闺门旦演员中的佼佼者。

苏州昆剧院的俞玖林在青春版《牡丹亭》中扮演柳梦梅堪称"惊艳亮相"，一时间好评如潮。他扮相儒雅、俊秀、潇洒，所饰演的柳梦梅形象，浓厚的书生气中还透出几分倔强。昆曲的小生，不仅要面相俊秀，而且对嗓音要求极高，是非常难演的行当。俞玖林天赋加勤奋，在唱功上达到上乘之位，例如，在《如杭》中那段内容从"十"到"一"的【前腔】，他唱出昆曲小生的纯美音色，令人赞叹不已。在《拾画》中，他的做功之好、表情之生动得到鲜明体现。如面对美人图，他左边瞧来右边望，表演细腻，极有喜剧色彩。在《幽媾》中，一段"亏杀你走花荫不害些儿怕，点苍苔不溜些儿滑，背萱亲不受些儿吓，认书生不著些儿差"。唱念做浑然一体，唱功完美，动作幽默。这些均反映出，他能够很好吸收汪世瑜先生所传授的技艺，并有所发挥。

难得的是，俞玖林能够把柳梦梅性格发展的变化一步步呈现出来。《言怀》《旅寄》表现的是一介书生，虽然穷酸，但也有志气和抱负。从岭南到南安的路上，柳生饥寒交迫，风寒致病时，遇到陈最良的帮助，还表现出"穷且益坚"的品质。俞玖林那句"不瞒说，小生是个擎天柱，架海梁"的念白及其动作、表情都很符合人物当时的身份和性格。《幽媾》《冥誓》中，柳梦梅被杜丽娘的"惊人艳"所征服，后来得知眼前的丽人，不仅是画中人还是自己的梦中人，巨大的惊喜让他瞬间爱上丽娘，哪怕对方还尚未是人，也不顾一切地要救她出来，与她做夫妻。在这两折中，俞玖林将柳生为爱情献身的形象逐渐展现出来，在盟香发誓时唱的一段"神天的，神天的"，"做夫妻，生同室，死同穴。口不心齐，寿随香灭。"慷慨激昂，充满男子汉的豪气。柳梦梅人格魅力发生最为显著的阶段是在《硬拷》中。面对位高权重的宰相，他先是陈述事实，解释缘由，后遭杜宝拷打，也仍然毫不屈服。俞玖林在这场戏的唱念做中，将柳梦梅一身凛然之气表现得淋漓尽致。杜宝逼供，叫他画供，俞玖林那一句"这纸笔，生员只会做文章，不晓得什么叫画供"的道白，不仅强硬，还充满嘲讽之意。尤其柳梦梅得知已中状元，进而反击时，他在表演气势上愈发强硬，如在杜宝企图继续扣留柳生时，俞玖林那句"谁敢！你们胆敢阻拦天子门生赴琼林宴会，该当何罪？"的念白掷地有声，极具震慑力，继而他那扬长而去的动作也完成得十分潇洒。

总之，俞玖林能够根据剧情，将所扮演角色的人品、性格有层次地展现出来。他让观众感到，这个人物并非一开始就是个完美的，他原来只是个忠厚老实的读书人，后来在充满传奇色彩的经历中，被爱情的巨大力量所激励、鼓舞，渐渐成长为一位忠于爱情而不畏权贵的君子。优秀的演员不仅在"四功五法"这些基本功上功夫要好，而且还能善于揣摩所扮人物的心理变化、性格特点。只有内心感到的，才能在外形上表现出来，俞玖林做到了这点。

随着人生经历的丰富，俞玖林沉稳的气质逐渐突出，在白先勇先生的倡议下，他出演《白罗衫》的主角。由"巾生"转到"官生"，这是他艺术生涯的一个重要转变。这部剧的主题是，人在情与法、忠与孝面前该如何抉择，是一部刻画人物内心矛盾的大戏。俞玖林抓住了所扮人物的性格特点，在揣度人物内心上下足功夫。他所扮演的徐继祖，在形象上和气质上，显然与几年前扮演的柳梦梅、潘必正存在巨大的差异，行腔上音色更加宽厚，动作上更加沉稳大气。

他在最后一折《堂审》中的表演，几段唱腔及其表情动作尤为精彩。例如，唱"白罗衫，我严亲罪证难逃，情仇恩怨该如何了，一世伤痛无解药"。在道白"怎奈堂审已开，国法难容"之后，唱"难难难，如困愁牢。

一边儿，恩情好似山高，一边儿，仇如海涛。中隔着国法天道，左右皆亲怎可抛?"可以看出，俞玖林是饱含着真情实意在演唱，故而能产生打动人心的效应。在徐能逃去，大约有一分钟左右时间，徐继祖既无道白，又无唱腔，演员完全靠动作和脸部表情来表现人物的内心活动：起初精神陷于恍惚状态，后走到案台，想起自己的责任，才开口论及忠和孝。俞玖林将这一段表现主人公内心活动的无言表演演绎得非常准确、到位。此后，他的表演将气氛推向高潮，取下宝剑，托于手中，一脸愁苦之情念道："想我徐继祖上不能尽忠，下无颜对亲生父母，有何颜面苟活于世间。"然后，踉跄斜步，拔出宝剑，企图自刎。这段表演甚为精彩，可以说是全剧中最为震撼人的地方。在徐能转来，他那一段【叨叨令】"我的人生破碎难重造，牢笼命运难逃掉"，唱得撕心裂肺，极有感染力。在这里演唱技巧退为第二位，而能否以强烈的感情唱出这些才是最重要的。

沈国芳工六旦，在 2009 年青春版《牡丹亭》中，她饰演的春香给人留下了极为深刻的印象。春香天真、率直、调皮的性格让她表演得淋漓尽致，可以说是当时各个版本中最可爱的一个春香。

在《闺塾》一折中，春香实际是主角，这让沈国芳能够充分发挥自己的艺术才能。

演唱【一江风】"小春香一个在人奴上"一段，她唱做、表情，细致入微，无一不到位，且体现六旦的唱腔"小嗓为主，大嗓为辅"的特点。这段唱腔中，不少地方都包含着"擞腔""豁腔"等润色腔，她却唱得流畅、自如，让人感觉不出这中间加了那么多的"料"。

作为小姐的伴读，春香调皮捣蛋，戏弄、嘲笑陈最良的小高潮一波接一波，让整台戏充满着热闹的气氛。有两处细节，沈国芳表演得极为幽默，值得回味。

当小姐对先生说"温习了。则待讲解。"春香抢话说"先生，小姐说温习熟了，则待先生讲解讲解。"她以戏谑、夸张的语调说出"讲解讲解"四个字，并用手指在桌上画圈儿，然后一手托腮，叫人忍俊不禁。

当先生解释什么叫"兴"，是"起那下头窈窕淑女，君子好逑。是那幽闲女子，有那等君子，好好的来求他"时，她一脸天真模样，靠近先生问"为何要好的求他介?"接着,双手托腮支在桌上,模样极其可爱。

我认为,"可爱的调皮捣蛋"就是春香在《闺塾》里的基本特征。沈国芳的表演很准确地把握住了此特征,因此喜剧色彩浓厚,深得观众好评。此外,还表明她很好理解了导演要自己竭力"挑气氛"的意图,动作、表情夸张而不过分。《闺塾》让观众领略了什么叫"春香闹学",也记住了春香的扮演者沈国芳其名。这出戏是她表演得最为精彩的一折,无人能出其右,成为她演艺生涯的一个高峰。

另外,她在《写真》一折当中的表演也值得一说。这段只有两人的戏之所以吸引人,除了主角的精彩表演外,作为配角的她,其表情和动作的恰当、完美也是重要原因。当丽娘专注地沉浸在梦中,回忆"那书生风姿俊雅,手持柳枝,要我题咏"。旁边的春香表现出又惊奇,又觉得有些好笑的神色。又听小姐说"后来那书生与我说了几句知心的话儿,便携我同去牡丹亭畔,芍药栏"。春香的动作、表情一一回应丽娘说出的每个字词,而且表演自然、恰当,十分耐看。

尤其是丽娘作诗时,春香的动作、表情可爱,又非常符合春香文化不高的身份。丽娘念出两句"近睹分明似俨然,远观自在若飞仙"。她在一旁听,脸上浮现出似懂非懂的神情,并微笑点头。丽娘这两句是分开念的,中间略有停顿。春香对这两句诗都有反应,而且两次的神情还稍有不同。"平凡中见功力"。沈国芳在看似寻常的表演中是多么精细,这体现出她的表演功力的确是"厚积而薄发"。

沈国芳戏路较宽,她在《跃鲤记·芦林》中扮演身世凄凉的庞氏,从六旦一下子转为正旦。她以一袭黑上衣白下裙的标准正旦行头出场,亮相中规中矩,这让我一时产生疑惑:这是《牡丹亭》里的小春香吗?

她行腔的第一句"步出郊西,芦林惊起雁鸿飞",就让我震惊,音质厚重,属地道的正旦味。正旦的发音,音质都与六旦不同,沈国芳却能很快进入正旦的领域,在唱腔上成功"变道"。在大段唱腔如"我待回归"一段,唱得韵味浓厚,感情真实,发挥上乘。还有"可记得一夜做夫妻"这句,"一夜"两字唱得高亢激昂,"夫妻"的"妻"字,气似喷出,这都增添了语句的感染力。"夫妻好似檐落水"一句唱得十分动情,一个

"好"字先挑高再回落，使这个字非常亮，一个"水"字使用"罕腔"，让音从高处下滑，处理完美。整句充满哀婉之情，特别是唱"檐落水"三字时，表情动作也十分契合，人物形象更加令人同情。

正旦念白的特点之一，是常出现强烈的"啊呀！"的感叹声中，演员要靠体内气流冲击声带，产生一定的爆发力。对此，沈国芳把握得十分熟练，她多次呼出的"啊呀，姜郎呀！"质量很高。特别是"我待回归"一段，回忆往事中两次出现的"啊呀！"二字，体内气流似喷出，极具爆发力，显示出她学习正旦的成果十分了得。在这一折戏中，她把正旦唱腔的特点掌握得非常准确，不知道的，还以为她原本就是正旦演员呢。

这出折子考验演员的唱念做功夫，是个很吃力的戏。如模仿拔芦柴一节，她表演纤弱的手被划破，血染芦柴，垫上衣袖继续拔，终将芦柴拔出，动作惟妙惟肖。

沈国芳除正旦外，还演过闺门旦。她不但"诸旦不挡"，而且"南北也不挡"，既会演南昆戏，也会唱北昆戏。在唱腔和念白上，南昆与北昆是不同的。她在属南昆戏的青春版《牡丹亭》中，唱念都很地道，而在《千里送京娘》这出北昆戏中，她的唱腔和念白也同样像模像样，不输南昆戏，例如，出场时唱的那几句"杨花点点满汀州，柳丝袅娜垂岸头，春光洋溢春溪水，春意阑珊惹春愁！"北昆唱腔的高亢嘹亮的特点，让她表现得非常清楚。第二句结尾"垂岸头"的"头"字落在中音"1"上，下一句"春光"的"春"字猛然上翻十度，唱腔设计得既美又难，她却完成得很好，听不出有任何瑕疵。后面的"难偕凤鸾俦"一句有相当的难度，她也唱得很完美，忽而低回婉转，忽而高亢激昂，充满对赵兄的万般缠绵之情。

沈国芳扮相清丽娇柔，身段小巧优雅，动作轻盈流畅，而且唱念做俱佳，是个极为难得的优秀青年演员。

看到吕佳和周雪峰在《南西厢记》里的精彩表演，让我也忍不住对他们写几句。

红娘是这出戏里的主角，她热心、机敏、又爱搞点恶作剧，吕佳把红娘的性格特点充分展现出来。

在《跳墙下棋》中，她的表演饶有风趣。尤其在和小姐以双关语进行较量一节，其表演很是吸引人，使这一节成为这出戏最为有趣、最为精彩的一段戏。例如，发现小姐偷下一着棋，唱"暗中行何事，对奴名言"，脸上挂满的得意之情，令人难忘。经过张生暗中点拨，发现小姐再次作弊之后，那句"哈哈，小姐背着红娘偷了一只！"的道白，其声调和动作都可爱至极，而且"哈哈"两字的声音之高恐怕只有她才能发出来。另外，在这一段中，红娘时而老练，时而天真的特征也让她体现得非常充分。

《佳期》中的【十二红】，集唱、做、舞为一身。这一唱段长达十几分钟，十分罕见，极为考验演员的各方面功力，吕佳却把这一难度极高的唱段作为展示自己表演才华的好机会。例如，第一句"小姐小姐多风采"，唱"风"字，"假声"清脆，唱"采"字，"小嗓"加上夸张的动作更显得人物的俏皮、可爱。"好似襄王神女会阳台"时，她旋转几圈后竟做"卧鱼"之状，此时唱腔犹在嘴边。唱"堪爱爱他们两意和谐"这句，唱中的表演动作极多，表情也配合得极为恰当。另外，这段【十二红】音域极宽，由 E 调的低音 3 到高音 5，跨两个八度加小三度。这么高难度的唱段，再加上边唱边做甚至边唱边舞，看不出她有稍微气喘和唱腔、动作的微小失误。没有深厚的功夫，怎么能表演到这种程度呢？

吕佳最为突出的是面部表情极为丰富，在表现喜、怒、哀、乐，尤其是在讥笑、嘲讽他人时，往往还发着一点"坏意"，再加上略微夸张的动作，给观众留下深刻印象。例如，她发现小姐很多事瞒自己，念"原来暗中约那张生在园中相会，她又不对我说"，脸上便浮现出她特有的表情。在和小姐二人赏月一段，她的表情加动作，让戏更加吸引人。如在唱"雨约云期，楚台巫峡"时，用手指小姐，还发出笑声，唱"两下里挨一刻如过一夏"也同样如此。小姐当然明白她的嘲笑之意，做出应有的害羞之状。在这里，演员的情绪和演技是相互影响的，作为主角的吕佳激情四射的状态和精彩演技，也充分调动了饰演小姐的演员的情绪和演技，让小姐娇羞妩媚之状表现得自然而准确。

终场前，红娘在老夫人面前大包大揽，主持二人婚礼那一节充满喜剧色彩。老夫人面对红娘的伶牙俐齿，无可奈何，吩咐快叫傧相来，红娘那一句"他们二人还要什么傧相"的道白及此后的表演，谑而不虐，造成二人又羞又喜以及皆大欢喜的结果。虽说这里喜剧效果主要是编导之功，但吕佳精彩的表演进一步增强了这种效果。

正是吕佳饰演的红娘一角，让整个戏充满欢笑，成为实实在在的一部喜剧，让人百看不厌。

总之，吕佳很会做戏，极富表演才能。

周雪峰这个小生很不简单，他的嗓音不仅很高，而且音域极宽，音质清亮。开场的几句"未临科甲暂羁程，旅况凄凉动客情"，以及"正撞着五百年这风流孽冤""参罗汉，拜了圣贤"的唱腔，就唱得漂亮，很有小生飘逸的味道。这出戏，小生唱腔很多处于高音区位，这种状况显出小生唱腔高亢、潇洒、飘逸的特点，同时也造成对演员音高和音域的考验。我曾实际测过，他唱腔的最高音处于相当于钢琴键盘上"小字三组"的"d"音，而且唱腔中不少字都在离这个"d"音不远的地方回荡。可周雪峰举重若轻，他不仅轻松唱出这些难度很高的字词，而且音质还非常好，这实在难得。在【临镜序】这个唱段，周雪峰可圈可点之处不少，突出的是"假声"区的发音极为漂亮、潇洒，如"月明如水，浸楼台""只道是空佩响""意孜孜双业眼""青鸾黄犬信音乖"这几句可作为典型代表。其中，高质量的"假声亮字"也随处可见，如"浸楼台"之"浸"字，"只道是空佩响"之"道"字和"佩"字，"意孜孜双业眼"之"意"字和"双"字，"青鸾黄犬信音乖"之"青"字等。而"急攘攘那情怀"中的"攘攘"两字，使用"罕腔"，声音流畅下滑，非常悦耳，实有美听之效。

总之，周雪峰是个非常难得的小生人才。

看着这些优秀的青年昆曲演员的功力是如此出众，而且人才辈出，我对昆曲的前景充满信心。

参考文献：

[1] 詹慕陶. 昆曲理论史稿［M］. 杭州：杭州大学出版社，1996：118、120.

[2] 田韶东. 昆曲旦角演唱的用嗓特点［J］. 南昌高专学报 2008

（5）.

　　［3］王骥德.方诸馆曲律［M］.北京：生活·读书·新知三联书店，2014：38、39.

　　［4］顾侠强.昆曲天地［M］.北京：中国戏剧出版社，2011：140.

　　［5］沈家庄.沈丰英昆曲表演艺术魅力及成因初探［J］.中国戏剧，2008（1）.

　　［6］刘海燕.试论昆曲《牡丹亭游园》闺门旦的演唱艺术［J］.中国音乐学，2006（2）.

汤显祖的《牡丹亭》是为昆曲写的吗?

——兼论"沈汤之争"的另层原因

一

提起《牡丹亭》,人们一定会把它与昆曲或昆剧联系起来,而且都会认为这部剧是汤显祖为昆曲写的。其实,这句话前半部分无可厚非,而后半部分则是误解。搞清这个问题不单是还原历史,而且有助于更好理解该剧问世后那场轰动文坛的"沈汤之争"的深刻原因。

16 世纪中叶,魏良辅对原来的昆山腔进行改革,创立了一系列规范,让"水磨腔"这种优雅、委婉的腔调成为昆山腔的突出特点,这受到众多艺术家的交口称赞。改革后,昆山腔始称"昆曲",开始从吴中核心地区向四周扩散推广。然而应指出的是,虽说昆山腔被尊为"正腔",昆曲处于"一枝独秀"的地位,但其他南曲,如弋阳腔、海盐腔、余姚腔,以及由此衍生的地方小腔并没有很快消失,它们在发源地及其周边仍有很强的影响。另外,昆曲这时向四面八方辐射,向各个方向推进的力度和效果并不均等。大致说,向北要强一些,以致在三四十年后影响到京畿之地,竟然被朝廷看中,成为明朝宫廷和社会常演的剧种。而昆曲向南的影响要弱些,致使江西、浙江等地的弋阳腔、海盐腔、余姚腔等,在昆曲出现后的几十年内仍然顽强地表现自己。这种情况,与当时的地理、交通状况不无关系。我国南方多山地，交通不便，而戏剧的推广主要靠戏班在江湖中的演出，戏班到了才能影响一地的群众。那些被群山层层包围的小县城，乃至广大农村地区，在明代交通十分落后的状况下，外地戏班很难进来。另外，即便有外地戏班演出，能否被接受还要看当地观众的口味儿。正因为如此，这些地区本乡本土的地方小腔，仍然有生存的土壤。

说起《牡丹亭》，人们一般自然会把汤显祖与昆曲联系起来，可往往忽略了一点，那就是《牡丹亭》的作者汤显祖是江西赣东北的临川人（现在的江西抚州），而不是昆曲的发源地吴中（即苏州）地区人。临川历史上曾置县或设州府，设州府时管辖众县，其中有一县名为宜黄，在州治理中心南面约 60 公里处。

汤显祖的前辈乡贤谭纶（1520—1577 年）就是该县人。谭纶能文能武，最高官至兵部尚书。此人出奇的一点是，他在不经意间开创了戏剧史上的一个事件。谭纶中进士后，做文官数年，在东南倭患严重的情况下，怀着"文能治国，武能安邦"的思想，来到浙江充当武官，打击倭患。他曾长期驻守在浙北，特别喜爱当地的海盐腔戏剧。为了调节枯燥的军营生活，他在军队里开设了海盐腔戏班，为将士们表演戏剧。后来他在台州知府任上，因为丁忧回老家宜黄县守孝，同时也将海盐腔戏班带回家乡。这样海盐腔与江西赣东北的弋阳腔紧密融合，又吸收了宜黄本地小戏小腔的种种因素，形成了本地化的宜黄腔。[1] 显然，这种宜黄腔是由三种腔调糅合而成，带有三种腔调的味道。宜黄腔自产生后，深受当地群众的欢迎，便在这里生根发芽，逐渐拥有了多家宜黄腔剧团，成为当地人喜闻乐见的地方剧种。

一个偶然的机遇竟然成就了一个地方剧种，而这个地方剧种又与汤显祖的戏剧创作有密切关系。

二

汤显祖家学渊源深厚，少年时便文才出众。家中藏书丰富，特别是藏有宋元杂剧上千本，这让他从小便熟悉杂剧的结构、曲牌等。他熟悉这些传奇故事，有的精彩段落还能背诵。另外，在一次落第之后，他曾在湖北麻城一位刘姓好友处暂居。刘家藏有金元杂剧近千种，他如获至宝，精心挑选出近三百部好戏仔细阅读，进一步充实了关于宋元杂剧的一系列知识。他不仅博览群书，记忆力超强，而且随时随地收集资料和佳句，留下不少趣事和佳话。相传他在遂昌做县令时，坐轿子或马车去访客，脑中忽得一奇句，便下来在附近寻求纸笔，记录下来，然后贴到车轿顶上，而且一路行来，他多次这样做，竟不觉辛苦和麻烦。正是由于这样长期的积累，他获得大量戏剧的素材和"丽词俊音"，以便为他今后创作时应用。

汤显祖的第一部戏剧《紫箫记》（《紫钗记》的前身），是他落第之后在南京为打发无聊时光，与几位临川好友共同完成的。其创作的原因是，他们在南京看腻了昆山腔等戏，而作为临川人最喜欢的还是在赣东最为流行的、由三种腔调糅合而成的宜黄腔，于是他们决定，把唐代传奇小说《霍小玉传》改编成宜黄戏。汤显祖负责编写剧本，好朋友吴拾芝（玉云生）身体苗条，能言善唱，尤其擅长反串旦角，便充当主角霍小玉，谢廷谅和吴拾芝两人负责粗线条地谱曲、排练，其他人管理接待和后勤事宜。

汤显祖一下笔就显示出惊人的文采和敏捷的文思，仿佛积藏在脑海中多年的才情猛然喷发。这部戏的写作和演出情况堪称戏剧史上的奇观。由于剧情曲折，吴拾芝"音若丝，嘹彻青云"，主角由男旦反串且演技又好，《紫箫记》受到当地观众的热烈欢迎，一天天地连续演出。这样，往往一出戏演完了，下一出的剧本还没写出。[2] 这种匆忙上演，剧本边写边演，主角倒催编剧，又无导演的状况，决定了所有演员尤其是主角，全靠自己的经验、演技来发挥，他们的唱腔是自己最为熟悉、随口就唱的宜黄腔。汤显祖写这部剧很自然按照自己最熟悉的宋元杂剧去写，从结构、曲牌到道白、唱词都既有宋元杂剧的一般规范，又竭力适合宜黄腔的表演，这是毋庸置疑的。

汤显祖不仅会写剧本，而且还懂戏，能教戏。江西本地艺人王有信、于采、罗章二等人都是他戏剧的早期排练者，与他关系十分紧密。《牡丹亭》写好后，他在家乡组织汤家班，亲自教戏，"自掐檀痕教小伶"的诗句就是这种情况的生动反映。汤家班是用什么腔体唱《牡丹亭》的呢？只能与第一部戏《紫箫记》一样，用的是宜黄腔。此后，汤显祖还组织宜黄戏演员到江西永新、九江，安徽的宣城演出。

根据江西大余县（即《牡丹亭》故事发生所在地）"中国牡丹亭主题公园"内"牡丹亭文化展览馆"的陈列，《牡丹亭》问世的第二年，即1599年的重阳节，正逢南昌滕王阁新修落成，江西巡抚王佐在阁中大摆宴席。在曾任文渊阁大学士张位的建议下，邀请《牡丹亭》的作者汤显祖赴宴并由浙江海盐县宜伶名角王有信领衔首次公演。汤显祖兴致勃发，挥笔写下"滕王阁看王有信演牡丹亭"的诗句。"宜伶"就是宜黄戏演员，而王有信则是汤显祖早年结交的家乡人。可以看出，王有信经过多年的演出实践，逐渐成为"宜伶名角"，而且还在浙江海盐落脚，并受到官方的重视。

总之，《牡丹亭》问世后，汤显祖按自己的意愿排练、在自己家院"玉茗堂"演出的是宜黄腔，极为欣赏的是宜黄戏，并不是昆曲。几年之后，他还应宜黄的演员之请，为他们写作了一篇题为《庙记》的文章，阐述了戏曲的作用、地位和变化，以及演员的修养和表演等诸多问题，提出"人生而有情"，戏剧能够"生天生地生鬼生神，极人物之万途，攒古今之千变"的神奇魅力的观点。[3]这些均反映，他一直倚重的是家乡的戏剧宜黄腔，而非昆曲。

三

沈璟（1533—1610年）是吴江派的领军人物。他在戏曲文学上最重要的主张是，剧本中的所有文辞，尤其是唱词和道白，要"合律依腔"，对不遵守格律腔调的作品，他往往给予严厉指责。此公对音律的重视达到苛刻的程度，提出"宁协律而词不工"，"纵使词出绣肠，歌称绕梁，倘不谐音律，也难褒奖"。[4]为此，他编著了《南九宫十三调曲谱》等曲学著作，希望自己能发挥"词林指南车"的作用。

1598 年汤显祖一气呵成写出《牡丹亭》，经刊印甚至传抄，立即轰动了戏剧界。沈璟看到后，一方面对他的才情甚为敬佩，另一方面却对这部作品中不遵格律腔调的倾向给予批评。此公之后甚为奇特的举动是，他提笔改写汤显祖的剧本，并将剧名改为《同梦记》，然后通过双方都认识的朋友，将改过的剧本以及自己的曲学著作寄给汤显祖。这个意图十分清楚，就是要对方认识到自己作品当中音律不谐的种种缺陷，并好好学习曲学的基本知识，要尊自己为师。

谁知汤显祖并不买账，反而回击道："凡文以意趣神色为主，四者到时，或有丽词俊音可用，尔时能一一顾九宫四声否，如必按自摸声，即窒滞迸拽之苦恐不能成句矣。"显然，汤显祖认为，沈璟过分强调文辞的音律，而自己则主张在声律与反映作者"意趣神色"的文辞发生矛盾时，要以后者而不是前者为主。正是据此出发，这位"江西老表"倔强地喊出，余意所至，"正不妨拗折天下人嗓子"的名言。[5]

将《牡丹亭》进行改写的并不止沈璟一人，还有与作者十分熟悉的吕家父子。吴江派成员、曾写过《曲品》一书的吕天成及其父亲吕玉绳都对《牡丹亭》剧本进行过改编。显然，进行这种改编是他们认为剧本中出现声律不谐的缺陷。汤显祖得知自己的剧本被多人改写，在各地演出，便写信给临川籍演员罗章二，嘱咐道："《牡丹亭记》要依我原本，其吕家改的，切不可从，虽时增减一二字以便俗唱却与我原作的大不相同了。"他还称这种改动自己剧本的举动是"割蕉加梅"式的修改——看似完善，实际改变了作者的原意。[6]

平心而论，这场争论实际是两位不同派别戏曲家关于戏曲创作以何处为突出之点的正常争论，也是自古以来文学史上内容和形式孰轻孰重争论的延续，每一派别都有自己的道理，都有值得吸取的经验和长处，也都存在自己的弱点和缺陷。

值得注意的是，不只是沈璟等吴江派人士指责汤显祖作品当中存在声律不谐的缺陷，当时还有其他人也提出类似的观点。

如文学家沈德符在称赞该剧的出版，几乎"令西厢减价"的同时，却遗憾地说作者"不谐其曲谱，用韵多任意处"。

曾为吴江派成员、以后观点大变的著名戏曲理论家王骥德也曾客观地评论过沈汤之争，在高度赞扬"临川尚曲，直是横行，组织之工，几与天孙争巧"的同时，指出他的作品存在"屈曲聱牙，多令歌者咂舌"的现象。[7]

与他有较多往来的戏剧、小说家凌濛初在赞扬他的作品充满才情的同时，也指出"惜其使才自造，句脚、韵脚所限，便尔随心胡凑，尚乖大雅"。还指责他"填调不谐，用韵庞杂，而又忽用乡音"，"况江西弋阳土曲，句调长短，声音高下，可以随心入腔，故总不必合调，而终不悟矣"。[8]最能说明问题的是，著名词曲家兼出版商臧懋循对他一段严厉的苛责："今临川生不踏吴门，学未窥音律，艳往哲之声名，逞汗漫之辞藻，局故乡之闻见，按亡节之弦歌，几何不为元人所笑乎！"[9]这段"今临川生不踏吴门，学未窥音律"的话说得十分清楚，一是说汤显祖不熟悉吴门曲家的昆曲声律，二是指责他"不踏吴门"，不以吴江派为戏曲正宗。

看来，汤显祖的作品的确存在声律不谐的缺陷。不仅如此，他的作品当中还有个别的粗疏之处。

通过观察汤显祖写作剧本的过程，可以总结出他的写作有两个特点：一是打好腹稿，在短时期内一气呵成；二是下笔洋洋洒洒，恣情随意，追求奇境妙意。这种写作特点，在他写第一部剧《紫箫记》时反映得最为明显。由于是边写边演，主演倒催编剧，他完全处于写作的忘我状态，以致出现明显影射朝中权贵的情节而不自知。而《牡丹亭》九万多字的剧本，他只用了短短的三四个月就一挥而就。在这种情况下，再有才情的文学大家，也不可避免在作品中出现这样或那样的纰漏和毛病。我们现在看到的55折的《牡丹亭》剧本，即使经过历代多人的校定修改，也还存在某些纰漏。例如，第10出《惊梦》杜丽娘在睡梦前的道白中有这几句："昔日韩夫人得遇于郎，张生偶逢崔氏，曾有《题红记》《崔徽传》二书。此佳人才子，前以密约偷期，后皆得成秦晋。"用"昔日韩夫人得遇于郎"对应《题红记》，这没错，但是用"张生偶逢崔氏"来对应《崔徽传》就不对了，因为《崔徽传》里崔徽思念的情郎姓裴，这里对应的应该是《莺莺传》。这两部戏关系紧密，情节颇有相类之处，显然汤显祖在匆忙写作中将其搞混了。（青春版《牡丹亭》的编剧眼光敏锐，并且本着大幅删减的原则，把这段删去了。）

本人承认汤显祖的作品存在声律不谐、词韵违和的缺陷，但考虑到"沈汤之争"是属于吴江派与临川派之间的争论，其间必定存在着由于地域、语言差别而引起争论加剧的问题。

要知道，江西临川距离吴中将近有一千公里之遥。在当时交通落后，各地十分闭塞的情况下，民谣曰"十里不同腔"是普遍现象。两地相距十里百里，语言都有很大的差别，更不用说有两千里之距的以上两地，其语言的差别之大是可以想象到的。

沈璟等人是以吴中昆曲的标准来衡量汤显祖作品的，而汤显祖写的"临川四梦"都是为宜黄腔写的，并指导宜黄腔演员排练和演出的。因此，以沈璟为代表的吴江派对临川派汤显祖在声律方面的指责存在客观上的误解，也就是说，以宜黄腔的角度看他的作品，演出他的"临川四梦"，在声律上并无大碍，但在吴江派的眼中，其作品在声律方面的缺陷就被放大了。汤显祖的第一部戏剧《紫箫记》用的是宜黄腔，南昌滕王阁隆重演出的《牡丹亭》用的仍是宜黄腔，两场演出均受到热烈欢迎。此外，他还组织"宜伶"到江西永新、九江，安徽的宣城演出。这些事实均说明，他创作的"临川四梦"的剧本，从唱词到宾白，与宜黄腔的结合是适合的，甚至是完美的。

由于《牡丹亭》一开始并非是为昆曲，而是为宜黄腔写的，"沈汤之争"既反映两派就格律与意趣神色之间孰轻孰重的分歧，也存在着因地域、语言差别而引起争论加剧的因素，当然还有吴江派以南戏正统自居的成分。凌濛初说他"用韵庞杂，而又忽用乡音"，"况江西弋阳土曲，句调长短，声音高下，可以随心入腔，故总不必合调"，就是以吴江派的眼光看待"宜黄土腔"的。总之，吴江派对临川派汤显祖在声律方面的指责，一定程度存在客观上的误解。

四

那么人们关心的是，《牡丹亭》何时与昆曲结缘的呢？

据江西抚州汤显祖纪念馆的介绍，《牡丹亭》问世后江南各地有众多昆曲家班演出剧中精彩的折子戏。其中，明末有太仓王锡爵家班、无锡邹迪光家班、徽州吴越石家班、常熟钱岱家班、吴中沈君张家班等，清初有宋荦家班、王永宁家班、顾威明家班等。但是，这时以昆曲为《牡丹亭》那些经典唱段谱曲的，不大可能是著名的曲家，只能是家班的师傅或者较有经验的演员，艺术上肯定是粗糙的。

对《牡丹亭》整体剧本进行修改的事情尽管受到作者本人的反对，但汤显祖在世及身后，修改剧本的事宜一直没有停止，以致现今《牡丹亭》的版本多达30多种，其中有些改编工作是有益的，其版本对如今舞台演出本具有重要的参考意义。

对《牡丹亭》整体剧本进行卓有成效的改编是臧懋循和著名小说家、戏曲家冯梦龙。

臧懋循的改本文辞、格律并重，还十分适合演出。他将55出删减、合并为36出，又觉得原作中唱段太多，便把原来434支曲删减至241支。此外，他还对过于晦涩的曲词给予通俗化的部分改动。改本最突出的是开创了合并的手段，即把若干出并为一出，使得剧情更加紧凑。他甚至还考虑到杜丽娘等主角不宜连续上场的问题，便想出"平移插花"的演出办法，使得不同角色尽可能轮流上场，有效调节和缓解了演员的演出疲劳和观众的审美疲劳。

冯梦龙是戏剧改编方面的行家里手，他至少改编过包括《牡丹亭》《邯郸梦》在内的17种剧作，堪称"戏剧改编狂人"。他认为《牡丹亭》只是"案头之书，非当场之谱"，便下手改编。他的改编、压缩手法，一是彻底删掉他认为无关宏旨的折子，如《劝农》《虏谍》等，二是采用臧懋循那样的合并法，最终改本剩下37折。因此，它的改编本成为一个非常实用的导演本,现在上演的《春香闹学》《游园惊梦》《拾画叫画》等核心折子戏,基本上都采用了他的改编本的成果。[10]

那么整本《牡丹亭》的昆曲曲调是如何形成的呢?根据汤显祖纪念馆的介绍和《红尘四梦——汤显祖传》作者谢柏梁先生的解释,明末清初的钮少雅先后花了十年工夫完成《牡丹亭》的第一部昆曲全谱《小雅格正牡丹亭》。然而令人遗憾的是,如此珍贵的资料没有保存下来。清乾嘉年间,曲学家冯起凤将全本《牡丹亭》谱成昆曲,收在其《吟香堂曲谱》之内。清代著名清曲家叶堂先是将《牡丹亭》等一百折曲子予以校定,后来他又再度向舞台演唱靠拢,整理、制谱《纳书楹曲谱》,汤显祖"临川四梦"的谱曲订正工作才大功告成。但是,谢柏梁先生又说,当下传唱的舞台版《牡丹亭》未必与清曲家的路数完全吻合。[11]

要讲清楚《牡丹亭》连台本戏何时、怎样与昆曲结缘的具体过程,还真是一篇很不容易做的大文章呢。

据本人观察,民国时期建立的"昆曲传习所"所排练的《牡丹亭》,以及"传"字辈演员如姚传芗的表演,才最为接近当下舞台版的《牡丹亭》及其主角杜丽娘。后来,张继青受教于姚传芗,继承了他的衣钵,成为《牡丹亭》无可争辩的"杜丽娘"。而目前舞台上的几位杜丽娘的扮演者,都是张继青的弟子,这成为昆曲《牡丹亭》表演正宗、正统、正派的标志。

谢柏梁先生也感叹,汤显祖当初并非为昆曲演出而写的宜黄腔剧本,居然成为昆曲的第一代表作。[12]

参考文献:

[1][2][7][10][11][12] 谢柏梁. 红尘四梦——汤显祖传[M]. 北京:作家出版社,2020:37;50、52、23;275;282、283、284;285;285.

[3][4][5][6][8][9] 詹慕陶. 昆曲理论史稿[M]. 杭州:杭州大学出版社,1996:85、86;72;82;82;129;129.

论《牡丹亭》超现实的艺术表现手法

  《红楼梦》学者曾总结出该作品的超现实的艺术表现手法，"虽然是一部写实小说，但在艺术表现手法上，又常常运用超现实的神秘思维方式，借助神鬼灵异等佛道观念，来推动情节发展、刻画人物性格，创造出真幻结合、虚实相生的艺术效果"。[1]比《红楼梦》更早问世的另一经典戏剧著作《牡丹亭》同样也采取了超现实的表现手法，只不过《牡丹亭》的这个艺术手法不同于《红楼梦》的，这成为该剧创作的一个特点。

  杜丽娘为爱情由生到死、又死而复生，已经够新奇的了。更新奇的是，身处南安的杜丽娘和地处岭南的柳梦梅都做过美梦，二人相遇后竟然都发现对方就是自己的梦中情人。这一奇妙构思，无疑是该剧超现实的艺术手法的最突出体现。正是这一传奇亮点，让《牡丹亭》剧本问世后就受到广泛关注。昆腔谱曲高手为剧中精彩、隽永的唱词谱曲，使昆剧《牡丹亭》的折子戏得以在各地上演。就连经典小说《红楼梦》里也不时出现《牡丹亭》的踪影，杜丽娘的精彩唱段常常从贾府的梨香院中飘出。近年来，在汤显祖剧本基础上改编的昆剧青春版《牡丹亭》，一经上演更是获得轰动性好评而风靡海内外。杜丽娘那惊鸿一瞥不知倾倒多少观众尤其是青年学子，使人感受到超现实的艺术手法的巨大魅力。

一

  笔者发现，作者除了在丽娘为爱情生生死死并最终实现了人生幸福，暗含冲破封建礼教这个主题中使用超现实的艺术手法之外，他在其他众多节点上也同样使用了此手法，而且这种创作手法对全剧而言十分重要：如果不运用该手法，全剧便无法自然而有机地"编织"在一起，最终圆满落幕。

《牡丹亭》的时空概念是明确的：金兵及其附庸势力南侵，历史背景无疑是南宋；淮扬一线成为抗金的前线也是事实；剧中出现淮安、扬州、临安、广州、南安等真实地名。剧中情节，南安太守杜宝请老秀才陈最良为女儿开闺塾；杜丽娘和使女春香游览后花园，饱览春色风光；广州府生员柳梦梅要赴临安考取功名路经南安等，这些都是写实的。

然而随着剧情的展开，南宋时期的各种制度、现实空间、情理等都时不时地被"超越"，当时社会中"完全不可能"的、"不可能"的或"不太可能"的事情，被作者一两笔就实现了。作者采取虚实相间的手法，该写实时就实写，该虚拟时就模糊，其目的只有一个：为了剧情的需要。

超越制度：突出地表现为柳梦梅以秀才身份直接考取状元。剧中描写柳梦梅误了考期，幸而遇到主持科考的官员是个旧相识，是多年前在一寺庙中偶遇、为皇帝四处搜罗世间奇珍异宝的钦差识宝使臣苗瞬宾。当时几句寒暄之后，柳梦梅抓住"识宝"的话题，声称自己就是个"无价之宝"，要进献朝廷，苗深解其意，当即赠送路费助他赴京科考。在柳梦梅误考时，苗瞬宾认出了他这个"南海遗珠"，便允许他"补考"，并出了一个面对金兵南侵，我朝"和战守三策"的策论。柳生对此答道，"可战可守而后能和。如医用药，战为表，守为里，和在表里之间"。这几句话被苗称为"高见"，"三分话就点破帝王忧"，隐喻着他不久就会"蟾宫折桂"。

中国科举制度始于隋朝，经过唐宋元明清各个朝代，其间某些具体规定虽略有变化，但读书人通过逐级考试取得不同等级身份的制度没有变化。秀才是对一般读书人的泛称，明清时专用于称呼府、州、县学的生员，不算取得功名；秀才参加各地乡试，考中者获得举人资格；举人赴京参加会试，考中者成为贡士；贡士参加皇帝主持的殿试，由皇帝赐进士出身；进士一甲的第一名称为状元。显然，这里规定了不同等级身份的读书人参加逐级考试，不得逾越的制度。不仅如此，所有考试都须经严密监考的笔试，尤其是殿试，由皇帝亲自出题，考生当场对答。汤显祖本人就是进士出身，并且经历坎坷，他焉能不知科考中有多少规矩是根本无法跨越的。然而，他在这里玩弄了一个"超越制度"的手法，妙笔生花，让秀才柳梦梅在误考的情况之下，一举成为状元，这"奇思"自然有他的"妙意"。

杜宝从南安府太守调至淮扬安抚使兼提督军务，指挥抗金，因为瓦解"溜金王"李全有功，一下跃身为"平章"，官居宰辅，戏中称为"宰相"，这也属"不太可能"的。淮扬安抚使兼提督军务一职，就是南宋抗金前线的一个军政长官。他从偏远的南安府的太守调至淮扬安抚使已属升迁，因有抗金功劳从这个职务调到中央也还说得过去，但猛然拔擢为政府中枢首脑，其间跳跃了数级，这在当时也属超越制度之事。

陈最良是个有官府生活补助的老秀才（廪生），一介迂儒，学问也不精，《诗经》中最有名的"窈窕淑女，君子好逑"一句，被他解读为"幽闲女子，有那等君子好好的来求他"。此人还非法行医、卖药，四处敛钱，屡遭石道姑咒骂。这个人物在淮扬寻找杜宝时被李全所抓，在生死关头被逼无奈，也算有些胆气，答应劝降杜宝，又反过头来实施杜宝交代他的计谋，最后李全夫妇表示投降，实际当海盗逍遥去了。陈最良在此事件中虽有些功劳，然而他这个功劳多少也有一些"误打误撞"和被逼无奈只能"豁出老命赌一把"的成分。皇帝得知他的出身和事情，赏些银两也就罢了。然而在戏中他因"有奔走口舌之才"，被升为黄门奏事官，从这个官名以及"掌朝班，通御谒"六个字上看，其权力不可小觑：掌控朝廷大小事务，汇总朝政向皇帝汇报，这意味着他可以夹杂个人倾向给皇帝打小报告，臧否百官；文臣武将要拜谒皇帝，也得先通过他方可成事。总之，陈最良成为皇帝信任的宫廷大总管匪夷所思，自然也属"不可能"之事。

超越常理及其相关空间：这涉及剧中两个人物，一是陈最良从南安府到淮扬去找杜宝，理由是告发柳梦梅和石道姑私掘丽娘之墓。戏中交代，陈发现坟墓被盗急忙告官并连夜启程去找杜宝。按理说，他告官已尽责，没有辜负杜宝的嘱托，为何还要急匆匆去找杜宝告状呢？这显然不合情理。更重要的是，从现实空间看，从南安到淮扬是个什么概念呢？可以说差不多是从南宋疆土的南端走到东北端。南安府是在处于广东南岭和大庾岭之北的今赣南大余境内，（大余之称就源于大庾岭）北宋时始置"军"，后改为"府"。[2]那么，《牡丹亭》的故事是不是就发生在这里呢？戏中的两句台词对此提供出肯定的佐证：一是《惊梦》当中，丽娘念白："晓来望断梅关，宿妆残。"梅关是我国著名的古关，处在大庾岭西北侧，是古代往返岭南与岭北的重要关隘。二是第16出《诘病》中，有一院公报杜宝："禀老爷，有使客到"，并念"人来大庾岭，船去郁孤台"。可见，戏中的故事就发生于此。南安到淮扬的两地距离，即使两头不算，乘舟从赣江入长江这段途中最重要的通道，航行距离大约有1200公里，加上两头，估计共有1500公里以上（古称3000里之遥）。况且当时并无定期航班，只能搭乘私家舟船，这样江中稍有风浪就会造成船倾人亡的惨剧，风险之大难以想象。还有，如此长的航途绝没有直达的船只，只能走走停停，路程至少一两个月，没有足够的盘缠怎么能支撑呢？更何况淮扬还是战乱之地，人人避之唯恐不及。陈秀才年老体弱，只是杜家小姐的私塾先生，与杜宝并无深厚交情，在已尽责和明知路途风险的情况下，他还如此不顾一切地前往，这显然与情理不通。

　　还有一个人物是柳梦梅的老园公郭驼，他在南安得知主人前往临安，推断是"图金榜"去了，便凭着主仆世代的恩情去临安投奔。郭驼年龄上恐怕比陈最良还大，且身有残疾，手头拮据，前往临安与去淮扬的路程差不多，他怎么能够跨越万水千山，克服难以想象的困难到达目的地？但作者需要他去，于是汤显祖连一个字都没有用，在第52出《索元》的开场，就让他老人家出现在临安的街头。

二

　　让以上人物都超越各种现实，出现戏剧的末尾体现出作者的深远布局。

　　柳杜二人在途中成婚，客观上违背男女成婚"必待父母之命，媒妁之言"的传统礼制。作者在戏的最后几出不仅要解决丽娘是人非鬼，还要解决她无媒而嫁的难题。显然，前者是后者的基础。因而作者在这几出戏里的种种描写都是围绕一个中心：证明丽娘是人非鬼，而在此基础上由皇帝钦定二人结为夫妻，完成"有情人终成眷属"的主旨。显然，完成这个主旨并非易事，不仅需要当事人及其关联人都纷纷登场，而且还要这让这些人物"超越"各种现实，制造出一个"合理"的剧情。

杜宝一跃而成为当朝宰相是为了让他有很高的地位和权威，一是可以面对自称女婿的柳梦梅滥施淫威，乃至吊起拷打，即便后来郭驼和差役告知柳已中状元，此后作为主考大臣的苗瞬宾赶到，证实柳确为新科状元，他也不为所动，因为状元郎与他这个当朝宰相的地位相差甚远。（新科状元一般安排到翰林院供职，并无实权。）二是为他此后在殿前的固执态度打下伏笔。杜宝确有才干，但一向自负，在第3出《训女》中，他的这种自负性格在对夫人的态度中就已表现出："你看俺治国齐家、也则是数卷书"，说完还露出得意之笑。人们看到，经过多人劝解以及皇帝动用民间所谓"照妖镜"验明丽娘正身之后，他仍把面前出现的丽娘视为"花妖狐媚"，怀疑柳梦梅和杜夫人都是妖孽，且串通一气欺骗他。这种固执态度与他刚为朝廷立下战功升为宰相，位高权重且是重要的当事人有密切关系。他相信，自己身为皇帝最重要的股肱之臣能够影响圣裁。杜宝的固执为柳杜二人能否迎来峰回路转，柳暗花明的前景设置了强大障碍，这便增强了戏剧情节的曲折性。

让柳梦梅一举成为新科状元也大有深意。柳生不仅风流倜傥，还具有为爱情不惧艰险，不畏权贵的品质。要体现这些精神需要有一定的"硬件"做配合。如果他只是个白丁秀才，便上不了台面，根本无法与杜宝据理争辩。而以新科状元身份出现，便在与杜宝的抗争中赢得有利条件：身着状元袍，头戴插花官帽，是天子门生，拷打他便是藐视皇帝；依据朝中惯例，天子门生要去琼林苑赴宴，阻挡他便是抗旨，于是他便离开吊打他的平章府扬长而去。人们看到，当他得知自己中了状元后，顿时精神振奋，底气十足，凛然面对宰相展开反击。在殿上杜宝仍然固执己见时，他转守为攻，指责对方有三大罪，第三罪便是"嫌贫逐婿，刁打钦赐状元"，陈最良趁机劝和，杜宝开始处于被动，立场也随之松动，只是嘴上仍然强硬。

让陈最良超越多重现实，体现作者的三重目的：一是他去淮扬，将丽娘坟墓被盗之事报与杜宝，为此后的情节做前提。在第53出《硬拷》中，柳梦梅为证实自己是受再生的丽娘之托来见岳丈而带来春容画，不想此举却让杜宝想起陈最良所报的丽娘坟墓被盗挖之事，认定柳梦梅就是盗墓贼，证据就是春容画，二人间的误解和冲突由此展开。二是他在淮扬被李全抓住，充当李全与杜宝之间实施计谋和将计就计的工具。三是他升任黄门奏事官，是劝说杜宝接受柳梦梅为女婿并与夫人、女儿相认的主角。老秀才敬重读书人，在南安曾经帮助过身处困境的柳梦梅，使他得以在梅花观暂住。陈最良原来认为他是盗挖丽娘坟墓的罪犯，但后来听到他的申辩，特别是见到他中了状元，并有专司科考的大臣苗瞬宾的佐证，便完全改变了观点，反而劝说杜宝相认。劝说开始时，他便以打趣的口吻恭喜杜宝有三喜：升为宰辅，小姐尚活人间，女婿中了状元。杜回答说："你教的好女学生，成精作怪哩！"[8]表示坚决不认他们。陈便建议由平章、状元和小姐三人驾前勘对，由圣上裁决。以后他在殿上多次劝说杜宝，在这个事件中起到很大作用。黄门奏事官在皇帝耳边或明或暗地吹吹风，便可决定大臣的命运，满朝文武都要奉迎他，即便是身为宰相的杜宝遇事也要让他三分。因此，人们看到，面对他的屡屡劝说，杜宝的立场渐次松动。陈最良升任宫廷大总管看似荒诞，实则大有深意，作者如此处理这个人物的意义就在于此。

在临安，杜夫人带着春香晚上摸黑打算投宿的恰巧是丽娘家，这也属现实生活中概率极低的巧合。让母女在临安巧遇一笔，属于创作中对现实的"双重跨越"，但从全局考虑，这是必需的，是作者为丽娘全家最终相认作的必要铺垫。

杜宝怀疑，不仅丽娘甚至夫人、柳梦梅都是妖孽幻化而成的人形。要破解他的疑虑，的确困难很大。这里有个"证一人，相关人物均可证"的逻辑，作者深谙此理，先从丽娘开始，动用所谓"照妖镜"验明丽娘正身的手段，证明丽娘是人非鬼。这是关键的突破口：丽娘被证是人便可证明其亲生母亲、其夫柳梦梅都是活生生的人。再加上杜夫人在殿前解释了自己并未死于扬州路，而是在临安偶遇女儿的情况。果然，皇帝在验明丽娘是人并听到杜夫人这种解释后，做出了"听甄氏所奏其女重生无疑"的结论，[9] 从而为杜丽娘、柳梦梅二人最终获得幸福，全家相认扫除了重要障碍。这三人除了相互指认之外，丽娘还得到陈最良、石道姑、春香的认证，柳梦梅得到陈最良、苗瞬宾、石道姑的认证，这样，戏本便环环相扣，使杜宝怀疑的这三人，"人"的身份都不是孤证。显然，如果没有杜夫人带着春香与丽娘在临安巧合的情节，上述重要节点都无法展开。

该戏最后几出中，作者不仅让几位重要的当事人，而且事件关联人苗瞬宾、郭驼、石道姑以及春香，都出现在舞台上。作者调动这些人物，有的是直接证明柳杜二人是人非鬼，如石道姑和春香；有的是起到间接作用，如郭驼去京城，是为了让他与满大街寻找新科状元的差役相遇，从而为在平章府找到正受拷打的柳梦梅做出合理解释。苗瞬宾起的作用也相当大，他帮助柳梦梅"蟾宫折桂"，又在杜宝吊打柳梦梅时赶到，以"登科录"证明柳为新科状元，并以他的资历和职位，哂笑杜宝"高调起文章巨公"，只告过老公相，便直接让军校放下状元郎，使其免遭接下来的拷打并离开平章府，去赴"琼林宴"。

第55出《圆驾》中，上述人物纷纷粉墨登场，是该剧最热闹的一出。剧中，众人在劝解、相认过程，尤其柳杜二人的爱情终获圆满结局时，其间插科打诨，极有喜剧味道。如杜丽娘满是戏谑地说："陈师父，你不教俺后花园游去，怎看上这攀桂客来？"柳并不认识春香，问旁人："这丫头那里见俺来？"春香俏皮地答道："你和小姐牡丹亭做梦时有俺在。"柳回应也绝妙："好活人活证。"陈最良认为，最后"少不得小姐劝状元认了平章，成其大事"。丽娘便满心欢喜地说："柳郎，拜了丈人罢！"杜宝还故意摆出不服气之状，其实内心已经接受。此外，石道姑也同陈最良以玩笑似的谑骂，相互打趣。

写到这儿，笔者感到在评论戏曲剧本时，总是使用"超现实的艺术表现手法"这个词有些累赘，也太正经，便想到另外一个更加通俗的词——

"戏说"，权当替代，便于理解。但它不是附会历史题材，虚构一些有趣或引人发笑的情节进行创作或讲述意义上的"戏说"[3]，内涵仍然是为了剧本的全局，在重要的节点上必须"超越"现实，虚拟或模糊现实中各种程度的"不可能之事"，这样才能让戏通顺而精彩，完美地展现出作者想要表达的思想性和艺术性。

三

《牡丹亭》中的"超现实的艺术表现手法"绝非偶然，这与汤显祖创作中长期形成的思想理念紧密相关。

明代中期，在文学界出现了风靡一时的复古思潮，以"前七子"和"后七子"为代表。"后七子"的领军人物为王世贞、李攀龙，他们继承"前七子"复古主义大旗，提出"文须秦汉，诗必盛唐"的主张，引起一些思想开阔的文人的反对。例如，徐渭这位在艺术天地中天马行空的大家，对前后"七子"就不以为然，反而却极为欣赏比他小将近 30 岁的汤显祖的诗文创作。这是为什么呢？原因就在于这一老一少在创作理念上的接近或一致，他们都反对复古主义，主张文学创作应自由发挥。

汤显祖曾与三五好友，将李梦阳、王世贞和李攀龙等文学复古派的诗作挑出来予以剖析，把其中过度移用古文唐诗的地方一一涂抹出来，在文坛上引起轰动。

他在一篇文章中，明确谈到自己与"后七子"之间的分歧在于，形似与神似、拘拟古典与灵气飞动之间的区别。"予谓文章之妙不在步趋形似之间，自然灵气，恍惚而来，不思而至，怪怪奇奇，莫可名状"的灵感，是文人下笔时必须要有的，认为有了这种灵感，才能写出令世人惊异的文章。在另一篇文章则谈到"天下文章所以有生气者，全在奇士，士奇则心灵，心灵则能飞动，能飞动则上下天地，来去古今，可以屈伸长短、生灭如意，如意则可以无所不如"。显然，汤显祖这种心灵飞动、上天入地、来去古今的创作理念与徐渭在艺术天地中天马行空、无拘无束的创作思想是极其相似的。正因为如此，曾有人总结出，王世贞和李攀龙风头正盛时，他们所不能拉拢者只有两人："顾伟之徐文长（徐渭），小锐之汤若士（汤显祖）也。"[4]

汤显祖很早就体现出创作自由的风格和倾向，他以唐代传奇小说《霍小玉传》为蓝本改编创作的第一部戏剧《紫箫记》就充满着这种风格和倾向。原书叙述了陇西书生李益与长安名妓霍小玉之间的爱情悲剧，描写前者高中状元而负心，小玉身心俱碎，以悲剧结尾。然而汤显祖却让故事发生反转，他把李益从负心之人改写为志诚的郎君，把悲剧结局改编为二人有因缘在先，因而最终团圆。汤显祖一下笔，就体现出非凡的气象和超凡的境界，不仅辞藻华美，而且诗意葱茏，用典繁多。然而这部随写随演的戏，写到第 31 出时出现了严重问题：由于汤显祖的创作激情如天马行空，毫无羁绊，写着写着就在剧中出现明显影射当朝权贵的情节。为避免招惹是非，这部戏只好停止写作和演出，被称为"半部戏"。几年之后，汤显祖觉得不甘心，又将这部《紫箫记》删削润色，改弦易辙，将紫钗作为贯穿全剧的中心道具，易名为《紫钗记》。这部戏较之前者，情节更加跌宕起伏，篇幅也大大扩展。最能表现作者毫无拘束的自由创作理念的，是当剧情陷入绝境，他神来一笔，在剧中写出一位豪杰之士黄衫客，让剧情出现柳暗花明的前景。这位侠士，路见不平，出手相助，毅然将李益挟持到染病已久的小玉处，令其当面沟通。两人见面后，种种误会冰消瓦解，夫妻恩爱如初。

尽管《紫钗记》存在着种种不足之处，但是它奠定了汤显祖戏剧创作"思路自由飞翔"的风格的基础。在他的第二部戏剧《牡丹亭》中，这种理念继续深化和发展，故事中种种"超越"现实的节点不时地出现，被一位作家称为"魔幻浪漫主义"，[5]实际上就是本文说的"超现实的艺术表现手法"。

参考文献：

[1] 王平.《红楼梦》超现实的艺术表现手法[N].光明网-文艺评论频道，2020-03-18.

［2］辞海［M］.上海：上海辞书出版社，1979：134.

［3］现代汉语词典［M］.北京：商务印书馆，2005：1462.

［4］［5］谢柏梁.红尘四梦——汤显祖传［M］.北京：作家出版社，2020：79、80；80.

《牡丹亭》的大团圆结局有何不同

一

创作于南宋时期的我国南戏的开山之作《张协状元》，不仅含有大团圆的意味，而且利用戏中的巧合、误会引导情节，这深深地影响到后来的戏剧创作。例如，昆剧《荆钗记》《钗钏记》等便是这样。其中，巧合、误会往往作为造成戏剧冲突的手段，而大团圆则成为戏剧的结局。

王国维先生在《红楼梦研究》中曾说过，代表中国人精神的戏曲小说，"无往而不着此乐天之色彩，始于悲者终于欢，始于离者终于合。"胡适先生也曾在《文学进化观念与戏剧改良》中说："这种团圆的迷信，乃是中国人思想薄弱的铁证，这种团圆的小说和戏曲，根本说来只是脑筋简单，思力薄弱的文学，不耐人寻思，不能引人反省。"鲁迅先生也曾态度鲜明地说："中国人的精神是很喜欢团圆的，所以凡是历史上不团圆的，在小说里往往给他团圆的；没有报应的，给他报应，互相骗骗。"[1] 可见，著名文史大家对戏曲小说中的大团圆结局普遍感到厌恶，认为这是作者思想薄弱、没有智力的表现，因而这种作品俗不可耐，令人生厌。中国古代的小说或戏曲，多以大团圆结局，人们对此编了顺口溜，叫作"私订终身后花园，白面书生中状元，才子佳人大团圆"，直白而形象。

这几乎成为一种模式，千篇一律。不论属于何种题材，哪怕原本属于悲剧的故事，最后也以大团圆结局，这就伤害到主题的深刻性，削弱了作品的感染力量和社会影响。

戏剧中以大团圆结局的不少，明代大戏剧家汤显祖所著的《牡丹亭》也以大团圆结局。该剧以柳梦梅中状元，夫妻二人由皇帝钦定赐婚、封官收场，表面上堪称标准的大团圆结局。如果将此作品也简单而笼统地归于才子佳人式的大团圆，那么就说明没有理解原著的深刻内涵。反过来想一想，如果这个作品是属于才子佳人大团圆式的浅薄之作，那么怎么会流传几百年且经久不衰呢？

几十年来，围绕《牡丹亭》为何以大团圆结局的问题，学术界展开了热烈的争论。有些观点有理有据，值得重视。也有人提出一些似是而非的观点，如有文章说，"大团圆结局是戏剧结构完整性的必然要求，中国戏曲是叙事性与抒情性相结合的演唱形式，要求其表演的故事要完整，件件事情必有着落，总之结构要完整严密。"[2]对此观点笔者不能苟同。试问，哪出戏剧的故事不完整，其戏剧结构没有完整性呢？如果按照此逻辑推理，只要是故事完整，结构具有完整性的戏剧都应该以大团圆结局收场了。可见，这种解释根本讲不通。

《牡丹亭》为何避不开大团圆结局，它与其他以大团圆为结局的戏剧有何不同？

从根本上说，是汤显祖的"至情"理念和"有情人终成眷属"的主旨逼迫《牡丹亭》作者将剧情一步步推向大团圆的结局。

两宋的程朱理学到明朝时仍得以延续，其"存天理，灭人欲"的学说，成为统治人民的思想武器。然而随着城市的繁荣，市民阶层的出现，人们的思想也在发生变化。新兴的市民阶层要求戏剧家们创作出反映人性复苏，具有真情实感的戏剧来。于是这时出现了一批"主情者"的戏剧家，在其创作中开始表达人之情感。在他们当中，汤显祖无疑是杰出的代表，他不仅"主情"，而且还提出"至情"的理论。

汤显祖一生深受恩师罗汝芳等人启蒙思想的影响。罗汝芳属于当时的泰州学派，不仅学问好，而且以实际行动做表率，传授亲民爱民的为人之道，为官之道。他在云南任上，兴修水利，疏通八百里滇池的淤泥，为子孙后代造福。他讲学时，罪囚刑徒也可听。任太湖知县时，他听说来打官司的兄弟家境困难，不禁悲从中来，不顾为官的体面，竟当场对着告状之人号哭起来，以致原告两兄弟自动放弃诉讼："汝芳对之泣，民亦泣，讼乃止。"[3]恩师亲民爱民的美德，让汤显祖永生难忘，使他在自己的仕途上，处处体现恩师的道德行范。他在浙江遂昌做知县时，深恤民众疾苦，想方设法减轻民间负担；重视桑麻，下乡劝农；浙西猛虎出没，屡屡伤人，他组织猎虎队，射杀恶虎，几年之内将虎患基本清除；在春节前夕他放出囚犯回家过年，到规定的那天，所有囚犯均按时返回。这些均体现出他重视人间真情，珍惜普通人之间情感的思想。

经过数年的探寻，汤显祖在理论上提出了"情"的哲学观念，这使他的才情和文意，超出了戏剧和文学本身的范围，蕴藏着一种激荡天下、唤醒人心的"至情"之说。

他曾在一封信中提出"情有者理必无，理有者情必无，真是一刀两断语"，明确把"情"与"理"放在对立的位置上。他在《牡丹亭记题词》中写下的"第云理之所必无，安知情之所必有耶"，肯定的是"情"，否定的是"理"，并重申这二者之间是对立关系。更重要的是，他指出昆曲作家描写的应该是人们的思想、情感、梦想、追求和爱情。在这篇《作者题词》当中，他写下了如此惊世骇俗的话语："天下女子有情，宁有如杜丽娘者乎！梦其人即病，病即弥连，至手画形容，传于世而后死。死三年矣，复能溟莫中求得其所梦者而生。如丽娘者，乃可谓之有情人耳。情不知所起，一往而深。生者可以死，死可以生。生而不可与死，死而不可复生者，皆非情之至也。"[4]这就是说，只有那种可以跨越生死、超越生死的情感，才能被称为"至情"。在这里，他认为"情"是人的一种本能和内在的驱动力，人应敢于为"情"去生生死死，因此他所说的"情"是一种较高级的形态，即所谓"至情"。

汤显祖是在一本明代话本《杜丽娘慕色还魂》中得到灵感，决心把它演绎为一部感天动地的作品，于是便着手搜集资料，最终在很短的时间内便创作出近十万字的剧本《牡丹亭》。原话本篇幅较短，只是讲一位怀春少女，在梦境中遇见自己倾心的书生，此后终不得见，憔悴而亡，经过地狱冥判，死而复生。这样一则新奇的故事，只能引起市民、坊间的兴趣，并没有什么思想性可言。然而汤显祖却独具慧眼，感到这个新颖的故事大有发掘的潜力，不仅可以大大扩展故事的情节，使之跌宕起伏，一波三折，而且更重要的是，要把其思想境界提到较高的地步。

汤显祖以如椽之笔让故事的情节愈加吸引人。杜丽娘为爱情由生到死，又死而复生，已经够新奇的了。更新奇的是，不仅杜丽娘，而且柳梦梅在与对方相遇后，竟然发现站在对面的就是自己的梦中情人。这一奇妙构思，无疑是汤显祖使用超现实的、浪漫主义手法的突出体现。有了传奇般扩展情节这一思路，接下去就是如何让故事在思想境界上大大提高，并能圆满收局。

以汤显祖的思想境界、文学功底和艺术造诣，在剧本谋篇布局中就决心把这部传奇剧本的主旨提高到不同凡响的地步。作者将原话本中杜丽娘这个封建淑女改为叛逆女性，让剧中的青年男女为了爱情，出生入死。除了体现浓厚的浪漫主义色彩之外，更重要的是赋予了爱情具有战胜一切，超越生死的巨大力量，"生者可以死，死可以生"，实际是宣扬上述的一种"至情"的理念。可以说《牡丹亭》剧本与传奇故事《杜丽娘慕色还魂》相比，其篇幅、情节和思想性已经发生质的变化，两者已不可同日而语。

杜丽娘"慕色而亡"，实质是死于礼教的束缚和压迫。汤显祖惋惜她情丝未吐便一梦而亡，对她的命运给予深深的同情。在《还魂记》已经讲完，故事似乎再无可深入之际，作者突发灵感，神来一笔，写丽娘"一灵未灭，泼残生堪转折"：她的魂魄从冥间出来，摆脱了人世间封建礼教的约束，自由地在后花园游荡求索，竟然遇到梦中情人柳梦梅，便大胆地与他"幽媾"，继而"感君情重"，庄严盟誓做夫妻。然而在《幽媾》中，柳梦梅是人，丽娘是鬼魂，这种两情相悦的结合仍属精神上的契合，虽看来很坚贞，很美好，但毕竟阴阳两道，人鬼殊途。汤显祖并不满足于中国古典文学中某些关于男女美好爱情的描写，如白居易《长恨歌》中的"连理枝""比翼鸟"、梁祝传说中的彩蝶双飞式的物化补偿，一定要让丽娘在爱情的温暖下，不仅返阳复生，而且要与柳梦梅结成合法夫妻，在人间过上幸福生活。

二

《牡丹亭》与其他以大团圆为结局的戏剧有何不同呢？

杜、柳在取得大团圆的最终目标——二人不仅相遇、结合，而且得到杜父、杜母的承认，从而婚姻获得合法性——的道路上充满坎坷艰难，二人各自用生命为代价来争取成果的实现，克服、战胜了一个个难以想象的艰难险阻。这便是《牡丹亭》与其他以大团圆结局的戏剧最大的不同。

丽娘生前不幸，死后又饱受地狱煎熬。《冥判》中，她的魂魄受到难以想象的惊吓。在阎浮界，她"血盆中叫苦"，被判官、小鬼吓得瑟瑟发抖。不仅如此，其前途还一波三折，险象迭生。

起初判官断决"这女子是慕色而亡，贬在燕莺队里去罢"。这意味着丽娘将变为燕子或黄莺，永世不能返回人间。花神急忙为她求情，判官似有所动，却不敢独断，说"当奏过天庭，再行议处"。丽娘女魂见到自己命运悬而未决，前途未卜，果敢求判官查查"女犯的丈夫是姓柳姓梅?"判官阅过婚姻簿，查明"有个柳梦梅，乃新科状元也。妻杜丽娘，前系幽欢，后成明配"，决定放她出枉死城，"随风游戏，跟寻此人。功曹给一纸游魂路引去，花神，休坏了他的肉身也"。这样几经周折，丽娘女魂的命运终获最好的结果。

魂游时，她听到有人高叫低唤："姐姐，俺那嫡嫡亲亲的姐姐呀！"魂惊魄击，渐渐有了人的意识。此后她摸到柳生住所，窥见"自画的春容，下面和诗一首，署名岭南柳梦梅"，不禁悲喜交加，决心叩门相见。

丽娘魂魄在《幽媾》《冥誓》的活动是为争取自身命运得到最好结果的关键步骤，不能认为她在这阶段的表现只是动动嘴巴，甚至靠色相取媚于柳生。实际上她是在同自己的厄运进行抗争，其间充满难以预料的风险和后果。这里有个很重要的道理：只有经过接触、解释，让柳生得知她便是画中之人而真心爱她，依靠柳生的力量，她的肉身才能破土出棺，返回阳世，得到完全的复生，这是达到人生的最终目的——与心仪的梦中人结合的基本条件。为此，她深夜去敲柳生的门。这需要极大的勇气和信心。

双方见面后的第一轮对话是丽娘所有活动最为重要的一步。首先要介绍自己是谁，为何深夜来访。解释不好，柳生会疑窦丛生，甚至"望而生畏"，致使见面失败。这时需要的不仅是勇气，还有智慧。当柳生问这两个问题时，她不正面回答，却让对方猜，接着又反过来说"你也曾随蝶梦迷花下"。至于来访原因，"只因听得秀才高叫低唤"，"特来动问"。介绍自己时，她懂得在特殊的情况下，善意的谎话是必要的，便自称是西邻女子。此后她大胆袒露对柳生的爱慕之情，并想与之做夫妻："瞥见你风神俊雅。无他，待和你剪烛临风，西窗闲话。"柳生被她"惊人艳，绝世佳"所迷住，只恐是梦中，疑团未解。她继续编造打消对方顾虑的话："俺爹娘远处赴任，奴家寄居观中，深夜至此，无人知晓。"这便得到柳生的初步信任。

在得到柳生的初步信任和爱慕后，丽娘下决心选择恰当时机向柳生道破自己身世的惊天秘密，哪怕惊吓了心上人也顾不得了。在一番深入的交谈，她担心自己"做小伏低"，要柳生盟香发誓娶她为正妻。二人盟誓后丽娘大为感动，不觉垂泪，引出春容画的话题，说自己便是画中人。见到梦中情人，柳生突发对其愈加浓厚的情感，不禁扑过去叫道："是丽娘小姐，俺的人那！"抓住这个机会，丽娘说出令柳生惊恐的话："奴家还未是人"，"是鬼也"。尽管柳生惊恐，但只是短暂的，因为双方的感情已经多重铺垫，不会轻易破裂。果然，经丽娘解释，柳生道："你既是俺妻，俺也不怕了。"并郑重表示"定要请你起来"，即开棺救出丽娘肉身。

柳梦梅也并非只是个俊雅、潇洒的才子。他耿介、正直，原是个安分守己的读书人。从岭南来到南安，一路艰辛，冻馁生疾，幸遇陈秀才帮助，他才在梅花观落脚。此生豁达、诙谐，如此落魄，还自夸是个"擎天柱，架海梁"，预示他今后必有一番作为。

在与丽娘相识、相知、相爱的历程中，他为追求自身的目标，其品格逐渐升华，意志更为坚定，成为一个蔑视权贵，大胆同阻碍自己正当权利的势力进行抗争的男子汉。

见到朝思暮想的梦中情人后，他经过一番深入的了解，便盟香发誓要娶丽娘为正妻。在得知丽娘尚未是人还是鬼魂时，他一时被惊吓。经丽娘解释，他很快镇静下来，并依照丽娘的嘱托，当夜便和石道姑破土开棺，终使丽娘返回人间。

遵丽娘的嘱托，他去扬州探望未来的岳父、岳母。在路上，他吃尽了苦头，后来身无分文，以致没钱吃饭时想典押物品，还遭奚落。

在《硬拷》中，柳梦梅的意志品格、书生意气表现得淋漓尽致。由于柳梦梅称身为宰相的杜宝为岳父，引起杜宝大怒。柳生为证明自己说话不虚，拿出丽娘春容画，不料事与愿违，这反让杜宝认定柳生就是盗墓贼，便对其进行拷打。面对拷打，柳梦梅并未屈服，他大声申诉，反驳"盗墓贼"之论。杜宝逼供，叫他画供，他却道："这纸笔，生员只会做文章，不晓得什么叫画供。"此后他解释丽娘复生和自己为丽娘做的一切："我为他启玉肱、轻轻送；我为他软温香、把阳气攻；我为他抢性命、把阴程进。神通，医的他女孩儿能活动。"杜宝认为这是"一派胡言"，令人将他吊起拷打。

当郭驼"闯府"，他得知自己中了状元后，顿时精神振奋，底气十足，凛然面对宰相进行解释、开导、甚至反击：

（生）令媛闻得老大人有平寇之事，著我一来上门，二来报他再生之喜，三来要我扶助你为官。好意反成恶意，如今可是你女婿了？

（外）谁认你女婿来！

（生）你认也罢，不认也罢，你女婿赴琼林宴去者。

（外）左右！拿下了。

（生）谁敢！你们胆敢阻拦天子门生赴琼林宴会，该当何罪？

说罢，新科状元便离开吊打他的平章府，扬长而去。在这里，原为一介书生的柳梦梅，其执着、倔强的性格和只认法理不认权贵的思想理念彰显得十分清楚。

从上述可看出，杜丽娘、柳梦梅为取得二人幸福结合的最终目的，各自都在顽强拼搏，来争取成果——杜丽娘出土成人，柳梦梅科考成功并得到丽娘父母的承认。其道路上，每取得一小步的成果都是艰难的。尽管艰难，他们靠坚定的信念和勇气智慧，终于一步步走过来。

三

　　大团圆一般指剧中人物都得到圆满结局，人人都皆大欢喜。如果是家庭离散，还包括家庭成员冲破重重困难再次汇合，欢聚一堂。普通家庭的重新聚合，不存在成员之间相认或不相认的事情，而《牡丹亭》却存在这种"相不相认"的事，这很奇特。

　　到《如杭》阶段，虽然杜、柳二人处于美满的爱情之中，然而距离结成合法夫妻的最终目的还很遥远，通往幸福的道路上横亘着难以逾越的高山。

　　杜丽娘要与柳梦梅结成合法夫妻面临重重困难，其中最重要的是要得到父母对其婚姻的承认和同意。开棺之后杜、柳二人急忙逃离南安有多重目的：为躲避官府因开棺盗尸的缉拿；柳梦梅要赴京都科考；二人在自由天地结合；寻找远在淮扬的父母亲。紧急关头，权衡利弊，"三十六计走为上计"，即刻逃离显然是上策。在石道姑的建议下，二人在途中成婚。杜、柳虽是欢喜，但冷静下来发现，这违背当时社会男女成婚"必待父母之命，媒妁之言"的传统礼制，丽娘处于"无媒而嫁"的尴尬境地。而要得到父母对其婚姻的承认和同意的前提则是，丽娘的父母尤其是父亲杜宝对二"人"身份的认可。以杜丽娘此时的感情而论，若不能堂堂正正地成为柳梦梅的正式妻子，同已经相遇相处的柳生再次离散，那只有一条路——再次赴死，这是作者绝不允许出现的结局。这样，作者的逻辑就简单明了了：二人必须成为合法夫妻，这须得到丽娘父母的许可，而丽娘父母中关键人物是父亲杜宝。杜宝的承认包括两重含义，一是承认丽娘、柳生、杜夫人是人非鬼，二是接受丽娘、柳生二人事实上的婚姻。

　　杜、柳二人通往幸福道路中横亘着的高山就是杜宝。

　　杜宝因抗金有功，被皇帝擢拔为宰相，位高权重且孤傲固执，刚愎自用。他初见死而复生的丽娘，大吃一惊，认定眼前的丽娘必是"花妖狐媚"。

丽娘是人非鬼一事，不仅需要当事人，而且还要事件的关联人都直接或间接为他们作证。

陈最良由于瓦解李全集团有功，被皇帝任命为黄门奏事官。他是在劝解杜宝与丽娘相认，继而全家相认的过程中起到重大作用的人。

"杜丽娘是人是鬼"是首先要验明的大问题。面对众人各自的申辩，皇帝拿出绝招，动用民间传说的"照妖镜"来检验丽娘是人是鬼。最终验明丽娘是人非鬼。这是关键的突破口：丽娘被证是人便可证明其亲生母亲，其夫柳梦梅都是活生生的人。再加上杜夫人在殿前解释了自己并未死于扬州路，而是在临安偶遇女儿的情况，使形势陡然发生变化。果然，皇帝在验明丽娘是人并听到杜夫人这种解释后，做出了"听甄氏所奏其女重生无疑"的结论，从而为二人最终获得幸福，全家相认扫除了重要障碍。这三人除了相互指认之外，丽娘还得到陈最良、石道姑、春香的认证，柳梦梅得到陈最良、苗瞬宾、石道姑的认证。这样，戏本便环环相扣，使杜宝怀疑的这三人，"人"的身份都不是孤证。

在验明自己是人非鬼，见到事态向有利于己的方向迈出关键性一步之后，丽娘向皇帝简要申述自己如何梦见柳生，自画春容，感病而亡，葬于梅树之下的经过。"后果有这生，姓柳名梦梅，拾取春容，朝夕挂念。"自己"受了柳梦梅再活之恩"，感柳君情重，"臣妾因此出现成亲"。柳梦梅也陈述"登程取试，路经南安；因借居南安府红梅院中，游其后苑，拾得丽娘春容；因而感此真魂，成其人道"的经历。

然而杜宝的固执是惊人的。即使验明杜丽娘是人非鬼后，杜宝也不认，他仍把面前出现的丽娘视为"花妖狐媚"，并怀疑柳梦梅和杜夫人都是妖孽，串通一气欺骗他。杜、柳二人被迫继续抗争。

在殿上，柳梦梅和杜宝相见。见言语不合，这位新科状元便毫不客气地揭露老平章功劳中的虚假成分：

（生）小生何罪？老平章倒是罪人。

（外）我有平李全大功，何罪之有？

（生）你那里平得了李全，则平得个"李半"。

（外）怎生平得了个"李半"？

（生笑介）你则哄得杨妈妈退兵，哪里哄得了李全！

见到杜宝仍然固执己见，他继续发动攻势，指责当朝宰相有三大罪：第一罪"女死不亲丧"。第二罪"私建庵观"。第三罪便是"嫌贫逐婿，刁打钦赐状元"。这使双方在情理上的天平悄然发生变化。柳梦梅虽无权无势，却开始在情理上占据上风。经过二人的辩白解释，多人劝解之后，皇帝终于下旨，"据奏奇异，敕赐团圆。平章杜宝，进阶一品。妻甄氏封淮阴郡夫人。状元柳梦梅，除授翰林院学士。妻杜丽娘，封阳和县君"，"父子夫妻相认，归第成亲。"

令人吃惊的是，皇帝下旨"父子夫妻相认，归第成亲"后，杜宝仍怀疑柳梦梅"人"的身份，不愿相认，表现出罕见的顽固态度。经过丽娘对父、对夫的双面劝解，杜宝终于勉强接受了这对年轻夫妇。可见，《牡丹亭》的大团圆与一般戏的大团圆根本不同，柳、杜追求爱情和家庭团圆的道路充满了难以想象的艰难曲折。

这不是普通的有情人，一个是为追求爱情，经历过死亡，见识过阎罗殿，此后复生终获爱情的坚强女性；另一个是经历千辛万苦，遭受拷打折磨，在各种场合大义凛然地与阻碍他们结合的势力进行毫不妥协斗争的状元君。柳、杜经过长期的抗争，不仅二人的爱情终获圆满结局，而且与父母家人相认而团聚。显然，这一切都与老套的大团圆根本不同。

老式大团圆的戏一般还有这样的"套路"：男方往往原是个"白丁"秀才，被女方做官的父母看不起，秀才便发愤读书，而后一举中状元，女方父母马上改变态度，欣然接受他作为"乘龙快婿"，该戏以一家人欢乐融融而闭幕。《牡丹亭》却并非如此，柳梦梅中了状元，杜宝还视其为盗墓贼，对他进行拷打。即便在殿上已经证实丽娘是人非鬼，杜宝仍表现出惊人的固执，既不认女，更不认女婿。

总之，汤显祖谋篇布局时确定的"至情"理念，导致该剧的主旨是"有情人终成眷属"，而要达到这一目的，非要走到杜宝、杜夫人、柳梦梅、杜丽娘这四个人相认这一步，因而大团圆也就不可避免了。但是，仔细深究该剧，就会发现《牡丹亭》的大团圆与老套的大团圆有本质区别。

参考文献：

［1］马瑜，楚爱华．《牡丹亭》大团圆结局新解［J］．昆明学院学报，2010（4）．

［2］孟庆茹．评《牡丹亭》的大团圆结局［J］．吉林师范学院学报，1996（7）．

［3］谢柏梁．红尘四梦——汤显祖传［M］．北京：作家出版社，2020：27．

［4］詹慕陶．昆曲理论史稿［M］．杭州：杭州大学出版社，1996：78、79．

《牡丹亭》几则唱词道白辨析

金志仁先生在一篇文章中提到,红学大师俞平伯曾讲,《还魂记》文章很怪,虽有注解,并不能解答多少问题,故读通《牡丹亭》难,读通《寻梦》更难。金先生举出了几例,并提出对《寻梦》中【玉交枝】"是这答儿压黄金钏匾"和【品令】"待把俺玉山推倒,便日暖玉生烟"等三则唱词的新解,[1]引起我的浓厚兴趣。

《牡丹亭》中有不少唱词、道白不是那么好理解或正确理解的,下面试举几例。

一

《惊梦》一折中,脍炙人口的【皂罗袍】历来受到人们的喜爱。其中"良辰美景奈何天,赏心乐事谁家院",把古人对良辰、美景、赏心、乐事"四美难并"的命题提了出来,促使人们对人生进行哲学思考。接下来几句是描画景物的唱词,用的是四字格"朝飞暮卷,云霞翠轩;雨丝风片,烟波画船"。就是没有多少文学功底的人看到后,也觉得词句很美,韵律十足,但这16个字,到底做何解释呢?

其实,正确理解这几句唱词还真不是简单的事儿呢。

先说"朝飞暮卷",对这句的解释要多一些。爱好中国古典文学的人都知道,这是取自唐初四杰的王勃《滕王阁序》末尾出现的一首诗中"画栋朝飞南浦云,珠帘暮卷西山雨"之典,这没错。关键是,如何理解汤显祖写这句唱词所要表达的意思呢？

王勃之"朝飞暮卷"，其意为"清晨，阁中画栋之间，时而萦绕着南岸飞来的轻云；黄昏时卷帘远眺，每每可以望见西山的烟雨"。也就是说，清晨在江边仰望滕王阁，阁顶被轻云缭绕；黄昏时身处滕王阁高处，卷帘可望见远处西山迷蒙的烟雨。滕王阁矗立在南昌赣江边，高达近70米。通过这两句，作者一方面描绘了大自然气象万千的奇异变化，同时也间接衬托出滕王阁的高大、巍峨、壮观。试想，云朵在一个建筑物上端飘动，这个建筑物绝不会是亭台楼榭之类的低矮建筑，一定是非常高大的。有一句"高耸入云"的成语，虽然是夸张的，但这个成语所形容的山、楼、阁、塔等建筑，高大是一定的。

而南宋时，《牡丹亭》所处的南安府有没有类似滕王阁这样高大的建筑呢？答案是否定的。

南安府是在处于广东南岭和大庾岭之北的今赣南大余境内，北宋时始置"军"，后改为"府"。南安距南宋的统治中心地带有一两千公里之遥，属于相当偏远的州府。当年，汤显祖从南京贬谪到广东的徐闻（广东雷州半岛的最南端，面临琼州海峡），曾经路过南安，经过著名的古关——梅关到达岭南，然后辗转去徐闻赴任，故而他知道当时南安较为落后的状况。此时他要描写的是距他大约500年前的南安府，即便是府衙所在地，也只能有一些亭台楼榭之类的低矮建筑，不可能出现如同滕王阁般高大的建筑。因此，作者翻用了王勃的这句诗词，却赋予它新的意思："朝飞暮卷"之意是"清晨片片云朵轻盈地飞来，傍晚时就卷起，变幻为各种形态"，含有"云舒云卷"和"白云苍狗"的意味。可见，汤显祖完全改变了王勃诗词"朝飞""暮卷"的原有含义。尤其是"暮卷"，原意是身处滕王阁高处的人，在黄昏时卷起珠帘向外远眺，主体是人，翻用之后，就变成云朵自身的卷起，其原因就在于当时的南安府没有如同滕王阁般高大的建筑，不能按原意来解释。作者这样翻用王勃的诗句，其用意是让杜丽娘在游园时感叹大自然的气象万千和神奇变化，从而触动自己的身世。

"云霞翠轩"：古代之"轩"就建筑上说，或指堂前的平台，或指长廊，还可泛指亭台楼榭之类的低矮建筑。显然这个"轩"字，与之前所说南安府的状况十分吻合。"翠"是青绿色，李白曾做过一首《庐山谣》的诗，其中就使用过"翠"字："翠影红霞映朝日"。"云霞翠轩"可理解为"亭台楼榭在云霞的映衬下泛出青绿之色"。

再看"雨丝风片，烟波画船"。首先要搞清，这两句是作者运用"意象"的艺术手段创作的唱词。"意象"通俗地说，是人看到某种外界物体，联想到另一种相似物体的一种意念。

"雨丝"，即细雨如丝。在没有形成微雨的多云或阴天之际，特别是在水气、雾气经常浮现的江南地区，人在某种情绪下也可以联想到细雨，继而是丝丝细雨的景象。风是看不到的，怎么会成"片"呢？在自然界看不到成片的风，"风片"完全是人意念当中的形象，是作者大胆运用"意象"手段创造出来的词汇。数百年来，没有人认为汤显祖在这里使用"风片"是乱用词，是败笔，反而称赞作者用得大胆、奇妙。可见，运用"意象"的艺术手段得到人们的普遍认可。

再来看"烟波画船"。画船，一般指非常大的景区的湖里才有的那种彩色装饰、供游人娱乐的船。如《红楼梦》大观园里就有这种"画船"，87版电视剧《红楼梦》曾展示过。大观园占地极大，小说交代过，约有三里半（合1.75公里）见方。处于南宋偏远州府的杜府的后花园，绝不可能有如此之大的面积。据春香说，花园内"有亭台六七座，秋千一两架。绕的流觞曲水，面着太湖山石"。按现在的计量标准，估计充其量也就200平方米。（要知道，200平方米的私邸花园之面积已经够惊人的了。另外，著者曾经到过江西赣南的大余县，即《牡丹亭》故事发生所在地，参观过"中国牡丹亭主题公园"，其中"南安府后花园"最多也就120平方米。当然，这些可以作为参考。）这种面积的后花园只能有浮着小船的小水塘，不可能有上述规模的湖，也就不可能有这种"画船"。即便汤公称后花园里的小船为"画船"，也应明白它实际的含义。更何况"烟波"二字，意味远处水雾弥漫中显露"画船"的身影，要按实景算，至少要有一至二公里的距离才能出现这样的效果。可见，丽娘所唱的"画船"绝不是后花园的实景，仍然是"意象"发生效应的结果：近处小水塘浮动的小船，在她们的脑海中变成远处湖中的彩饰画船。

总之，这两句是杜丽娘在大自然美丽景色的影响下，意象中出现的幻景：细雨如丝，微风如片；近处的小水塘内浮动着的小船，在迷离的烟云、水气中幻化成彩饰的大船。

二

青春版《牡丹亭》的《惊梦》里，杜丽娘和春香来到花园，在杜丽娘感叹"画廊金粉半零星，池馆苍苔一片青"之后，春香道："踏草怕泥新绣袜，惜花疼煞小金铃。"别看这句春香的道白并不起眼，它还相当费解呢！

它的难点在于"小金铃"应做何解释。

"小金铃"原意是指架在花圃之上，吓鸟护花的小铃铛。唐玄宗天宝年间，宁王李日侍在春暖花开季节，用红丝编织成绳子，上缀金铃，系于花上。每有鸟儿落在花上，便令看守人员拉绳索把鸟儿惊走。后人便以"金铃"用为惜花的典故。

这里，以"金铃"作为惜花的典故是可以的，但是"疼煞小金铃"就让人不解了：小铃铛是无生命的，它怎么会感到疼痛？更重要的是，这样解释，两句之间没有任何逻辑联系。显然，把"小金铃"解释为护花的小铃铛于情于理都不通，是错误的解释。

我认为，作者实际是用"小金铃"一词指代"小金莲"，"小金铃"实际是指脚。请看，这样解释不仅通顺，而且合情合理了：

"由于露水打湿青草，草地处处泥泞，怕玷污新的绣袜，因此要小心翼翼地在草地上走；

担心踩到花，就要避开花，脚要选地方落下，有时甚至要踮起脚尖走，这样就疼坏了脚。"

上句是讲"草"和"袜"，下句是说"花"和"脚"，不但通顺、合情合理，还有对仗含意。要知道，"袜"与"脚"可是紧密相关的。

只有这样解释，这句道白才讲得通，讲得明了。要是硬按"小金铃"

的原意来直译这句道白，试问，该怎么译呢？

那么汤显祖为什么不直接说"小金莲"，而用"小金铃"来代替呢？

其一，很多古代作家不刻意描写女性裹脚的原因在于，"小脚"与性有关，刻意描写"三寸金莲"是暗示小说"不正经"，或人物、情节"不正经"。最典型的例子便是小说《金瓶梅》及其人物潘金莲了。

其二，与作者的思想和审美情趣有关。中国封建社会女人普遍缠足，引出"三寸金莲"之称。汤显祖在写该剧时，已萌生民主、人权思想。他尊重女性，认为缠足是陋习，是摧残女性的表现。另外，从文学上说，"三寸金莲"非但不美，反而是丑陋的。古代现实社会中，女性大多缠足，但也有少数例外。因此，作家使用"金莲"一词，既可以表示"小脚"，也可作为修辞方式指"普通的脚"。至于不用"金莲"而以"金铃"替代，就更为模糊了这个词的具体含义，让读者更加认为是指"普通的脚"。汤显祖不愿在自己作品表现天真烂漫的春香时，出现让人联想到代表小脚的"小金莲"字样，因而用"小金铃"来代替，这是完全合理的。试想，如果汤显祖在《牡丹亭》中突出女性的"三寸金莲"，那么剧本和舞台上杜丽娘和春香的形象还会像今天这样美好吗？

用"小金铃"来代替"小金莲"还有一个原因，就是照顾到念白上韵脚的一致。汤显祖原作中，这里是春香道："画廊金粉半零星，池馆苍苔一片青。踏草怕泥新绣袜，惜花疼煞小金铃。"

青春版改为：

（旦）进得园来，看画廊金粉半零星。

（贴）小姐，这是金鱼池。

（旦）金鱼池，池馆苍苔一片青。

（贴）踏草怕泥新绣袜，惜花疼煞小金铃。

请看，"星""青""铃"三个字高度押韵，无论演员"念"还是观众"听"，都是和谐的。要是换成"小金莲"的"莲"，那就不合韵了。

与《牡丹亭》在这点上几乎相同的是曹雪芹的《红楼梦》。《红楼梦》的问世稍晚于《牡丹亭》。两位文学巨匠虽然生平、经历不同，却似乎心有灵犀，思想和境界相近、相通。《红楼梦》中女性居大多数，曹公描写她们的生活起居极为详尽，从容貌到服饰，无一不细。但是，除了个别人之外，女性身上有一处，曹公从不明确或细致地描写，这就是她们的脚。究其原因在于：

一是作者有意模糊故事发生的朝代。清初曾颁布"禁足令"，多数妇女尤其是满族女子都不得缠足，外省或偏僻的农村仍有违令而保持旧俗的，国内造成"大小脚并存"的状况。然而，处于首都而又显赫的贾府绝不敢违令。除了个别如"傻大姐"之外，贾府内众女子都应是大脚。不明确写她们是大脚还是小脚，是让人看不出时代背景，可以避免引起不必要的麻烦。

二是作者与汤显祖在思想和情趣上的相似，都认为裹脚是陋习，是摧残女性，"三寸金莲"是丑陋的。有意模糊夫人、小姐、丫鬟的脚，回避"小脚"这个丑恶之处，而极力描写女性身上美好的方面：姣好的面容、细嫩的皮肤、匀称的身材等，才会体现出作家自己高尚的思想和情趣。

三是曹雪芹要考虑到书中的情节——众主子和婆娘、丫鬟整天要在贾府甚至在三里多见方的大观园中行走、活动。丫鬟每天要传话、提水，端饭等，那些中老年女仆更辛苦，除了跑路还有许多粗笨的力气活，如抬桌椅、搬花盆、巡夜等。试想，她们若是缠了脚，扭扭捏捏地走路，如何能在面积如此之大的贾府、大观园工作，估计一天连一件事也做不了，时间都花在慢腾腾地走路上了。说句戏言，《红楼梦》要是这样描写女性的脚，电视剧再来个"忠实原著"式地拍摄，那么电视剧《红楼梦》里都是一群颤颤巍巍走路的夫人、小姐、丫鬟、婆娘，那岂不是大煞风景了吗？

因此在《红楼梦》中，不论是主子还是奴才，读者都认为她们是正常人的大脚。

古代文人在作诗时有一条叫作"不以词害意"的原则，这里套用它，是指句子以上下通顺、意思明确为首要。显然，硬把"小金铃"解释为"护花的小铃铛"就是"以词害意"，于情于理都不通。从这点出发，"惜花疼煞小金铃"中的"小金铃"一定是指脚。

无意中看到中学生的一份语文考试试卷，竟然涉及这两句道白：

下列句中词语解释有错误的一项是（　　　）

A. 翦（同"剪"）不断，理还乱，闷无端（没由来）。

B. 不提防沉鱼落雁（形容女子美貌）鸟惊暄，则怕的羞花闭月（使花害羞，使月亮躲藏）花愁颤。

C. 踏草怕泥新绣袜，惜花疼煞小金铃（即："小金莲"，古代女子的脚）。

D. 原来姹紫嫣红（形容鲜花万紫千红，争奇斗艳）开遍（处处皆是），似这都付与断井颓垣（废井，断墙）。

显然，按出题人员的思路，错误的是 C 项。但是，按我以上阐述，这四项全对。这是个错误的题目。出题人员之所以出错题在于，他们在审核句子中机械地理解典故，犯了"以词害意"的错误，更没能领会汤显祖在《牡丹亭》中表达的深刻思想，误导了学生。

春香在《牡丹亭》舞台上念这句道白时的动作略有变化。央视视频2009 年青春版中，春香念这句道白时做了一个与脚无关的动作。而在写完此篇文章一年后，我翻看所录视频，不经意间看到 2017 年《牡丹亭》在台中演出的那一版，由沈国芳饰演的春香在念到"小金铃"时，低头并用右手手指指向一只脚，动作明显，表意清楚。我不由惊喜万分：自己对这句道白的大胆推理式的解释，终于获得该剧导演的佐证！

三

《惊梦》开场不久，在丽娘念"剪不断，理还乱，闷无端"后，春香为安慰小姐，说了一句"啊，小姐，已吩咐催花莺燕借春看"。观众对这句道白并不在意，甚至忽略。起初我也如此，之后细细琢磨却发现，这句话可不得了！此话中有个关键词"吩咐"，它和下面小姐问"可曾吩咐花郎扫除花径么"，春香回答"已吩咐过了"是一样的，只能是对人而言。"已吩咐催花莺燕借春看"，表明春香有通鸟语，可以驱使莺燕按人的意图去催促百花盛开，增添满园春色的能力。如果是这样，春香可不是凡人了。

显然，这句道白看似平淡，却很费解。

然而，反复阅读汤公原作，感受他创作作品的风格、手法，细细品味其中细节，便能渐渐明白这句台词存在的合理性。

《牡丹亭》采取浪漫主义和超现实的艺术表现手法，创造出许多真幻结合、虚实相生的场景。杜丽娘为爱情由生到死，经过阴间的冥判，又死而复生；身处南安的杜丽娘和地处岭南的柳梦梅都做过美梦，二人相遇后竟然都发现对方就是自己的梦中情人。这些奇妙构思，无疑是该剧使用这种艺术手法的最突出体现。此外，这种艺术手法还体现在，剧中人物与自然界的关系奇特而诡谲，具体说，人类与自然界的某些动物，甚至植物都存在密切联系，保持亲和的关系。

剧中表现人与花、鸟、蜂、蝶之间关系的戏，在《冥判》一出中得到充分的反映。在丽娘被判之前，判官曾把"枉死城"的四个冤魂进行这样判决：一个叫"赵大"的"喜歌唱，被贬做黄莺儿"。一个叫"钱十五"的原"住香泥房子"，判官让他"去燕窠里受用，做个小小燕儿"。一个叫"孙心"的"使花粉钱"，便"做个蝴蝶儿"。一个叫"李猴"的"好男风"，就着他"做蜜蜂儿"。于是，这"花间四友"就欢天喜地地去了，到阳间开始行善事，尤其"与人为善"。由于它们是由人变成的，便通人性，懂人意，和人类交上朋友，并以自己的行为影响同类。这意味着，剧中的燕、莺、蜂、蝶都与人类和谐共处。"花间四友"一词还说明，燕、莺、蜂、蝶与花是朋友，那么花自然也成为人的朋友。

《牡丹亭》原作中，作者多次提到丽娘、春香与花神、燕莺之间的关系。

《冥判》中，丽娘女魂出场后，经初审、花神作证，判官对花神道："花神，俺这里已发落过花间四友，付你收管。这女囚慕色而亡，也贬在燕莺队里去罢。"幸而花神为她求情，丽娘女魂的命运才出现转机。这里除了说明丽娘女魂曾险些变成燕或莺，还表明冥冥中她与燕莺的关系非同寻常。

判官决定放丽娘女魂出枉死城，其命运终获最好的结果时，判官还安排"花间四友"听从丽娘女魂的差遣，帮助她在适当的时机出棺："那花间四友你差排，叫莺窥燕猜，倩蜂媒蝶采，敢守的那破棺星圆梦那人来。"这便决定了丽娘与燕、莺、蜂、蝶之间不寻常的关系。

在《冥判》之前，作品中还有多处描写丽娘、春香与燕莺之间存在关系的，这绝非偶然。如丽娘出场的第一句唱词就是"娇莺欲语，眼见春如许"。作者让她自比"娇莺"，除有"娇羞的少女"之意，还暗示丽娘与黄莺存在某些特殊的关系。《惊梦》开场，丽娘的第一句唱词中仍有"燕莺"："梦回莺啭，乱煞年光遍。"《皂罗袍》中，春香和丽娘尽情赏春，最后，一个高兴地叫道："小姐，你听那莺燕叫得好听啊。"另一个唱道："生生燕语明如翦，听呖呖莺歌溜的圆。"她们两人在色彩缤纷的鲜花和燕莺的歌唱中，感受到巨大的喜悦，（哪怕这种喜悦之情是短暂的）说明她们身处大自然中，与鲜花、燕莺为伍才会身心愉悦。至于演员在唱完这句后情绪迅速滑落，是反映演员按照编导的意图做出的表情。编导的意图是，丽娘一面看到春光明媚、万紫千红的景象，一面又看到这般美景都无人品味，白白地付与了断井颓垣；联想到自己虽貌美如花，却无心上人欣赏，是在浪费青春。所以，丽娘前后存在情绪上强烈的反差。

在《闺塾》中，还有春香学鸟叫的情节。设计这个情节，一方面，是表现春香在"挖坑"，戏弄老先生，另一方面，则暗示她通鸟语，一直在和燕莺交往。

除了燕莺，花及花神以及各种花卉也在原作剧本中常常出现，而且它们与剧中主要人物密切相关。

【皂罗袍】中，春香和丽娘尽情赏春。两人眼中，除了满园的姹紫嫣红开遍，还有杜鹃、荼蘼、牡丹花。原作丽娘梦境中，花神道白："咱花神专掌惜玉怜香，竟来保护他，要他云雨十分欢幸也。"《冥判》中判官叫出花神后，与花神展开花名的对接，历数芍药花、蔷薇花、荼蘼花、金盏花、海棠花、合欢花等花名竟达 38 种之多。其中，有好几种花都与丽娘及其唱词暗合，和剧情有关。如荼蘼花——春醉态，金盏花——做合卺杯，海棠花——春困意，蔷薇花——露渲腮。极为熟悉《牡丹亭》剧本和这部戏的人，都会体会到这种意思。这些在舞台演出被认作是烦冗的段落，其实是传递出作者的某种意图。

《寻梦》的【懒画眉】中，丽娘那句"是睡荼蘼抓住裙衩线，恰便是花似人心向好处牵"的唱词，更为清楚地说明，花懂人心，能以牵住裙衩的方式给自己指路。【忒忒令】中则写出各种植物，"芍药芽儿浅，一丝丝垂杨线，一丢丢榆荚钱"，这些都让她兴奋不已，更增强寻梦的信心。

以上报出大量花名，描写各种花卉等，并非作者的闲笔。这些均传递出作者的意图：剧中主要人物丽娘、春香不仅与大自然中的燕莺，而且还和花卉关系密切，双方和谐共处，相互帮助。此外，上述春香的那句"踏草怕泥新绣袜，惜花疼煞小金铃"的道白，也明确含有怜草惜花之意。

青春版中，众花神围绕杜、柳起舞，表明花神祝福二人的相见、相爱。丽娘被众花神簇拥的场面，象征她的命运得到天地神灵的护佑，她与柳梦梅的爱情得到大自然精灵的呵护。而在《冥判》中，正是花神为丽娘作证、说情，才使丽娘女魂的命运出现转机，否则她将永不能返回人间。可见，花神对丽娘的命运产生何等巨大的作用，充当何等重要的角色。明白这点，丽娘、春香为何亲近大自然，亲近花、鸟、蜂、蝶也就容易理解了。

汤公认为戏剧具有"生天生地生鬼生神，极人物之万途，攒古今之千变"的神奇魅力。在这种思想指导下，他极为看重"自然灵气，恍惚而来，不思而至，怪怪奇奇，莫可名状"的写作灵感，[2]下笔时便恣情随意，无拘无束，如天马行空，自由驰骋。正因为如此，他写出一部部令世人惊异的作品，著者称之为"超现实的艺术表现手法"，而一位当代作家则称为"魔幻浪漫主义"。[3]就是在这种灵气飞动的状态下，他写出的《牡丹亭》充满了神奇、瑰丽的色彩，人与自然界的花、鸟形成如此奇特的关系。

将这一切都联系起来，春香那一句"已吩咐催花莺燕借春看"就可以讲通了，她已"吩咐"过莺燕们，让它们在小姐初次游园时，把莺歌燕舞、百花盛开的春天景象渲染得更加浓厚。因为按汤公的想法和设计，她通鸟语，是燕莺的朋友，燕莺们不仅懂得她模仿鸟语或通过肢体传递出的意思，还乐于受她驱使。至于春香是如何吩咐燕莺的，那就交给每个人自由遐想吧。

参考文献:

[1] 金志仁.《牡丹亭·寻梦》疑难三则新解目一则辨正 [J].名作欣赏,2018(7).

[2] 詹慕陶.昆曲理论史稿[M].杭州:杭州大学出版社,1996:83、86.

[3] 谢柏梁.红尘四梦——汤显祖传[M].北京:作家出版社,2020:80.

论白先勇先生在昆曲史中的地位

　　提到白先勇先生，人们一定会想到他主导的昆剧青春版《牡丹亭》。那么，从推动这部戏的问世是否联想到他对中国昆曲事业的贡献，继而思考他在昆曲史中的地位呢？

一

　　对昆曲的历史遭遇，远的就不提了，只从半个世纪前谈起。

　　十年动乱批判"封、资、修"，昆曲被视为封建主义的标志而被封杀。"文革"结束后，昆曲并没有很快得到复苏，处于非常低迷的状态。

　　苏州作为昆曲的发源地，其昆曲专业剧团当时所处的尴尬状况，可突出反映昆曲在全国的状况。

　　苏州原有个"江苏苏昆剧团"，后来改名为"苏州苏昆剧团"。这"苏昆"二字的意思很特殊，是说这个剧团既演苏剧又演昆剧。为什么呢？因为，看苏剧的观众还较多，而赏昆剧的观众就少得很。当时剧团有个方针叫作经营上"以苏养昆"，而艺术上则是"以昆养苏"。显然前面的"养"是"养活"，后面的"养"含有"给予营养"之意。

　　20世纪七八十年代任剧团团长的尹继梅老人回忆了当时的辛酸日子：每年春节之后，初三就开始收拾行囊，准备出去巡演，计划5月回来，这被称为走码头。原计划演出两三个月，谁知半个月左右就打道回府了，其原因就是演出市场太惨淡了。在周围县市，苏剧还能演上几场，而昆曲就没有多少观众看。当地还反映，你们演武戏还有些人看，文戏就更没人看了。

曾任苏昆副院长、两度梅花奖得主、一级演员王芳回忆自己刚到剧团的情况：满园荒凉，一片凋零景象；演出的状况非常差，基本都是演折子戏；票价再低也没有多少人花钱买，大部分票都是赠出的，甚至还送茶水招揽观众。即便这样，台下的观众比台上的演员还少，演员对自己的前程看不到希望，都在议论剧团早晚要解散的话题。

还真存在着上级打算解散苏昆剧团的事。主管剧团的有关部门看到剧团入不敷出，年年亏损，已经向上打了报告，准备将其解散。好在有个上级领导出面顶住了，说苏昆剧团关系到两个剧种，如果解散剧团，两个剧种就灭绝了，我们以后会受到子孙的指责和咒骂。虽然这个目光远大的领导一时解决了苏昆剧团被解散的问题，但是他也无法扭转昆曲低迷的状况。昆曲演员都在苦熬苦等，不知什么时候才能守得云开见月明。

作为昆曲发源地的苏州，昆曲状况都是如此低迷，国内其他城市就可想而知了。

当时国内昆曲处于低迷状态的根本原因在于：

昆曲自身原因。十年动乱给予昆曲的摧残、破坏力持久，形成恶性循环：昆曲越低迷越没有人去从事昆曲事业，这反过来又导致昆曲更加低迷。在这种情况下，长期从事剧本整理、修改的人员被迫转行，缺乏优秀的剧目可演，不少编剧、导演无所事事。

能够上台表演的演员普遍老化。由于昆曲长期低迷，正规培养昆剧演员的院校很少，又难以招到一心学艺的学生，昆剧团后继乏人，各剧团青黄不接的现象非常普遍，只能靠老演员上台表演。老演员虽有表演功力，但年龄不饶人。让五六十岁的演员扮演剧中十六七岁的年轻角色，演员终究力不从心，且舞台形象不佳，难以吸引观众。

外部的冲击。当时各种艺术类型呈现多元化给予戏剧极大冲击，已渐成趋势。各类港台电视剧，如爱情戏、宫廷戏、武侠戏，还有欧美大片等纷纷登陆内地的文化市场，戏剧演出被逼到只占有文艺市场较小份额的地步。

电视这种传播形式的普及让人们待在家里就可欣赏各种艺术，不必去戏院，这更是对戏剧舞台演出造成的极大冲击。

不要说昆剧，就是身为国粹的京剧也抵挡不住这股巨大的势头。好在京剧于1990年借"徽班进京"200周年之际，掀起演出热潮，同时又在国家有关领导人的倡导之下，进行音配像的工程，总算稍稍站稳了脚跟。

而昆曲就不那么幸运了。1984年，全国七大昆曲演出团体之一的温州永嘉昆剧团被解散，更是给了原本虚弱的昆曲重重一击。整个八九十年代，昆曲仍处在十分低迷的状态中。

真正要从根本上解决昆曲低迷的状况这个难题，需要国内大气候的支持和配合，急需政策的扶植和切实的行动。

2000年全国艺术节给昆剧界带来了希望。艺术节上，各昆剧团纷纷拿出看家本领，让多年不识昆曲真面目的观众稍稍见识、领略了这种古老艺术的魅力。昆剧演员和昆剧各戏在舞台上大展身手、大放光辉赢得了一小部分观众的认可。

给昆曲带来特大利好的是，2001年5月18日联合国教科文组织将中国昆曲列为世界人类口头和非物质遗产名录。昆曲界闻之沸腾了！老中青演员纷纷相互庆贺，甚至流下了激动的眼泪。他们苦苦相守，终于等到了自己为之努力奋斗的剧种拨云见日的一天。

然而只有好消息，哪怕是关系到昆曲的特大好消息，还不足以推动国内昆曲走出低迷，走向复苏。要想达到上述目的还需要有重大的实际行动，本着"治重病下猛药"的方法，治疗昆曲长期低迷之疾。

二

这时，一个人物出现在人们的视野中，他就是白先勇先生。

白先生有几个别人很难替代的条件或称优势：

他作为资深作家，有丰富的文学艺术功底。在20世纪百大中文小说的评选中，白先生的《台北人》排名第七位，是在世的排名最高的作家。他的文学艺术名望享誉海峡两岸甚至海外。正因为如此，他多次在海内外讲学，其中也包括昆曲艺术的内容。

与昆曲有几十年的缘分，对昆曲包含的中国古典之美有着深刻的见解。白先勇曾说："昆曲，两个字形容就是'情'与'美'，以最美的形式表现中国人最深刻的情感，我对昆曲的信心在这里。"他对《牡丹亭》等著名剧本做过多年的深入研究，20世纪八九十年代，曾两次参与制作昆曲《牡丹亭》的工作。第一次演出两折：《闺塾》《惊梦》。第二次是两个半小时的简版，演到《回生》为止。两次在台湾地区和美国的演出都很成功。2001年昆曲被列入"非遗"名录，这让从1987年开始就为昆曲奔走疾呼的白先生兴奋不已，他于2002年在香港发表"昆曲是世界性艺术"的演说。

作为名门之后，他在海峡两岸甚至美国都有众多的人脉关系和较高的知名度。人们看到，这部规模宏大的文化精品工程的顶层设计和组织，大多都不是通过官方渠道、行政指令，而是靠白先生的人脉关系进行沟通而成的。他与两岸三地对汤显祖和《牡丹亭》有多年研究的戏剧改编专家、资深导演、著名演员，都有多年的工作关系和私交。这些人物都认他这张名片，把被他邀请参与剧本编写、导演、舞美、服饰等工作看作是荣耀之事，都乐于加盟并积极工作。

更重要的是，他愿意为大陆振兴昆曲事业尽自己的力量，哪怕是无偿地做"义工"。

编演一出呈现全貌精神的昆剧《牡丹亭》一直是他多年的梦想，于是他便邀请、"调动"两岸三地文化界精英共同打造，由苏州昆剧院演出青春版的《牡丹亭》。

可以说，能够在昆剧青春版《牡丹亭》中发挥领军作用的人物身上的这四条，缺少哪一条都不行。事实证明，正是白先生挟自身的各种优势，发挥出巨大的能量。

选择《牡丹亭》作为振兴昆曲的突破口有众多理由。《牡丹亭》历来在昆剧中地位十分突出，在观众中有很大的影响力。20世纪50年代由梅兰芳、俞振飞大师曾演出电影《游园惊梦》，受到普遍欢迎。80年代有

"旦角祭酒"之称的张继清拍了电影《牡丹亭》，在观众中也有一定影响。此外《牡丹亭》还有自身的几个优势，如具有传奇色彩，情节曲折，"至情"的理念等均对年轻人有很大的吸引力。尤其是唱腔方面，抒发主角个人感情的唱腔突出，留下十几段脍炙人口的经典唱段。这些唱段不仅唱词优美，而且曲调细腻、柔美，有"绕梁三日不绝"之效果。像《游园》《惊梦》《寻梦》三折中的【步步娇】【皂罗袍】【山坡羊】【嘉庆子】等唱段，在爱好昆曲的观众当中非常受欢迎，这是昆剧其他任何一个剧目都不具有的。

剧本改编的灵魂人物是白先生。他邀请两岸三地对汤显祖和《牡丹亭》有多年研究的专家组成编剧小组，对原本进行删改编写，白先生也参加其中。他们对汤显祖《牡丹亭》的原本认认真真地琢磨了五个月，把55折的原本，撮其精华最终删减成27折。从第一出《标目》演到最后一出《圆驾》，基本上保持了剧情的完整。全剧分上、中、下三本，这样三天可以将全本演完。主题的确定，在于一个"情"字，剧本贴近汤显祖"情至""情真""情深"的理念来发展：第一本启蒙于"梦中情"，第二本转折为"人鬼情"，第三本归结到"人间情"。这样的编排构思，顺理成章，自然和谐。

他能够请得动国内昆曲前辈、顶尖人物，为戏中担纲主角的青年演员做指导教师，手把手地提高其表演能力。他请到有"旦角祭酒"之称的张继青为青年演员沈丰英指导，上海的著名"巾生魁首"汪世瑜先生为俞玖林亲授绝学，并在昆曲界开启磕头拜师之规。

凭他与昆曲结缘几十年的经历和人际关系，能参与全局的把握和实际的改编，将汪世瑜先生聘为青春版《牡丹亭》总导演，他本人作为制作人。"他事事亲力亲为，坚持每一细节的讲究与严谨，从艺术到人事，他都付出了大量的精神气力。他不断联络、沟通、开会，接受无数媒体访问，主持数不清的讲座。在他身边工作，我深受感动，也学到许多东西。"艺术指导张继青如是说。创作团队遵循"尊重古典而不因循守旧，利用而不滥用现代"的原则，在书法、佛像、水墨画、古琴等中国传统文化元素的根基上谨慎加入现代元素，将汤显祖16世纪写出的《牡丹亭》编成一部既古典又现代的艺术精品。

更重要的是凭他的声望和信誉在海内外"托钵化缘"，筹集资金，支撑该剧的制作和演出。这是一笔巨额的费用，不少都来自台湾地区、香港地区、澳门地区、美国等地的企业家。他们因仰慕白先勇其人，又为其积极传播昆曲的精神所感动，本着一份文化使命感而自愿无条件投资。"我并不缺钱，一辈子也从没问人家要过钱，但老了，为了昆曲，我竟然到处托钵化缘，甚至连自己的稿费都拿了出来。"他充满幽默的话语中又透露着些许无奈的情绪。

我想，当时没有一个人能够取代他做到这些。

三

白先生作为编创的核心主导，确定了"青春版"的定义。所谓"青春版"，就是用青春的演员说青春的爱情故事，来吸引青春的观众。因此，该戏的主角"一定要用美女俊男！"白先生这个"青春版"的思路非常对头，堪称眼光高远。长期以来，昆曲一直低迷的原因众多，其中重要原因就是，台上的一线演员大部分都是上了岁数的，对广大观众缺乏吸引力。"昆曲之前的状态是'三老'——演员老、观众老、演的戏也都是老戏码。而我要做的就是'三新'的工作，就是用新演员，演出耳目一新的剧目，来争取新的观众。"白先勇说。

"美女俊男"式的年轻演员挑选好了，还要找国内顶尖的老演员传帮带。在这件事上，白先生有着自己的主见，这便是"磕头拜师"。"磕头拜师"透着白先生的精明，堪称"阳谋"。他首先聘请"巾生魁首"汪世瑜和"旦角祭酒"张继青做两位主角的指导老师。两人已经年老退休，张继青身体又不太好，原都没打算再收弟子，但是白先生亲自出马，坚持要他们接受年轻演员为亲传弟子，汪、张二人应允下来。在拜师仪式上，汪、张表示，鞠个躬就行。白先勇说，不行，定要三拜九叩，恢复古礼。一个头磕下去，事情就发生了很大变化。这实际是实行了师傅承包制，意味着师傅承受了巨大的责任，要把自己毕生积累的演出经验毫无保留地传授给亲传弟子。通过磕头拜师，保证了年轻演员经过昆曲老艺术家的传授，在表演艺术上达到较高的水准。这些年轻演员在多年之后都认为白先生这一招的确厉害，感到由衷的佩服。

另外从传承的角度看，白先生可谓经验丰富，眼力过人。汪世瑜、张继青是"传"字辈老师傅亲手调教的，汪世瑜师承周传瑛，张继青受教于姚传芗。而今俞玖林拜师于汪世瑜门下，而沈丰英亦由张继青正式收为门徒。在传承意义上，俞、沈二人也就隔代继承了"传"字辈老师傅一脉相传的表演风格。这是属于昆曲表演艺术中正宗、正统、正派的标志。

白先生和汪世瑜老师为入选者制订了完备的训练方案，包括形体、唱腔、表演、文学鉴赏在内的系统强化学习和培训，被学员们戏称为"魔鬼式训练"。据俞玖林回忆，有很多动作需要在地上跪来去，膝盖破了都未察觉，回头一看发现，白色的裤子上全是血。白先生则说，我见过张继青"磨"我们的女主角，很严格。她平时都很和蔼的，教起戏来却经常把我们的女主角"磨"得两眼含泪。一个水袖动作三十多次，到什么高度，甩什么长度，笛音到什么位置，一板一眼。我们这戏真的是血、泪、汗磨了一年才"磨"出来的。

有评论者对此感叹："难怪会叫'水磨调'，这门艺术确实是要磨死人的。看了他们的排练后，我对昆曲增加了十二分的敬意。真是非常严谨，每一举动都是非常规范的，一点马虎不得，怪不得这门艺术有这样高的境界。"

白先生对年轻演员艺术上严格要求，生活上却格外关心。每逢外出演出，他自己坐经济舱，却一定要让男、女主演坐头等舱。每到一地，还一定要给两人安排最豪华舒适的套房，以保证良好的休息，演出有最佳状态。有段时间白先生身处美国，还挂念着的演出情况，他多次打跨洋电话给主角，耐心而细致的指导他们。

演出昆曲青春版《牡丹亭》和开办昆曲讲座，双头并进，是白先生振兴昆曲的两大措施。

白先生提出："昆曲式微已久，特别是年轻人，九成从未看过昆曲，我的心愿是全国各地的大学生一生至少看过一次《牡丹亭》。"因此他特别重视在大学校园的演出,在各大院校掀起了演出、观看、评议《牡丹亭》的热潮。

白先生不仅将高校作为巡演的主要场所,同时在北大、苏大等开办了昆曲鉴赏课和表演课,为昆曲培养了大批的爱好者,让昆曲找到喜欢它的人。

昆曲与北大有着百年渊源。上个世纪初,蔡元培、吴梅等热爱昆曲艺术的学者曾将昆曲作为美育的重要内容引入北京大学。白先生知道北大历来是国内开风气之先的,因此他将北大作为开办昆曲讲座重要院校。此外,在苏州大学等内地大学也相继开设昆曲讲座。在台大,他主讲"昆曲新美学",还有新构思的"白先勇昆曲美学"。这样,两岸莘莘学子成为昆曲的粉丝,为在广大群众中普及昆曲播下优良的种子。几年后,北大还成立了"昆曲传承与研究中心",开始策划推出校园传承版《牡丹亭》,剧组由来自北京大学、清华大学、北京师范大学等北京高校的学生组成,由苏州昆剧院青春版《牡丹亭》演员对剧组学生进行一对一辅导训练。校园传承版《牡丹亭》在北大首演之后,还计划从汤显祖的故乡江西抚州开始巡演。

前面的不算,仅从 2003 年开始排练到 2010 年左右的七八年间,白先勇几乎都耗在了庞大的制作与营运上。从剧本删改到排练制作,从演出洽谈到谋求赞助,还有开不完的发布会,说不完的讲座课,一切都是为了昆曲的观众能多一些,再多一些。

终于,古老的昆曲因青春版《牡丹亭》而大放光芒。

2004 年青春版《牡丹亭》在台北首演,大获成功。2006 年开始走出国门,相继在美国、新加坡、英国等演出;2007 年,北京举行第 100 场演出;2010 年,回到上海完成历时 4 年的全球巡演。截止到 2015 年 3 月 24 日,"连续十年,同一个戏组、同一批人,演同一出戏——255 场"。一路巡演,一路鲜花和掌声,它取得经演不衰的神奇效果。十年来,超过 50 万人次的观众观看了青春版《牡丹亭》。再加上观看电视录像的观众,总人数估计超过百万,这对于长期曲高和寡的昆曲已经是了不起的成绩。

时任苏州昆剧院院长的蔡少华认为，青春版《牡丹亭》让更多的年轻人认识并喜爱上了昆曲，据有关机构统计，现在 25 到 45 岁之间的大部分人都是通过青春版《牡丹亭》了解昆曲的。有媒体称，青春版《牡丹亭》令戏迷的年龄普降了 30 岁。

事实证明，白先生取得了预想的成功。不可否认，青春版《牡丹亭》的巨大成功里，白先勇先生强大的个人影响力占了很大的比重。他找到昆曲的经典作品进入当代的切口，切实地推动昆曲走向复苏，并为将来成为世界性的艺术打下坚实的基础。

四

青春版昆剧《牡丹亭》似横空出世，刺激和推动国内各个剧团快速行动起来，纷纷推出自己的拿手好戏。

《1699·桃花扇》的出台，明显受到青春版《牡丹亭》成功的刺激。作为六朝古都江苏省会的南京，文脉源远流长，但近年来风头被青春版《牡丹亭》抢尽，方方面面说不过去。于是，选取发生在秦淮河畔的山河破碎、血溅桃花的故事，以《1699·桃花扇》为名，全程学习并力求超越《牡丹亭》成为江苏省昆剧界的首要任务。《牡丹亭》由白先勇先生领军打造，《1699·桃花扇》则请来东南地区著名编导以及与昆剧渊源颇深的余光中。《牡丹亭》打出青春版，《桃花扇》毫不示弱，甚至推出两套班子，由江苏省昆剧团的优秀青年演员罗晨雪和单雯分别饰演女主角李香君。

2008 年 10 月开幕的第 31 届世界戏剧节上，青春版《牡丹亭》和《1699·桃花扇》作为重点剧目上演。

由北方昆曲剧院牵头，大型昆曲《红楼梦》也紧锣密鼓地展开。昆曲《红楼梦》2010 年 5 月全国海选演员，按剧中角色分成林黛玉组、薛宝钗组、贾宝玉组等，各组分别进行选拔赛。所有参赛演员，都面向全国各个艺术门类公开选拔，打破院团界限。演员阵容敲定后，剧组对其进行封闭式训练和排演。聘请国内著名编导，和北方昆曲剧院的资深艺术家，排练出大型昆曲舞台剧《红楼梦》。可见，整个工作程序细致而严密。此后舞台剧《红楼梦》又被拍成电影，称为昆曲艺术影片《红楼梦》，2014年12月，昆曲艺术影片《红楼梦》在第12届摩纳哥国际电影节连中三元，获得本届电影节唯一最高荣誉"最佳影片"天使奖，同时还获得"最佳原创音乐奖"和"最佳服装设计奖"。

2015年，昆曲新创剧目在全国各剧种中名列前茅，《曲圣魏良辅》《李清照》《春江花月夜》《梁祝》《西施》《湘妃梦》等，使昆曲舞台活跃度持续走高。

昆剧《牡丹亭》本身，近年也出现"典藏版""园林版""大师版""精华版"各个版本。

深究这种可喜现象的原因，说受到青春版《牡丹亭》成功的刺激也好，推动也罢，总之，在青春版《牡丹亭》之后，昆曲舞台上出现了空前的演出热潮，一扫以往昆曲"万马齐暗的"状态，这是客观现实。

不仅专业院团排出大型昆曲剧目，而且与昆曲相关的方方面面都在配合这股热潮。

全国各大戏曲学院为了配合"昆剧热"，纷纷设立昆曲系或昆曲班，以满足院团的人才需求。如中国戏曲学院为了满足北方昆曲剧院、北京演艺集团的人才需求，2018招收昆曲班和北京曲剧班，计划招生昆曲表演、昆曲器乐伴奏的学生。学院"昆曲生"实行免学费政策，还聘请昆剧院的名师名家进行授课。此举表明学院更加重视"百戏之祖"昆曲的人才培养，将进一步提升了昆曲在高等戏曲教育上的地位，其文化意义和现实意义都非常重要。

昆曲课程还被列入普通高校的选修课。如北京大学开设可以选修学分的昆曲课程，苏州大学三年级的学生可以选修昆曲艺术课程。深受昆剧青春版《牡丹亭》影响的北京大学还举办昆曲表演传习工作坊，组织昆曲剧目展演，建设昆曲数字艺术档案等活动，推动昆曲艺术的研究、昆曲剧目的整理、昆曲演出的推广和昆曲观众的培养，为传统昆曲输入新生血液，从而让昆曲在年轻一代扎下根来。

不仅昆曲专业院团的队伍在充实、提高，在不少地方，尤其是长三角各大中城市，业余昆剧团如雨后春笋，纷纷破土出现；"昆虫"即昆曲痴迷者、爱好者的队伍逐渐扩大；昆曲学馆、学会纷纷出现。不仅成人如此，连中小学也组织昆曲班，有模有样地学习表演。孩子能够进入"小昆班"，都让家长充满自豪之情。

苏州这个昆曲的发源地也发生了许多变化。如今，苏州不仅拥有原有的苏州昆剧院、中国昆曲博物馆、苏州昆曲学校等，还相继成立了昆剧传习所、昆曲遗产保护研究中心等一批昆曲的演出、教育、传承、研究和保护机构。2006年，苏州市出台了国内第一个保护昆曲的地方性法规《苏州市昆曲保护条例》。同年，三年一届的中国昆曲艺术节在苏州举行，这是《国家昆曲艺术抢救、保护和扶持工程实施方案》实施后举行的第一届昆曲节。全国7家昆剧院团都带来了自己新排的大戏。与以往两届昆曲节不同的是，来自香港和台湾的昆曲社团也第一次在昆曲展演中亮相。

千灯古镇位于苏州昆山市昆山东南，原名千墩，是昆山腔歌手顾坚的家乡。如今的千灯镇，古戏台日臻完善，老街日日有昆曲演出；千灯中心校和炎武小学的"小昆班"声名鹊起。

不仅在长三角地区，就连地处岭南的广州也有着一群为昆曲痴狂的青年。为学习昆曲，这些青年坚持常年练嗓、拍曲、学身段，在咬文嚼字中斟酌着每一个细节。他们可以花费巨款购置戏装，甚至可以集体筹资请老师"打飞的"前来授课。

所有这一切，在21世纪之前是根本无法想象的。

<h1 style="text-align:center">五</h1>

一位有识之士总结昆曲历史，提出作为"百戏之祖"的昆曲，要感谢历史上的三个人：魏良辅、汤显祖、白先勇。此为高屋建瓴之论，说得非常对。这三个人在昆曲的不同阶段，各自发挥了历史赋予他们的使命。

魏良辅，明朝嘉靖时期人。虽然做过官，但意趣不在仕途。年轻时喜爱昆山腔，也学习过北曲。一次南北对唱，他比不过唱北曲的对手，便发愤刻苦钻研南曲，以致留有"十年不下楼"的趣闻。

魏良辅突出的功绩是吸收北曲的优点，同时对南曲的昆山腔进行改造，融南北于一炉，创立出新的昆山腔——"水磨腔"。他"愤南方曲之讹陋也，尽洗乖声，别开堂奥，调用水磨"。这样唱起来，"功深熔琢，气无烟火，启口轻圆，收音纯细"。从此，昆山腔有了一个更为贴切的名字"水磨腔"，其特点是唱腔委婉细腻、缠绵轻柔、软绵滑润。明王骥德在《曲律·论曲源》中更明确说，经魏良辅改造的昆山腔，"婉丽妩媚，一唱三叹，美善兼至，及声调之致"。此外他还完备了伴奏场面，乐器有分雌雄的曲笛、弦、笙、提琴。这些改革促使昆曲正式形成，并为此后出现的昆剧打下坚实的基础。因此，他被尊为"曲圣"。苏州的中国昆曲博物馆内矗立着魏良辅的塑像，可见他在昆曲历史中的地位。

汤显祖（1550—1616年），江西临川人，进士出身。他是昆曲正式形成后成就最为辉煌的代表人物。这个阶段出现了以梁辰鱼的《浣纱记》、高明的《琵琶记》为代表的剧本。新鲜而悦耳的"水磨腔"，配上《浣纱记》《琵琶记》的唱段，为更多的观众所喜爱。此后出现的《西厢记》在文人雅士中传播更为广泛，影响很大，占有突出地位。这些都标志着戏曲文学已初步形成——不仅有曼妙的唱腔，而且有情节曲折的剧本，二者还得到完美的统一。

汤显祖后来居上，他所创作的"临川四梦"中，《牡丹亭》更是"上上品"，即经典中的经典，它的出现几乎使《西厢》掉价。汤显祖丝毫不掩饰自己对《牡丹亭》的偏爱："吾一生四梦，得意处唯在牡丹。"

汤显祖在一本宋代话本《杜丽娘慕色还魂》中得到灵感，决心把它演绎为一部感天动地的作品，便大大扩展故事的情节，使之跌宕起伏，一波三折。更重要的是，它宣扬一种"至情"的理念——"爱"可以跨越生死。这样，剧本的思想境界与原作相比明显大大提高。《牡丹亭》剧本一经问世，便在当时的戏剧文化界引起了轰动。由于得到不少内行人的称赞，印书社馆加班赶印，出现了"洛阳纸贵"的现象。当时不少文人学士们手捧印出的剧本早晚诵读，称之为天下第一本好戏。官僚士大夫的"家班"也加紧排练，使得主人尽早看到舞台上的《牡丹亭》的折子戏。

《牡丹亭》一经上演，就受到民众的欢迎，特别是感情受压抑妇女。有记载，当时有位少女读其剧作后深为感动，以至于"愤惋而死"。更有甚者，杭州有位女伶演到"寻梦"一出戏时，感情激动竟卒于台上。

《牡丹亭》对当时社会的各阶层人物产生的影响，从明代才女冯小青身上可略见一斑。她经常"挑灯闲看牡丹亭"，感慨"人间自有痴于我，岂独伤心是小青。"有意思的是，冯小青和《牡丹亭》还引出了另一部昆剧的产生。冯小青18岁夭亡，剧作家吴炳感念她的身世，以冯小青为原型创作了昆剧《疗妒羹》。剧中《题曲》一折尤为感人：小青边看《牡丹亭》剧本边发感叹，看到杜丽娘忧伤致病则宽慰剧中主角，见到杜丽娘因梦而亡竟发出惊呼。

《牡丹亭》剧本问世的第二年，即1599年的重阳节，正逢南昌滕王阁新修落成，江西巡抚王佐在阁中大摆宴席，在曾任文渊阁大学士张位的建议下，邀请《牡丹亭》的作者汤显祖赴宴，并由浙江海盐县宜伶名角王有信领衔首次公演该剧。演出盛况空前，观者如潮。汤显祖兴致勃发，挥笔写下"滕王阁看王有信演牡丹亭"的诗句："韵如笙箫气若丝，牡丹魂梦去来时，河移客散江波起，不解销魂不遣知。"这次隆重的演出反映出汤显祖名气很大，《牡丹亭》创作出不久便闻名遐迩，在问世后的第二年就搬上了大舞台，举行了如此隆重的演出。

伟大的经典作品《红楼梦》里常出现《牡丹亭》的身影，较为详尽的描写是第23回"牡丹亭艳曲警芳心"：林黛玉听到梨香院传来《牡丹亭》的几个唱段，细细咀嚼"如花美眷，似水流年"八个字的滋味，触发对自己身世的感慨。除此之外，小说中还有多处都和该剧有关。这些均说明，《牡丹亭》在曹雪芹年代已在社会各阶层民众中传播，而且影响很大。

历史上对昆曲产生重大推动作用的第三个人就是白先勇先生。

民国期间，戏剧史上不乏由一个领军人物或一个团队，在某个剧种式微的情况下，勇挑重担，披荆斩棘，为该剧种开辟一条生路的人物。

民国初年，在军阀混战的背景下，昆曲和其他艺术种类一样，都处于灭绝的边缘。十二位老一辈艺人在昆曲命悬一线的情况下，1921年在苏州成立"昆曲传习所"，训练培养出一批"传"字辈的优秀演员。"传字辈"

不负使命，培养出更多的人才，这些人成为民国乃至新中国初期昆曲界的中坚力量，成为 20 世纪昆曲薪火相传的旗手。汪世瑜、张继青正是这些"传"字辈老师傅亲手调教的杰出演员，汪世瑜师承周传瑛，张继青受教于姚传芗。

评剧这个北方剧种 20 世纪初也处于十分艰难的地步，这时候出现的领军人物成兆才，几乎是以一人之力撑起了评剧这个大剧种，以他为核心的小团队创编改编《杨三姐告状》《杜十娘》《珍珠衫》《花为媒》等脍炙人口的评剧，不仅让这个有传统历史的剧种得以薪火相传，还让数以百计的戏班靠演他的作品生存发展。

在 21 世纪之前，说昆曲处境艰难只是针对业内人士而言，因为国内绝大多数人根本不知昆曲为何物。昆曲真正被国人了解和认知是在青春版《牡丹亭》热火朝天的公演之后。白先生挟昆曲进入"非遗"名录之东风，以这部青春版的戏在全国各地乃至海外掀起旋风般的热潮。它爆炸式地出现于大众视野，取得上《新闻联播》、走出国门的辉煌。2008 年北京奥运会开幕式上出现了几分钟昆曲《牡丹亭》的画面，更显示出其作为国家级艺术向世人展现的地位。

总之，青春版《牡丹亭》这股热潮打破了昆曲长期低迷的状态，使这个古老的"百戏之祖"得到初步复苏，部分地区甚至出现"昆曲热"。四百多年后，《牡丹亭》仍然光焰四射，它几乎支撑起了 21 世纪头十年的昆曲舞台。"青春版"之后，各院团又推出自己创作的"典藏版""园林版""大师版""精华版"。传统文化得到恢复、继承和发扬光大，这对中华民族来说是功德无量。如果说半个多世纪前《十五贯》这个戏的意义在于"一个戏拯救了一个戏种"，那么在昆曲长期低迷、传继无力的境况下，白先勇先生凭借自身优势，力挽狂澜，主导青春版《牡丹亭》问世，让中国最美的古典戏剧不仅初步复苏，而且大放异彩，他对中国昆曲事业做出的巨大贡献是明显的。

据此，本人极为赞同上述的观点：白先勇先生在整个昆曲史上的地位应同魏良辅、汤显祖并列，他们在三个不同的历史时期分别作出了自己的贡献，其历史作用应充分肯定。2021 年正逢苏州"昆曲传习所"成立 100

周年，又是昆曲申请"非遗"成功 20 周年，由台湾导演邓勇星执导的纪录片《牡丹还魂——白先勇与昆曲复兴》适时与观众见面，这是对白先生这一成就最好的肯定。

在敬佩白先生之际，我想起了另一位德高望重、名垂千古的人物张伯驹先生。张先生一生中，用自己的积蓄和家产，购买了许多即将流入海外的珍贵文物，并最终将这些价值连城的 13 件特级珍贵文物捐献给国家，自己却落到穷困潦倒的地步。这是何等广阔的胸怀！看看他捐给国家的这些特级文物的名录，就知道我对他的这种赞赏还远远不够：

西晋陆机所作之《平复帖》

隋朝展子虔所作之《游春图》

李白所书之《上阳台帖》

杜牧所书之《张好好诗》

蔡襄所书《自书诗》

范仲淹书《道服赞》

……[1]

张先生拼着性命，一生保护的这些特级珍贵文物是物质形式的文化遗产，而昆曲则是非物质的文化遗产。白先生在振兴昆曲上所做的贡献，与张先生感天地、泣鬼神的一生作为，可说是异曲同工。在保护传承中国优秀的传统文化上，白先生与张先生各自彰显出中国人的脊梁之形象。

参考文献：

[1] 刘军，柯建刚. 大藏家张伯驹 [M]. 北京：中国工人出版社，2013：251.

十余年后惊回首：评青春版《牡丹亭》
女主角的表演艺术

2001 年联合国教科文组织将中国昆曲列为世界人类口头和非物质遗产名录，距今整整 20 年了。

昆曲申请"非遗"成功的三年后，一部昆剧青春版《牡丹亭》似横空出世，于 2004 年首演之后，一发不可收拾，演出热潮持续十年左右。剧中女主角由苏昆的沈丰英扮演，她凭借成功饰演杜丽娘一角，声名鹊起，享誉国内外。

为什么要在距离该剧首演已接近 20 年，演出热潮早已退去的现今，再度评论沈丰英的表演艺术呢？这有几个原因：一是这部受"申遗"成功的刺激而问世的大戏，在成功"申遗"20 年的现今，值得回过头来细细咀嚼味道，戏中的女主角自然也值得再度品鉴；二是任何一件艺术作品，包括剧本以及剧中的主要扮演者的艺术水准，需要一个较长时间的观察评论，看看能否经得起时间的考验，这样才客观而公允；三是在一个较长时间内观察一下，在她之后，国内有没有其他演员扮演的杜丽娘，在艺术上能达到或超过她的水平。

白先勇说昆曲要吸引年轻观众，年轻演员是不可缺少的元素，昆曲要年轻化，演员要年轻化，观众也要年轻化。根据这种思路，白先生等人挑选了几个相当年轻的优秀演员，为青春版《牡丹亭》担纲，挑大梁。沈丰英就是其中最重要的一位。

我常想，偌大的舞台（青春版《牡丹亭》的舞台更大更深），沈丰英扮演的杜丽娘往往与一两人搭戏，有时还唱整出的独角戏，除了剧本为

"上之上品"的因素外，她凭什么能吸引成百上千的观众？经反复观看央视视频 2009 年版昆剧青春版《牡丹亭》，我对这个疑问有了清晰的答案，并总结出她表演的艺术特色。

沈丰英在这部剧中表演的艺术特色及其形成原因，突出地表现为以下几方面：

一、以丰富的脸部表情刻画人物内心

一位评论者说："沈丰英的脸型不算典型的中国古典美人，但上了戏妆后扮相却很美，眉眼中既有矜持又有风情，符合杜丽娘的心态身份。"的确，饰演杜丽娘一角的女演员扮相一要美，二要符合剧中人物的形象气质，这是至关重要的。然而，这还仅是基本要求。

要想寻找一个扮相俊美优雅的闺门旦女演员也并非难事，难的是这样的演员要能够充分运用脸部的表情来说话，准确反映人物内心的情感而使表情做出细微变化。而沈丰英则是一个几乎完美地能用脸部表情来说话的优秀演员，即使不吐一字，不唱一腔，也能够让观众大体明白她的心理活动。如果再加上唱或念，并适当以动作来配合，就会更为准确表达出程度不同的喜、怒、哀、怨等情绪。

例如，第一出《训女》首次亮相，她就完全把握住剧中人物是一个从未踏出闺门的娇羞少女的心理。出场后，微抛水袖，面带微笑，然后略微收住表情，唱"娇莺欲语"。此时，动作、表情与唱词内容协和、统一。这样，一个含蓄、矜持、不张扬外露的南宋大家闺秀就呈现在人们面前。

再看几个细微之处。

《训女》中，（外老爷）儿啊，你和春香终日在绣房中作何生活？（贴春香抢着回答）绣房中则是绣。这时沈丰英扮演的杜丽娘流露满意、自得之状。（外）绣的之后呢？（贴）绣了之后，打眠。（外）甚么棉？此刻她预感到不好，慌忙起身，想制止春香说下去，但为时已晚。（贴）睡眠。接着就是老爷生气，春香跪地了。

这段很有喜剧色彩。虽说喜剧效果主要是编导之功，但女主角的脸部

表情变化也起到助推作用。

第二出《闺塾》中。(末陈最良)道白:"是那幽闲女子,有那等君子,好好的来求他。"(贴春香)问:"为何要好好的求他介?"这时杜丽娘的神情似有所动,开始关注老夫子的讲解。当陈最良唱道:"有指证,姜嫄产娃;不嫉妒,后妃贤达。有风有化,宜室宜家"时,她面部浮现出兴趣,并问"这经文有多少?"(末):"《诗》三百,一言以蔽之,没多些,只无邪两字,付与儿家。"陈最良唱到"没多些"时,她含蓄微笑,表现《关雎》对她已产生思春的启蒙作用。

当春香建议"老爷下乡劝农,明日我们同去游玩可好"时,她初露欣喜,与春香对视,又很快收敛笑容,冷面道"且回衙去。"随后做出一个典型的下场姿势,却面含微笑。与春香对视,初露欣喜又收敛笑容,反映她先产生游春之喜,后又想到去花园玩耍要被斥责,不如回去再想想的心理。这一场景看似简单,却耐人寻味。

整个【皂罗袍】一段是杜丽娘与春香两人尽情赏春的欢宴,是这出戏的高潮。按一般的理解,这个唱段自始至终是充满欣喜气氛的,然而杜丽娘在唱到最后一句"听呖呖莺声溜的圆"时,一股哀愁渐渐浮上脸来,情绪陷入低谷。这反映出沈丰英很好地理解了剧情的含意:杜丽娘对大自然有很强的感悟力,这使她领悟到"良辰美景奈何天"这七个字含有的两重意境。她此时情绪迅速滑落的深刻原因在于,一面看到春光明媚、万紫千红的景象,一面又看到这般美景都无人欣赏,白白地付与了断井颓垣;联想到自己虽天生丽质,也无心上人的关爱,是在浪费青春;又从春光易逝想到少女的青春也不会永驻,因而伤春、惜春的情结油然而生。因此,在两人欣喜起舞,尽情欢乐之后,沈丰英扮演的丽娘哀伤惆怅的表情浮上面容。春香轻声呼唤她,她仍然沉浸在浓浓的哀愁之中,过了片刻才清醒,还重重地"嗨"了一声。在春香说"这园子委是观之不足"后,她回道"提他怎么!"并做了一个轻微的拂袖动作,表示对春香有些责怪之意。

从游春、赏春到伤春、惜春,杜丽娘的情绪大幅反转,这是沈丰英与其他演员表演的不同之处。

在上、中、下三本中,沈丰英扮演杜丽娘脸部表情的基调有着明显的差别。

控制、内敛、含蓄，是她在上本中脸部表情的特点。上本中，作为纯洁天真的少女出现，她以"娇羞"为基调。如【山坡羊】唱"则索要因循腼腆"的"腼腆"时，面露害羞之色。梦境中，丽娘乍见柳生，她面容初露"惊""喜"，而后又转为"慕"，但这几种情感都在"羞"之下表现的。

中本中，丽娘虽是鬼魂，但听到柳生的几次呼叫，开始有了人的意识和特征。然而同是中本，对比《幽媾》与《冥誓》就会发现，这两出戏中沈丰英的表情是不同的。

《幽媾》时，由于刚刚"认识"柳生，丽娘在交谈中常常表露出羞涩甚至腼腆的神色。而在《冥誓》的前半部，由于已经与柳生有过数度深谈和幽欢，她对柳生流露出爱意，对柳生的追求也大胆、直接，脸部表情已不再是少女的娇羞。尽管如此，丽娘仍然保持小心翼翼的姿态，因为自己身世的惊天之谜还没有揭开，因此表现对柳生的爱意，沈丰英在表情上还是有所控制的。

如果说在上本，尤其是梦境中丽娘遇到柳生时表情的基调是大家闺秀的娇羞和矜持，那么在下本《婚走》《如杭》中，沈丰英饰演的杜丽娘眉梢眼角都是情了。由于还魂，又来到梦中情人的身边，已由少女转变为少妇，杜丽娘的喜悦和对柳生的爱慕之情毫不掩饰地浮现在脸上。这时，她面部表情的基调完全不是娇羞和矜持了，而是大胆的"慕"，热烈的"情"。沈丰英尤其注重用眼睛传递爱慕之情，眼神可用秋水盈盈来形容。如在《婚走》二人成婚后，柳生唱"才酸转人面桃腮"时，她脉脉含情，充满对柳生痴情的爱。整出《如杭》中，丽娘对柳生的感情更为浓烈，因此她眉眼间始终洋溢着春意，看着夫君的面容和眼神多为含情脉脉。这些均反映演员对戏中人物的心理变化掌握得很准确，才会变幻出如此丰富的表情。

分层次、有对比地表现丽娘在上、中、下三本以及中本两个时期的脸部表情，沈丰英掌握得极有分寸。

即使是同样表现少女时的羞涩，她在不同场景也表现出不同的娇羞之态。

【步步娇】"我步香闺怎便把全身现"一句，唱"怎便"时，她露出的是微微的羞意。唱完【尹令】"生就个书生，恰恰生生抱咱去眠。"之后她娇羞地一笑，表现出二八少女想到梦中被俊俏的男子抱到牡丹亭，不由自主发出的一种纯情的含羞一笑。

在第七出《写真》中，她表现的羞涩又有所不同：

（旦）春香，你看我这画，画得可像么？

（贴）果然画得像。有小姐这样的容貌，只少一个……

（旦）什么？

伴随"什么"二字，她做出一个羞赧之状，表现很自然，没有造作的痕迹，而且这种羞涩表情，反映她希望春香说破此事的心理。没有深厚的功力，很难在一瞬间显露出这种神态。

沈丰英善于揣摩剧中人物心理变化而做出适当而准确的表情，这点在《寻梦》里尤为突出。整个《寻梦》一场，杜丽娘经历感情上的大起大落。起初她兴冲冲而来，想寻找前一天的美丽梦境，内心充满了期待。几支曲子唱完，到念白"寻来寻去都不见了"，处于失落的状态。然而她仍然抱着期望的心情回忆梦境，希望那美好的梦想突然出现，即便瞬间消失，她都情愿。在这一段，她忽儿感觉像梦幻重演，忽儿一切都不见了，其情绪处于欣喜，失落，再欣喜，再失落的迷乱之中。沈丰英很好地理解了作品这段杜丽娘心理反反复复变化的特殊状态，在表演中综合唱、念、做，将这一心理表现得细致入微。如两次在绝望中看到希望，又从希望回到绝望的表演，令人印象深刻。一处是唱"霎时间犹如活现"，另一处是"哦！是这答儿压黄金钏匾"。念到"哦！"的时候眼光放亮，脸部呈现惊喜之状，似乎找到与柳生相会的地方，然而又很快呈现出失望的神色，重新陷入绝望。她在这一场表现人物内心变化的表演，非常准确、细腻。

这一出戏表明，沈丰英很好地领会古典戏剧中人物所有情绪都要体现"美"的原则，在失落、失望、悲伤甚至绝望时，她仍能以眼光和脸部表情传递出一种哀中之美，而不是那种脸部扭曲、身体抽搐的形象。她用古典之美体现欢笑和悲伤，得到观众的赞赏和共鸣。

　　总之，沈丰英是运用脸部表情极为丰富的闺门旦演员。常见的喜、怒、哀、怨，远不能概括她的脸部表情所蕴含的内容，她可以根据场景的需要作出不同程度的慕、娇、羞、惊、嗔、悲等表情来表达内心的感受。特别是她的眼睛，如秋水般清澈，尤为传神，能够传递出青春少女各种微妙的情感。这正是当年白先生选中她的原因之一。

二、不仅掌握正宗的"水磨腔"演唱技巧，而且行腔"细柔甜润""嗓音若丝"形成独家特点

　　昆曲行腔优美，以缠绵婉转、柔曼悠远见长。昆曲极为看重唱功，唱功如何是衡量昆曲演员水平高低的重要标准。

　　昆曲之美是由独具特色的"水磨腔"体现出来的。行腔是否具有"水磨腔"的特色是衡量闺门旦演员水平的首要标准。

　　明末著名词曲大家沈宠绥在《度曲须知》说，经魏良辅改造的昆山腔，"功深熔琢，气无烟火，启口轻圆，收音纯细"。这几句话尤其"气无烟火"四字用形象的语言，刻画这种唱腔的委婉细腻、缠绵轻柔。明末另一位词曲大家王骥德在《曲律·论曲源》中更明确说，这种昆山腔，"婉丽妩媚，一唱三叹""美善兼至，及声调之致"。[1]"水磨腔"讲求的就是毫无烟火之气的缠绵轻柔的唱法，而昆曲的美感就在这里，闺门旦演员的艺术魅力更在于此。

　　经过对该剧中十几段经典唱腔的反复聆听，我认为沈丰英真正掌握了正宗"水磨腔"的唱法，行腔圆润流丽，给人以"气无烟火，启口轻圆"，"一字之长延至数息"的美感享受。在演唱上，她严格考究唱腔中的每一字的平、上、去、入，每唱一个字，都注意咬字的头、腹、尾，即吐字、过腔和收音；注重声音的控制，节奏速度的快慢以及咬字发音。她不追求唱腔的音量而注重音色的纯美，按照人物的情绪和曲牌的要求不疾不徐地吟唱。

　　昆曲极讲究各种润色腔的运用，润色腔运用得如何，是衡量演员水平的标志之一。沈丰英在演唱中，每个字都力求声腔有"古典的美"，极为娴熟地使用各种润色腔为唱腔增色。如她唱【步步娇】中"迤逗的彩云

偏"，将"云"字两个相连的"擞腔"（类似颤音）发挥得摇曳有致，非常动听。【醉扶归】中的"艳晶晶花簪八宝填"的"宝"字，她运用"罕腔"（上声字由高向低下滑）、"橄榄腔"（两头轻中间重）的双重润色腔技术，让这个字充满美感，极富美听之效。

在有一定难度并体现自身特点的字上，她处理得很完美。如【忒忒令】中"线儿春甚金钱吊转"的"转"字，她运用"罕腔"技巧，从高处大幅度滑落十余度音程，落到低音，再拉高二度，作长颤音，最后落到主音结束。

为使唱腔起伏多变，南昆讲究音的吞、吐、收、放，入声字的发音常用"短、断"的方式，造成极有特色的"断中有连"的效果。沈丰英对这种"逢入必断"的规则烂熟于心，在行腔中发挥自如。如"原来春心无处不飞悬"的"不"字，"便赏心乐事谁家院"的"乐"字，"淡春风立细腰"的"立"字，"拣名门一例"的"一"字，这几个入声字，她唱得抑扬断续，极富美感，听起来十分惬意。此外唱腔中起关联作用的"则"这个虚字，她唱得既短又轻，别有味道。

【山坡羊】长达六、七分钟，音域宽广，达到两个八度，唱腔上下起伏剧烈，"擞腔"等润色腔到处可见，是很难唱的一段。由于这段唱腔里难点众多，最为考验演员的行腔功力，本人一贯把它看作衡量闺门旦演员演唱水平的标尺。"蓦地里怀人幽怨"一句中的"地"和"里"字，需挑高音，用"假声"（小嗓），中间还有瞬间的停顿，沈丰英却唱得婉转、清丽，收放均恰到好处。"俺的睡情谁见"中的"睡"字，需要把"擞腔"揉在高低起伏的旋律中而不留痕迹，她将这处难点轻松越过，行腔流畅。"淹煎"的"淹"字，拖腔中有"擞腔"，有瞬间的休止，是该唱段的高潮，她以高超技巧唱出这个"淹"字，并以适当的动作和表情配合。至于"把青春抛的远"当中的"远"字，更是她唱腔中极有韵味之处，代表她唱腔的最高水平。

总之，她熟练地运用包括润色腔在内的各种演唱技巧，将工尺谱上复杂的符号，使其神奇地变为令人陶醉的昆曲旋律。

沈丰英不仅行腔圆润流利，而且她"假声"（小嗓）运用得极好，这使她的唱腔更富艺术魅力。

闺门旦行腔中大多运用经过训练而美化了的小嗓（假声），只有低音区用纤细的大嗓（真声）。"假声"的运用是昆曲极富特色之处，"假声"运用如何以及大小嗓相互转换是否自然，是衡量一位演员水平高低的重要标志。"假声"就像薄薄的笛膜被气流触及，发生颤动而发出的清亮而柔美的声音，极有感染力，是昆曲中最富有特色的技术，也是最吸引人的地方。某些优秀的闺门旦演员之所以让观众痴迷，就在于能够恰到好处地运用这一声腔，为唱段增色。

沈丰英在"假声"技术上可称为佼佼者，她的"假声"清丽悦耳，令人心醉，而且放得自如，收得利落。在【步步娇】中，几乎处处可听到她完美地展示自己"假声"及其关键的"亮字"，如"停半晌"的"晌"字，"可知我一生儿爱好是天然"的"可"字，"好"字。脍炙人口的【皂罗袍】【好姐姐】中也随处闪现她的"假声"字，如"良辰美景奈何天"的"何"字，"牡丹虽好"的"好"字，"闲凝眄"的"眄"字。即使是"雨丝风片"中处于低音的"风"字，她也能恰到好处地突出这个"假声亮字"。

如果说诗词、文章中有神来之笔一说，那么在【山坡羊】中"甚良缘，把青春抛的远"当中的"远"字，【忒忒令】中"这一答似牡丹亭畔"中的"牡"字，还有第七出《写真》【雁过声】"笔花尖淡扫轻描"中的"淡扫"二字，就是沈丰英"假声亮字"中的神来之韵，质量极高，反映她"假声"技术的最高水平。尤其是第一处的"远"字，彰显她演唱功力的深厚：能在低音区将这一"假声"关键字甩得饱满，且极有韵味，使人闻之心醉。

沈丰英不仅"假声"技术高超，而且在真假声转换的技巧达到纯熟的地步，如在"朝飞暮卷，云霞翠轩；雨丝风片，烟波画船"处于中低音区的唱腔中，既有纤细的、以真声为主的混合声，又有清亮的假声，还闪出"风"这个"假声亮字"，谁又能听出这几句中真假声的转换有刻意之处呢？

此外，昆曲还有"务头"之说。"务头"指一支曲中最重要的句或字，即所谓"做腔"之处，作词者都会在此填上华丽的文字或成语，而作曲者则把乐音向上提，使得唱者能够发挥出婉转动听的效果。明王骥德提倡，遇到"务头"，唱者要"揭起其音而宛转其调"。[2]民国期间有艺人在介绍《牡丹亭》唱腔的唱片时，提到【皂罗袍】【好姐姐】中，"雨丝风片""烟丝醉软"为本曲"务头"。而本人则认为，"烟丝醉软"可以说是"务头"之句，但"雨丝风片"并不符合"务头"的定义。青春版《牡丹亭》特点尤为突出的"务头"，隐藏在十几首经典唱段中间，而沈丰英则在这些"做腔"之处发挥得十分精彩，引起喜爱昆曲观众的称赞。本人试举几例，如【步步娇】"没揣菱花偷人半面"及其"菱"字，"我步香闺怎便把全身现"全句，【皂罗袍】中"良辰美景奈何天"及其"奈何"二字，【雁过声】"笔花尖淡扫轻描"及其"淡扫"二字，【倾怀序】"宜笑，淡东风立细腰"全句，还有"对垂杨风袅"及其"风袅"二字，【宜春令】"为春归惹动嗟呀"全句等。

仔细比较沈丰英在上、中、下三本中的唱腔，就可听出她在这三本中的唱法是不一样的。上本集中了该剧大部分经典唱腔，唱腔的特点是"细柔甜润""啭音若丝"，来表现娇羞的少女。到了下本，声音明显拉宽、放厚，但仍然保持声音的柔美。而中本则介于两者之间。

有人说她的唱腔是声"弱"游丝。的确，总体看，沈丰英行腔音量不大。然而，据我观察，她是有意控制音量以达到声音柔美的目的。如果知道她是按照张继青老师的要求，在这部戏中对以往的发声方法进行脱胎换骨的改造，使之带有"细柔甜润"的特色，就更能明白这一点。

两位明朝戏剧学者曾提到，改革后的昆山腔吸收了海盐腔唱法当中的优点，即"音如细发，响彻云际，每度一字，几近一刻""清柔而婉折，一字之长，延至数息"。明代艺术研究学者张元长曾评价魏良辅的度曲和演唱，说他"能谐声律，啭音若丝"。魏良辅本人也以"启口轻圆""收音纯细""啭音若丝"的标准演唱自己改编的曲调。[3]"啭音若丝"的意思是，行腔像鸟叫一样地婉转，又如同丝线一样被拉长而纤细。

1599年，汤显祖作为《牡丹亭》的作者被邀参加于滕王阁举行的《牡丹亭》首次大型演出。他写的"滕王阁看王有信（浙江海盐宜伶名角）演牡丹亭"的诗句，用"韵如笙箫气若丝"来称赞王有信的唱腔，表明他在行腔方面提出与魏良辅相似的看法，实际上与魏良辅不谋而合，即认为闺门旦在行腔时最好的表现方式，是不追求音量大而追求音质的美，要靠气息的推送，使音色纤柔、细腻，并将这种纤柔的音拉长，使之袅袅不绝。

"水磨腔"是昆曲唱腔的一般特点，每个演员在此基础上又有自己的独特之处，形成不同的风格。"细柔甜润""啭音若丝"就是沈丰英行腔的特点和演唱风格。这表明，她不仅悉数掌握张继青老师所教的发声之法，而且还基本达到两位昆曲先圣魏良辅、汤显祖当年对闺门旦演唱的要求。这是何等不易！

三、念白声音甜美、圆润，且在不同场景下念白特点各异

在一个剧本中，念白占很大比重。梨园向来有"千斤道白四两唱"的行话，深刻而形象地说明道白之难。昆曲历来重视念白，且对此有严格的规范。沈丰英的念白注重每个字平、上、去、入的咬字方式和发音的头、腹、尾韵的相互照应，不仅声音甜美、圆润，而且感情契合各种场景。例如：

第一出《训女》中，念第一句"爹娘万福。今日春光明媚，爹娘宽坐后堂，女孩儿敢进三爵之觞，少效千春之祝"。就反映出其念白声音甜美、圆润的基本特点。【山坡羊】之前的道白"默地游春转，小试宜春面。春呵春，得和你两留连，春去如何遣？"这段念白缓慢且有停顿，符合剧中二八少女的心理。尤其是"宜春面"的"面"字，她念得"糯"而"柔"。念"春去如何遣"的"遣"时，充满娇嗔之情，并用手指在案上划动，把少女惜春的心情表现得异常清楚。

丽娘在入梦后的少量道白也别有味道。柳生说："姐姐，你既淹通诗书，何不作诗一首以赏此柳枝乎？"丽娘羞怯怯地回问："那生素昧平生，何因到此？"声音柔和，略有控制，"此"字的拖腔也恰到好处。

柳生唱完"则为你如花美眷，似水流年"后，对她说："和你那答儿

讲话去。"丽娘望着柳生，犹如欲与风求欢的花草一样，根本没有力气拒绝。她含笑却不动，低问："哪里去？"这三个字的道白看似简单，却包含"羞、矜、喜、疑"的多种情绪，耐人回味。而且这三个字是首字重而长，显得不同寻常。此外，考虑到入梦后道白的特点，她尤为注意把声腔的音量控制到较低的程度。这不仅符合戏中意境，也让道白听起来更加柔美。

第七出《写真》中念白占了较大比重。这段戏之所以吸引人，除了情节和编导处理得好等因素外，饰演丽娘和春香的演员对白精彩也是重要原因：

（贴看画）画得好，画得好。

（旦）春香，你看我这画，画得可像么？

（贴）果然画得像。有小姐这样的容貌，只少一个……

（旦）什么？

（贴）少一个姐夫在傍呀！

（旦）春香，不瞒你说，自游花园之后，咱已有个人儿。

（贴惊介）小姐，怎的有这等事？

（旦）那是梦哩！

（贴）那梦里的书生是怎生模样？

（旦）那书生风姿俊雅，手持柳枝，要我题咏。

（贴）小姐，你可曾与他题得？

（旦）不曾题得。

（贴）后来便怎？

（旦）后来那书生与我说了几句知心的话儿，便携我同去牡丹亭畔，芍药栏。

（贴）小姐你记得这么真切。

（旦）痴丫头呀！

说这段对白精彩，一是对白中带有丰富表情。丽娘让春香说破心事，脸上流露惊异、激动的神情，主动承认"自游花园之后，咱已有个人儿"。春香几次惊讶、惊喜的神色也配合得很好。二是对白中的动作吸引人。丽娘念"那书生风姿俊雅，手持柳枝，要我题咏"。动作形象、准确。而此时春香的模仿也充满情趣。这些均说明，一句道白，在说话人丰富而适当的表情和动作配合之下，会产生强烈的感染力。

沈丰英在一般的念白上声音甜美、圆润，而在表示极度悲哀的念白拖腔上，更有突出特点。如念"那牡丹亭，芍药栏，怎生这般凄凉冷落，杳无人迹？好伤感人也！"的"也"字。【江儿水】之前的道白"我丽娘死后得葬于此，幸矣！"的"矣"字。这两处，一个"也"字，一个"矣"字的拖腔，像是在胸腔中发出，由低音渐向高音，而后幽幽绵延，声若游丝，变成一丝清袅的长吟，又重新回到胸腔中。

第九出《离魂》中，由于她十分投入，表演时感情外露明显。念"哦，蒙蒙月色，微微细雨"的"哦"字时，音量放出，表现丽娘的感慨、惊异。"蒙蒙月色，微微细雨"这八个字声音哀婉，充满凄凉之感，念得极不平常，又为之后的哀曲【集贤宾】和"奴命不中孤月照，残生今夜雨中休"的道白做好情绪、气氛上的铺垫。沈丰英很好地理解这八个字包含的人生悲剧，才念得如此动人心魄：今宵不可能出现秋月，在自己生命的最后时刻也不可能再见到梦中情人。

【集贤宾】之后二人的对白极见她的功力：

（旦）春香，这里来。

（贴）春香在这里。

（旦）这里来呀！

那第二个"来"字，声音从低到高，从弱渐强，产生撕心裂肺般的效果，催人泪下。这句道白真切反映丽娘自知命将休矣，而急需亲人在身边陪伴的心理。

梦境中的道白不同于清醒时的道白，作为鬼魂时的道白也与阳间的道白不同，它不仅更加缓慢，而且充满悲凉气氛，闻之令人同情。听过沈丰英在中本《魂游》中大量念白的人，便明白她准确地掌握了这种鬼魂道白的特点。

在这出魂游开场后，有一句"奴家杜丽娘女魂是也。只为痴情慕色，一梦而亡"的念白。"杜丽娘"三字让她念得极不寻常，声调凄楚哀婉，足以使人堕泪。

第六出《幽媾》中，丽娘的情魂经过一番生死考验来到人间，又听到柳生几次高呼低叫"姐姐，我那嫡嫡亲亲的姐姐呀！"逐渐被唤醒，开始有了人的各种特征。与朝思暮想的梦中情人相见，在一轮相互了解后，她念"奴家真个盼着你哩！"这一句道白充满百般柔情，是由衷发出的爱的呼叫，与之前凄楚哀婉的道白形成明显的差别。下本第一出《婚走》中，念"柳郎，奴家依然还是女身。"声音轻柔，充满温情。念到"女身"二字时声音控制得更轻，还显露一丝羞意。

沈丰英还能按自己的思考，把作女魂时的道白念得具有一定的恐怖感。中本第八出《冥誓》中，当柳生问她"不是人，难道是鬼？"她念"是鬼也"。这"鬼"字声音微抖，"也"字，微抖且拖长，听之似有鬼魂发出的阴森感。据说她在练习和演出时，一遍遍揣摩这两个字的发音，把握其阴森感的"度"，以自己和扮演柳生的俞玖林都被"震到""吓到"为准。而念另一句"妾若不得复生，必痛恨君于九泉之下！""之下"二字每个字都拖长并渐强，产生极大的震撼力，扣人心弦，体现出丽娘在关键时刻也有威严的一面。

四、"做"功底蕴深厚，尤以舞蹈化的肢体语言见长

沈丰英的"做"同样很见功夫。在《牡丹亭》中，舞蹈，尤其是带水袖的舞蹈表演占据重要地位。舞蹈化的肢体语言和水袖表演相交融，增强了戏曲形体的表现力，再加上唱腔便达到使观众的视觉、听觉感到双美的艺术效果。这些属于导演的设计意图，被她极好地领会贯彻了。

沈丰英做功中大多时无道具，完全靠手、眼、身、法、步表现人物内心。即便用道具也很简单，就是一把折扇。然而这把折扇在她手里却像富有生命的活物，发挥了显著作用。

唱【皂罗袍】时，她与春香一把折扇，一把团扇舞得满场生辉。这段二人扇舞可称美轮美奂。唱"朝飞暮卷，云霞翠轩；雨丝风片，烟波画船"时，她的折扇时开时合，水袖左右抛收。美词、美曲与美人、美舞同时发生效应，怎能不造成全场惊艳的效果呢。

唱【嘉庆子】"是谁家少俊来近远，敢迤逗这香闺去沁园"时，她用一把折扇在脸前变换位置，表现出少女左顾右盼的情态，十分传神。【忒忒令】唱"这一答似牡丹亭畔"时，她用两手各捏住开扇的扇柄，时左时右地遮面，似乎羞见梦中与书生幽会的地方，让人感受到她身为少女的纯洁之情。唱"嵌雕阑芍药芽儿浅"的"芍药"时，她则用手掌和张开的扇面微微上下舞动，仿佛扇出了一片芍药的嫩芽。

该剧编导突出了水袖的表演，并赋予它的特殊功能。一是暗示内心情感：水袖轻柔地收放表示内心平静，水袖上下左右飞扬则体现感情起伏激荡；二是运用水袖为演员的舞姿添加美感。她很好地理解了编导的用意，并将其表现在舞台上。

如果说折扇是沈丰英身外的道具，那么水袖则是她"身上的道具"。《牡丹亭》里杜丽娘的水袖是超长的，她却能将水袖抛收自如。然而，这还属基本功。在戏中，经常出现她双手正抛、反抛、两手不同方向的斜抛水袖的表演，做出一连串水袖组合动作，令人目不暇接。颜色悦目而超长的水袖翻飞，不仅精彩纷呈，而且用意象的手法恰当地显露人物的内心。

【步步娇】里唱"摇漾春如线"时，她配合唱词的意象，多次正抛、反抛水袖。在唱"没揣菱花偷人半面"这八个字时，她抛水袖的动作更大、更频，再穿插正面照镜、反面照镜的典雅动作和姿态，使这段她与春香二人边歌边舞的表演精美绝伦。

【山坡羊】里唱"蓦地里怀人幽怨"中的"怀人"和"幽怨"时，用斜抛水袖反映人物烦闷的心情。【嘉庆子】里"他捏这眼，奈烦也天"这句，唱到"奈烦"时，她双手先作前抛袖，后作双背袖姿势，并模仿柳生的走路姿态，妙趣横生。

丽娘入梦，与柳梦梅相见，梦境中二人有一场最为精彩的双人舞。柳梦梅唱【山桃红】"则为你如花美眷，似水流年，是答儿闲寻遍"时，二人的水袖表演开始表现相互爱慕的心意。在唱"在幽闺自怜"时，双方水袖的表演达到高潮。最后，她反抛水袖，让长长的水袖虚搭在柳生的水袖上，再慢慢地拉回，暗示丽娘对柳生缠绵不舍的情感。动作舒缓优美，令人赞叹不已。

在下本第一出《婚走》中，唱"女儿身依旧含胎"时，她面向柳生，反抛水袖，接着背向观众做了一个完美的水袖"相映红"造型，然后缓缓转身，侧身定型，动作极其优雅。在合唱"问今夕何夕？此来魂脉脉，意恰恰"时，二人大幅度地抛出水袖，恰如一对彩蝶翩翩起舞。在这些水袖的表演中，她将水袖抛起的高度、角度、力度都掌握得恰当到位，并与音乐的节拍相吻合。

在《冥判》中，她出场抛收水袖，随着音乐的加强，双手将水袖向侧上方抛出，随即做了一个反抛水袖的"望山"姿势。表现杜丽娘见判官，首先她逆时针作了六圈三百六十度的大旋转，然后两臂斜向上抛撒开水袖，最后做出一个优美的"卧鱼"姿势。在判官要她"抬起头来"时，她跪着向后做了一个大幅度的下腰，其幅度之大，近乎是武旦的动作。

沈丰英作为闺门旦演员，为何能做出这样的动作？观看到沈丰英的练功视频，既解开我的谜团又使我吃惊：她经常进行的基本训练不但包括唱念的"嘴功"，还有各种形体功。如有一个双手握杠，向后下腰，同时向后上方单脚踢腿，努力接近头部的动作，她反复多次。不仅如此，这些形体的基本训练每项都按规定时间进行。为了表现杜丽娘鬼魂在舞台上"飘"，她每天踮起脚尖跑圆场，训练用的花鞋穿破了十几双，耳朵时常嗡嗡响，什么都听不到。看到她接受这些严格的形体功训练就会明白，她为何能在台上娴熟地展示近乎武旦的动作。

另外，许多人不知道的是，她刚进戏校，最初指定学的是武生（还不是武旦），以后才转为闺门旦。这段武生的学习和训练，为此后她的表演奠定了身段上能硬能软，能刚能柔的基础。

五、以超常的耐力表演超长的足本大戏

如果是唱一段经典唱段或者演一出折子戏，演员可以有充沛的精力将表演功夫发挥到极佳的状态，让舞台效果达到最好水平。然而该演员要演一场全本戏，其整场的表演质量就是另一回事了。

昆剧青春版《牡丹亭》还不是一般的全本戏，它是个将近9小时的连

本大戏，演出时间之长堪称史上之最。中华人民共和国成立后，昆剧《牡丹亭》从未上演过足本。近年上昆、江苏省昆等相继排演出改编本的《牡丹亭》，也曾赴美国、我国香港地区等地演出，然而扮演杜丽娘的，都分别由两三位演员担任，没有一位杜丽娘的扮演者从头至尾演出过足本。显然，这种做法是考虑到，自己剧团的任何一位优秀演员都无法独自承担如此重的戏份，这个繁重的舞台表演任务只好交由两三人分担了。而白先生等主创者却做出了该剧杜丽娘一角由沈丰英一人扮演的决定。这项决定可谓有利有弊。其好处是让最优秀的演员自始至终出现在舞台上展示其艺术魅力，还可避免杜丽娘由两三人扮演可能带来的观众遗憾或不满。弊是风险，这创出了演员上台时间最长的历史纪录。沈丰英能否经得起对自己精力、体力最大极限的挑战呢？这令人担心。

　　青春版《牡丹亭》杜丽娘一角不仅从头至尾都由沈丰英一人扮演，而且她的戏份儿非常重。根据央视视频的上、中、下三本的时间计算，她上台时间约占全戏总时间的一半以上。这部戏里，杜丽娘的重头戏是上本，经典唱段几乎都集中于此，如第三出《惊梦》中的三段【步步娇】【皂罗袍】【山坡羊】。尤其是第五出《寻梦》一场，共六个经典唱段，唱腔一段接一段，几乎没有停息的时间。从全剧出场开始，到《寻梦》最后一支【江儿水】终了，约一个多小时，她要一直在台上表演。《寻梦》结束后，她才赢得宝贵的喘息时间。由于第六出《虏谍》、第八出《道观》都是很短的，她稍事休息后，还要接着上场演第七出《写真》和第九出《离魂》。

　　可以看出，上本里杜丽娘一角的戏份儿是重中之重，整个演唱下来都绝非易事，何况还要保证每段演唱及表演都处于高水平。这是对一个演员精力、体力的巨大考验，其难度可以想见到。然而沈丰英的表现却化解了人们的疑虑，她在台上举重若轻，游刃有余，凭着多年积累的深厚功夫和坚强的毅力，从容不迫地将每段表演尤其是唱腔都发挥到极佳水平，看不出她在表演中的某个细节有丝毫的破绽。

　　不仅如此，沈丰英在这里还面临"独角戏"的挑战。《牡丹亭》上本共九出，她一人主演了六出。其中《寻梦》是她的"独角戏"，第七出《写真》和第三出《惊梦》的大半场是她与春香的二人戏，第九出《离魂》也基本如此。戏曲舞台上，艺高的演员喜爱"独角戏"，因为这可以充分展示自己的才艺并接受极大的挑战，而普通的演员都避而远之。"独角戏"的风险在于，演员唱念做的功力稍有弱点，就会造成"冷场"，哪怕是短时间的"冷场"都会让观众感到平淡乏味而坐不住。然而，她主演的《寻梦》却成为非常精彩的一出戏，《惊梦》和《写真》也同样吸引人，没有瞬间的"冷场"现象。

《写真》实际是上本当中很难演的一出。"写真"之前，就有不少道白和一段唱腔。"写真"时，她边唱边模仿作画，难度极高。【雁过声】【倾怀序】这两段唱腔之间只有短暂的停息，可以说是连续唱的，其间充满各种难点，如"笔花尖淡扫轻描"和"对垂杨风袅"中都有高音字。这段表演中还有拭镜、清笔、照镜画像、摆出姿势对比画像等诸多动作，尤其是边唱边模仿作画，下笔动作不容出现丝毫偏差。整个"写真"过程，大约持续五分多钟。昆曲唱腔中间没有"过门"，演员一唱到底，须一气呵成。而且，"写真"时的边唱边做是相当吃力、费神的。然而，人们看到，这些昆曲表演中的难点似乎都被她化解于无形之中。

以超常的耐力表演超长的足本大戏，这是沈丰英的本事，这种本事非常人所有。正是因为这一独特经历，造就了她这位出类拔萃的艺术人才。

六、继承传统产生强大的艺术生命力

沈丰英为何能极为成功地饰演杜丽娘的角色，以"水磨腔"的唱法，做到行腔缠绵轻柔，启口轻圆，尤其能悉数掌握《牡丹亭》的正宗"套路"？这除了自身的因素外，更有传承渊源。

沈丰英师承张继青老师，而张继青受教于民国初年"昆曲传习所"训练培养出的"传"字辈姚传芗。在传承意义上，沈丰英也就隔代继承了"传"字辈老师傅一脉相传的表演风格。

张继青年轻时，姚传芗老师手把手地教她《牡丹亭》，特别是其中的《寻梦》一出。张继青一招一式地学，她默记了姚老师的指点，掌握了难度很大的独角戏《寻梦》。姚老师曾十分满意地说："张继青是所有学过

《寻梦》里表演最出色的。"张继青唱念做均属一流,尤其唱功深厚,行腔缠绵婉丽,以正宗的"水磨腔"唱法形成独家风格。可以说,她是国内对《牡丹亭》的表演最有研究的艺术家。20世纪80年代她成功扮演昆曲电影《牡丹亭》中杜丽娘一角,在业内有"旦角祭酒"之称,昆曲《牡丹亭》则成为"张派"嫡传的经典戏剧。专家们总结张继青艺术上的特点主要有两方面,其一是表演上能运用传统的技巧、程式,细致地塑造人物;其二是唱念方面比较规范、讲究。

《牡丹亭》杜丽娘一角早已形成较为成熟的唱念做规范即"套路",以及俗称为"范儿"的风格,这些无不在张继青的脑海中。即便在当代,传统的口传心授的教法仍有很重要的价值。在《牡丹亭》排练中,从唱腔到动作乃至抛水袖的细微处,张继青都耐心反复地教授。沈丰英刻苦勤奋地按照老师教的做,一招一式都学得极为认真。一个抛水袖动作,她要按照老师的要求反复做几十次,直到老师满意为止。抛水袖动作的传授是这样,每一唱念做的教和学同样如此。成百上千句唱词和道白,千变万化的动作和舞姿都是在"磨戏"中定型的。在杜丽娘的唱念做特别在唱腔上她取老师之长,形成具有自身特点的"张派"风格。

《牡丹亭》让沈丰英的唱腔发生脱胎换骨的改造。张老师要求她按照剧中人物的性格,在上本中的唱腔发出"细柔甜润"的音色,方法是用气息把细柔的声音推出去,做到"气若游丝"。这样声音虽然轻柔,但音质极高,且符合"娇莺欲语"的身份。这种发声技巧非常之难,让她一时都找不到发声的方法。经过巨大的努力,她终于找到这种发声的方法和技巧,并把这种具有"细柔甜润"特色的唱腔掌握和演绎得极为完美。

以长达六七分钟、全剧中难度很大的唱段【山坡羊】为例,对比张继青和沈丰英这段表演可看出,无论是唱腔还是动作,二人仿佛都如出一辙。然而仔细观察就会发现,在唱腔或动作的细微之处,二人又有所不同。沈丰英的这段表演有所发挥,其表情、动作更加细腻。如唱首句"没乱里春情难遣"的"春情"时,起初微微仰面,神情充满期待,此后脸部向左偏转,同时眼神也缓慢地转到左眼角,唱到"难遣"时眼神和脸部又缓慢地回转。"蓦地里怀人幽怨"一句唱到"怀人"时,她加上手指在胸前微动的动作，让人物心潮起伏的内心变化体现得更为清楚。唱"把青春抛的远"时，用"假声"把"远"字甩得十分饱满，使这个"假声亮字"成为她唱腔中最有韵味之处。

这说明，沈丰英很忠实地继承了老师的"绝活儿"，同时又结合自身的优势，进一步发展了这些"绝活儿"，才使该唱段极为出彩。她曾谈过关于传承的感受："以前学，流于表面化，就学学动作。现在张老师、汪老师要求内在的东西，一个眼神，一个表情，完全要看你的脸。你的感觉是怎样的，自己的形体就能表现出来。"这段话解释了她演技水平提高的原因在于，认真吸收老一辈优秀的东西，表演由内及外，还要充分发挥自己的特长，让表演更有艺术魅力，更富有内涵。

七、沈丰英在青春版中的艺术魅力探究

昆剧青春版《牡丹亭》取得轰动效应的原因是多方面的，编剧导演的成功改编、创作，音乐、舞美、服装中运用现代因素等都是其中原因。除此之外，几位年轻优秀演员的惊艳亮相更是重要原因。正是苏昆的沈丰英、俞玖林、沈国芳等人凭借扎实的基本功和严格的训练，充当主角，挑起大梁，该剧才会赢得众多观众，尤其是青年观众的喜爱，取得国内外连续上百场的火爆场面。在宣传海报中，沈丰英扮演的杜丽娘那惊鸿一瞥不知让多少观众尤其是青年学子为之倾倒。无疑，正是沈丰英塑造的杜丽娘这个女主角清新妩媚的舞台形象，产生了巨大的艺术魅力，为新版《牡丹亭》增辉添色，该剧才取得如此火爆的局面。

这不禁使人要问，什么是艺术魅力？其实，通俗地说，艺术魅力就是靠美来吸引人、感染人、打动人。

那么，美又是什么？美，即是哲学命题——包含主、客体之间关系，又与艺术紧密相关。对观众来说，通过视觉、听觉感受到的，使自己身心发生愉悦的一种神奇因素就是美。

在杜丽娘一角扮演上，沈丰英通过中国古典淑女的扮相和气质，细腻的脸部表情变化，正宗"水磨调"且富有"细柔甜润""啭音若丝"特点

的南昆唱腔，甜美的念白，袅娜多姿的舞蹈，加上娴熟地抛收夸张而飘逸的水袖，能够把观众引入到幻梦一般奇妙的艺术境地，让人们领略到真正的昆曲之美而如醉如痴。一位评论者对她的赞誉也许代表了广大观众的心声：

"现场沈丰英饰演的丽娘之美，让我爱极了。于远观之中，那略略低眉颔首的羞涩姿态，那微微上扬的万分淑仪的嘴角，那水袖轻挥的盈盈身段，那柔弱细软又声声含情的唱腔和念白，一个端美淑仪、清心玉映，温柔似水又内心炙热浓烈的宋代大家闺秀，就这样把我们带进了她生生死死的爱情神话里。"还有学者对她的表演艺术作出"耐听、耐看、耐琢磨"的评语。[4]我认为，"耐听、耐看"是指，观众的视觉、听觉被她的眉目含情之美，在唱念做，尤其是舞蹈抛水袖等表现出的传统大美深深吸引，使他们如饮甘泉，精神上享受着极大的愉悦，而愿意反复地观看和聆听。这种古典之美有百看不厌，百听不烦的魅力。"耐琢磨"是指，她在表演中神情的变化，水袖动作的含义等，经不断反复玩味，可体会出新的感觉。还可以将她的唱、念、做与其他演员做横向比较，琢磨出她的表演特点。当然，三个"耐"也有她的表演艺术能够经得起时间考验的意思。

沈丰英曾用过"气场"一词。何为"气场"？我认为，"气场"与物理学中"磁场"现象有相似之处，是演员在舞台上的表演发生了如磁石产生磁力一般的神奇力量，紧紧吸引住观众的一种因素，即艺术魅力。这种魅力是无形的，但确实存在。只有极为优秀的演员才能做到这点。

沈丰英在《牡丹亭》中同时进行唱、做、舞产生一种全方位之美。本人挑选出几处这种最优美的表演，如：

【忒忒令】"一丝丝垂杨线"一句，唱到"一丝丝"时，右手手指在脸庞的右侧作缠绕状，并俏皮地眨动眼睛，眼角望着手指，然后渐渐抬头，眼望上方，仿佛看到柳丝拂面。同时，左手仍保持两指倒夹折扇的优雅姿势。

【步步娇】唱"迤逗的彩云偏"做照镜状，眼神专注，双手从水袖中抖出，纤细的双手手指先在脸庞的右侧，再到左侧，一手改为立起来的手掌，做整理头发状。

【嘉庆子】"是谁家少俊来近远"一句，唱"谁家"时，眼神缓缓地转到左眼角，然后又从左眼角缓慢地转到右眼角，表示沉浸在美好的梦境中，回忆到底是谁出现在自己的梦中。唱"来近远"时，用一把折扇在脸前变换位置，表现出少女左顾右盼的情态，不仅唱腔优美，其表情、神态更是楚楚动人。

《幽媾》中的【宜春令】唱"斜阳外，芳草涯"，清亮、柔美的"小嗓"令人陶醉，在唱"没包弹风藏叶里花"时，美词、美曲，加上她的美声和优美的转身身段同时呈现出来。

《写真》中的【倾怀序】"宜笑，淡东风立细腰。"作为"务头"的这句，词曲设计得都尤为精妙，她也没辜负词曲作者的精心设计，将这句唱得抑扬顿挫，充满美感。在唱"宜笑"时，她侧身手指画像，面露微笑。此时，用"巧笑倩兮"这句《诗经》里的诗句形容画像内外之人的古典美是十分恰当的。

总之，沈丰英将杜丽娘这个人物超凡脱俗的特点表现得淋漓尽致的同时，也把她身上所具有的古典之美奉献给每一位观众。

沈丰英最明显的艺术优势在于全面，其扮相、表情、唱、念、做均属上乘。同辈的某些昆曲名家也许在以上各项的某一项中能够接近或超过她，但如果综合评定，各项分数相加，她的总分无疑是遥遥领先的。更何况，她还有超常的耐力，是在超长的足本大戏中进行表演的。

在昆曲界流传着一句话：每个闺门旦演员都向往《牡丹亭》中杜丽娘的角色，但她们当中并不是每个人都能出演杜丽娘而站到舞台中央。由此可见，杜丽娘一角的表演难度非常高，这个角色被称为昆剧闺门旦的行当魁首。央视 2009 年版中的杜丽娘形象，是她演艺生涯中竖起的一座丰碑。十余年过去了，沈丰英塑造的杜丽娘接受了时间的考验。本人认为，在她之后国内舞台上出现的几位"杜丽娘"，没有在整体艺术水平上接近她，更遑论超过她。

汤显祖极为重视剧本的"意、趣、神、色"，[5]而《牡丹亭》剧本的确体现了这四种特色。那么，能否让观众感受到这些特色，就要看演员的艺术水准了。我认为，通过沈丰英的表演，400 多年前汤公所确定的这四种戏剧特色已为多数观众所领会。

任何演员的艺术水平都是通过舞台实践获得提高的。没有一次次的舞台演出，是不可能造就一流演员的。沈丰英通过近300场的舞台实践，使自己的艺术达到精湛的地步。她是时代的幸运者。

然而，艺无止境。尤其对青年演员来说，在各方面技能还需进一步提高、完善。此外还应看到，青春版《牡丹亭》是在一年内排练成的，其中包括演员的强化训练。如此浩繁的经典戏剧只用一年训练加排练便上台演出，实在有些短了。演员短期强化训练虽有效，但对长期效果而言终究有限。好在有十年的"以演代功"，对演员各方面的功夫有所补益。真正要切实提高艺术水准，仍需持久、扎实的训练。

愿沈丰英永葆艺术青春。

参考文献：

[1] 顾笃璜.昆剧史补论[M].南京：江苏古籍出版社，1987：16；詹慕陶.昆曲理论史稿[M].杭州：杭州大学出版社，1996：104.

[2] 王骥德.方诸馆曲律[M].北京：生活·读书·新知三联书店，2014：64.

[3] 魏良辅.曲律[M].北京：生活·读书·新知三联书店，2014：30；顾笃璜.昆剧史补论[M].南京：江苏古籍出版社，1987：17.

[4] 沈家庄.沈丰英昆曲表演艺术魅力及成因初探[J].中国戏剧，2008（1）.

[5][6] 詹慕陶.昆曲理论史稿[M].杭州：杭州大学出版社，1996：110；45、46、47.

昆剧青春版《牡丹亭》真有这些问题吗

昆曲申请"非遗"成功的三年后，一部昆剧青春版《牡丹亭》问世。它于 2004 年首演之后，一发不可收拾，演出热潮持续十年左右。该剧从首演至今已接近 20 年，演出热潮早已退去。然而，近年来对该剧的评论、批评却持续不断。

2020 年 5 月署名"文化永生"的网络文章，是本人见到的一篇只有论点却无论据的短文（也许是节选篇），文章虽短却有代表性。其论点是：

一、承认"对部分情节的删去比较合理"的同时，批评"对有些情节大删大改，失去了原作的韵味，反而像大众文学平平淡淡的爱情故事，看不出其名家的内涵所在了。"

二、"任用的演员实力不佳。二人扮相惹人喜爱，但其基础的功力有点拖后腿，无法把唱词中一字一句地表达出来。名家听到了，必然会因为这样一种漏洞对其进行批评。"

三、是"过于迎合青年。昆曲经历了几百年历史，其韵味及内涵是独特的。如果硬要与当下的时代相结合，那必然会导致本貌的缺失。"

此外，还有几篇批评文章，其观点与上述的大致相同。

—

先看批评者的第一个论点。

"文化永生"批评青春版《牡丹亭》"对有些情节大删大改，失去了原作的韵味"。另一篇文章则批评"改戏改得太多余，不是说改戏不好，但有些地方改的真的很多余，对照原著，完全没有改的必要"。由于语焉不详，让人不知是指哪部分情节的删去比较合理，对哪些情节"大删大改，失去了原作的韵味"。而"对照原著，完全没有改的必要"一句批评，说得很轻松，却不知所指。

不知以上批评者是否认真看过《牡丹亭》原作剧本，是否理解"戏曲文学与舞台演出虽有紧密联系，但二者并不是一回事"这句话。

《牡丹亭》剧本是汤显祖作品中的"上上品"，一经问世，便在当时的戏剧文化界引起了轰动。当时不少文人学士们手捧印出的剧本早晚诵读，称之为天下第一本好戏。官僚士大夫家中的昆剧班也加紧排练，使得主人尽早看到舞台上的《牡丹亭》。然而他们看到都是《牡丹亭》的折子戏，如《游园》《惊梦》《寻梦》等。

诚然，汤显祖是明代伟大的剧作家，他创作的"临川四梦"中的《牡丹亭》不仅是一部极为吸引人的传奇作品，而且这部作品还闪烁着人文主义思想。然而，也应看到，由于历史的局限，还有作者受到同时代创作剧本风气的影响等因素，他的作品也有明显的缺陷，其突出地表现为繁杂、冗长。《牡丹亭》原作共55出，大约九万字。在《牡丹亭》中，汤显祖不吝笔墨，下笔洋洋洒洒，大肆铺陈，每一出都有大段与情节、与主题无关或较少关联的内容。历史上从来没有一个剧团上演过55出的《牡丹亭》，其原因除了当时剧团的能力外，最主要在于《牡丹亭》原作剧本篇幅庞大，如原封不动地把原作搬上舞台，估计要演30至40小时，就是分成四、五部分演，台上的演员会演得吐血，台下的观众也会累得看不下去。更为重要的是，每一出如按原作上演，某些无甚亮点、气氛、高潮的折子只能让观众感到兴味索然而昏昏欲睡。即使是《惊梦》《寻梦》《冥判》这样的好折子，其亮点也会埋没在烦冗的铺陈之中。

对《牡丹亭》原作剧本进行改编的灵魂人物是白先勇先生。他邀请两岸三地对汤显祖和《牡丹亭》有多年研究的专家组成编剧小组，对原本进行删改编写，白先生也参加其中。他们对汤显祖的原本以及各种经过改编的版本认认真真地琢磨了五个月，把55折的原本，撷其精华最终删减成

27 折。从第一出《标目》演到最后一出《圆驾》，基本上保持了剧情的完整。第一本启蒙于"梦中情"，第二本转折为"人鬼情"，第三本归结到"人间情"。这样的编排构思，顺理成章，自然和谐。

明清戏剧大师李渔在《闲情偶记》中，提出了有关戏剧的一系列原则。如戏剧结构，他提出"立主脑、剪头绪"和"缩长为短"的主张，即确立戏剧的主线，删去与戏剧事件无关的枝节，使整个戏剧更加凝练、精干。[2]青春版编剧对原作剧本进行的改编，体现了李渔的这一戏剧主张，对原作剧本进行大幅度地删减合并，使整体结构基本合理。这主要表现在：

与主旨思想无关或联系不甚紧密的部分整出都删掉。有关金朝及其附庸，还有淮扬抗金前线的戏，如第 15 出《虏谍》、第 38 出《淮警》、第 45 出《寇间》、第 46 出《折寇》等，共有八出，占了很大比重。经大幅删改，只保留了几出，其他的都删去。不仅如此，保留的各出都大为压缩，有的在舞台上的表演只有三、四分钟，算作背景交代。

将原作中几出合并为一出，是改编最常用的手段。它以保障故事情节的完整性为前提，将各出中精华部分取出糅成一出，删除大部分无用的部分。如把第 4 出《腐叹》、第 5 出《延师》、第 7 出《闺塾》合并为《闺塾》；把第 9 出《肃苑》、第 10 出《惊梦》合并为《惊梦》；把第 29 出《旁疑》、第 30 出《欢挠》、第 32 出《冥誓》合并为《冥誓》。

对原作中有意选用的某一出戏也进行适度删改。下面以第 23 出《冥判》为例较为详尽地说明。

原作中判官出场后便有大量自白以及判官和小鬼的对白，长达一千多字。这段冗长的道白结束，判官叫出花神后，又与花神展开花名的对接：

〔净即判官〕数着你那胡弄的花色儿来。〔末即花神〕便数来。碧桃花。〔净〕他惹天台。〔末〕红梨花。〔净〕扇妖怪。〔末〕金钱花。〔净〕下的财。〔末〕绣球花。〔净〕结得采。〔末〕芍药花。〔净〕心事谐。〔末〕木笔花。〔净〕写明白。〔末〕水菱花。〔净〕宜镜台。〔末〕玉簪花。〔净〕堪插戴。〔末〕蔷薇花。〔净〕露渲腮。〔末〕腊梅花。〔净〕春点额。

以上还是对接花名的一部分，下边还有一大半呢。这种传统戏剧中经常出现的对口，用得恰当能活跃气氛，但超大段地用在舞台上，尤其是在这里显然是不合适的。从观众的心理说，他们急切地等待杜丽娘的发落结果呢。

青春版编导让判官出场几句话后就问"那枉死城中还有几宗人犯，未曾发落"，引出杜丽娘女魂的上台亮相。

经过改编，丽娘女魂的命运既简明又分层次地展现在观众面前，让观众的心情随着她命运的变化而上下起伏。起初判官断决"这女子是慕色而亡，贬在燕莺队里去罢"。这意味着丽娘将变为燕子或黄莺，永不能返回人间。花神急忙为她求情，说她"乃梦中之罪，且他父亲杜宝为官清正，单生一女，可饶"。判官似有所动，却不敢独断，说"当奏过天庭，再行议处"。判官这种态度让丽娘女魂之命运悬而未决，前途未卜。在生死关头，丽娘女魂果断求判官查查"女犯的丈夫，还是姓柳姓梅?"判官阅过婚姻簿，查明"有个柳梦梅，乃新科状元也。妻杜丽娘，前系幽欢，后成明配"，决定放她出枉死城，"随风游戏，跟寻此人。功曹给一纸游魂路引去，花神，休坏了他的肉身也"。这样几经周折，丽娘女魂终获最好的结果，之后便引出《魂游》《幽媾》《冥誓》《回生》等戏。《冥判》中，有不少亮点，而且这些表演还有含义。判官吐火，又从杜丽娘头上跳下的动作，是表现判官的威猛和冥界的可怕。杜丽娘见判官，她逆时针作了六圈360度的大旋转，表现她具有为爱情坚贞不屈的意志，此后她又瑟瑟发抖，符合未经世事的官宦小姐的心理。可以说，青春版编导在这出《冥判》上的改编是相当成功的。

主创团队根据戏剧创作的特点、规律，观众的心理等，制定出"每一折戏都有各自突出的亮点"的原则，既不能太喧闹，也不能造成冷场。这也暗合李渔关于戏剧编导要合情合理地调剂舞台场面"冷"与"热"的观点。

编改后的每一出戏都有突出的亮点。有的以奇妙诡异的情节取胜，有的以曼妙的水磨腔唱段吸引人，有的则以身着精美衣裙的女子的群舞制造如梦如幻的场景来征服观众，有的还制造恰当的噱点让这一出戏富有喜剧色彩。总之，主创团队的顶层设计，就是让编改后的剧本，要在舞台上具有精彩呈现的效果，能够吸引住观众。

编导贯彻"每一出都有突出的亮点"的原则，在第2出"闺塾"中得到充分体现。

由原来《腐叹》《延师》《闺塾》三出合并而成青春版的《闺塾》，经过大幅删改和提炼，变得极为精炼、精彩。一些剧种有一出折子戏叫《春香闹学》，就是根据《牡丹亭》原作改编的。在这出戏中，春香是调动其他人物的关键，是主角。青春版编剧借鉴《春香闹学》的长处，为进一步烘托气氛，在"闹学"方面下足了功夫，让她"闹学"闹得痛快，便删去了很多枝枝蔓蔓的内容。如原作中陈最良让春香取文房四宝来模字，光是墨、笔、砚、纸就有不少絮叨的对话。青春版删去这些，只突出"闹学"这个亮点。编剧利用春香爱抢话、反应机灵的性格特征，制造出一波接一波戏弄、嘲讽老夫子的小高潮，让观众忍俊不禁。

原作中陈最良叮嘱道"如今女学生以读书为事，须要早起。〔旦〕以后不敢了。〔贴〕知道了。今夜不睡，三更时分，请先生上书。"之后春香并没有"制造事端"。青春版让春香在这里借题发挥、发难，先戏弄了先生一次。原作是丽娘遵嘱念："关关雎鸠，在河之洲。窈窕淑女，君子好逑。"青春版改编为让春香背，设计出春香背不出诗，又想偷看，经数次提句才勉强背出，还自称"烂熟"的喜剧情节。以下几个情节虽是原作中有的，但经青春版编导的改编、设计，喜剧味道更加浓重，人物特点更为鲜明。例如，听到先生说："雎鸠是个鸟，关关鸟声也。"春香便追问："这鸟是怎样叫的"，实际是"挖坑"让先生跳。陈最良果然中计，跟着春香学鸟叫，之后才觉大失体统。他接着说："此鸟性喜幽静，在河之洲。"春香马上抢话道："俺衙内关着个斑鸠儿，被小姐这么一放，它就得儿一飞，飞到何知州衙内去了。"让观众体会出其中的幽默之意。还有她无聊了就倚椅打瞌睡，借"出恭"即溜等喜剧节点，让青春版的导演发挥得十分充分。此外，导演还一再叮嘱扮演春香的演员为"挑气氛"，要放开表演，充分展现这个十三四的"花面丫头"的聪明、活泼、调皮。当然，在"闹学"的热闹气氛中，编剧也没忘记表现《关雎》对一旁似乎静坐的丽娘促生思春的启蒙作用。

本人认为，青春版《牡丹亭》剧本不仅在思想性上突出汤显祖"至情"的理念，而且在结构上大大扭转了人们原先对《牡丹亭》的认识。在此之前，《牡丹亭》从未完整地出现在舞台上，人们看到的只是《游园》《惊梦》等折子戏，张继青主演的电影《牡丹亭》算是较为完整的一版，也只演到《离魂》为止，让不少观众误以为这就是全剧了。

可以说，青春版编剧对《牡丹亭》原作剧本进行大刀阔斧地删改是完全必要的。没有如此魄力的删改，就根本无法将《牡丹亭》全剧搬上舞台，世人也就看不到全本的昆剧《牡丹亭》。

青春版剧本不仅上、中、下三本的篇幅较为均衡，内容联系紧密，而且戏中两条主线分明且大致均等，这是剧本改编最大的成功之处。

两条主线即围绕杜丽娘和柳梦梅的戏平行展开。以往演《牡丹亭》多为《游园》《惊梦》等折子戏，电影《牡丹亭》加上《寻梦》《写真》《离魂》，基本上都是杜丽娘的戏，柳梦梅在其中只是陪衬。青春版按原作整理出第二条主线，改编成《言怀》《拾画》《幽媾》《冥誓》《回生》《淮泊》《硬拷》等数出以柳梦梅为主角的戏，弥补过去《牡丹亭》舞台上柳梦梅戏份不足的缺陷。在青春版剧本中，柳生不仅风流倜傥，还具有为爱情不惧艰险，不畏权贵的品质。在与杜宝的抗争中，他不惧威胁和拷打，凛然面对身为丞相的杜宝展开反击。在殿上杜宝仍固执己见时，他转守为攻，指责对方有三大罪。这样，一个经历千辛万苦，遭受拷打折磨，在各种场合大义凛然地与阻碍自己和丽娘结合的势力进行毫不妥协斗争的人物形象，便一步步展现出来。这让人们看到，不只是杜丽娘在为爱情付出一切甚至生命，柳梦梅也在为此竭力拼搏，双方都是在用自己的生命来争取爱情得到最好结果。

总之，指责青春版《牡丹亭》"对有些情节大删大改，失去了原作的韵味""改戏改得太多余"的第一个论点，是缺乏事实根据，难以成立的。

有位著名学者总结道，青春版《牡丹亭》在改编的取舍上小心翼翼，有删减调整，但仍然是"浅深、浓浓、雅俗"独得三昧，无境不新，却对筋骨、血肉纤毫无伤。[3]这段总结非常精辟。

二

批评者的第二个论点是认为，青春版在审美上太"媚青"，甚至有些喧宾夺主，过分强调"唯美"。他认为，白版《牡丹亭》最大问题就是有点太媚青了，或者说从头到尾都是在创造在年轻人群中的美学价值，而对昆曲本身的艺术价值并没有做很大的挖掘。过于迎合青年，且审美上太媚青，甚至有些喧宾夺主，现代美学就像是作料，只能起到锦上添花的点缀作用，但是要是吃完一道菜，大家没品出菜是啥味道，就光记得香料味儿了，这怎么说都不能叫成功吧？白版的《牡丹亭》这问题就很明显，一部戏下来，大家全没看出演员的唱腔美、身段儿美，更没学会怎么品昆曲，就全记得演员长得好看了。

以上批评意见的关键词是"媚青"。显然，"媚青"之词是套用"媚俗"而创造出来的词汇。

"媚俗"是指为了赚钱，放弃艺术中应有的本色去迎合观众中喜好低级趣味的部分人，它有明确的指向和严格的限定。

"媚青"看来是指过于迎合青年，而且含有赚钱的目的。

那么当下文艺界有没有为了赚钱迎合、讨好年轻人，即所谓"媚青"现象呢？

有，而且很严重！某些电视剧以所谓"青春靓丽"为招徕青年的亮点，内容荒诞不经；大小电视台制作的综艺专栏充斥着大量低俗的节目，还有的为"搞笑"而"恶搞"；利用网络传播速度快覆盖面积广的优势，某些网站在所谓"媚青"方面下的功夫更是不遗余力，文章观点求奇求怪，片面追求"语不惊人死不休"；自编的视频节目只凭"噱头"吸引青年，内容庸俗不堪。这一切都是为了一个目的：赚取广告费。

无论从哪方面看，"媚青"之词绝扣不到昆剧青春版《牡丹亭》头上。众所周知，为了弘扬昆曲，让大学生了解并热爱昆曲这种大雅艺术，白先勇先生率团到全国各个大学演出青春版《牡丹亭》。这种演出是不计成本的，有的是低价票，有的干脆免票。

批评该剧审美上太"媚青"，甚至有些喧宾夺主，过分强调"唯美"。据我看，批评者具体是指以下几点：

其一，是指责该剧表现情色方面大胆、直接。文章举出《惊梦》一段两人梦中欢会的场景，说传统的《惊梦》非常含蓄，而青春版柳梦梅开口第一句'则为你如花美眷'，就低头去闻杜丽娘鬓边的花，这个动作在现代人看来很平常，但是在传统戏里就算很出格了，一上来就做，就不符合做梦者杜丽娘的身份了。这个意见很具体，值得考虑。

舞台上如何表现男欢女爱，是所有导演面临的难题。我认为，青春版导演处理该难题上思路是正确的，即本着"大胆而适当"的原则放开去做。

导演如此处理上述细节有两个理由，一是这反映的是梦境，而人的潜意识往往无拘无束地自由飘荡；二是原作剧本表现情色方面就相当大胆，如柳梦梅的唱词中有：

"和你把领扣松，衣带宽，袖梢儿搵着牙儿苫也，则待你忍耐温存一晌眠。"

"见了你紧相偎，慢厮连，恨不得肉儿般团成片也，逗的个日下胭脂雨上鲜。"

基于汤公的思想，导演做出这种处理不仅合理，而且增添了戏剧的浪漫气氛。

游园之后，丽娘入梦，与柳梦梅相见，两人有一场十分精彩的双人舞。然而在批评者看来，将"水袖"作为一个"唯美的意象"无限放大，大幅抛收水袖是过分强调"唯美"，水袖互搭互缠是过分表现情色。

其实，以水袖的抛收来代表男欢女爱是中国古典戏曲常用的手段。青春版编导在运用该手段时，一是加长水袖的长度，让水袖抛起来更加飘逸；二是以两人的水袖互搭互缠，然后一方缓慢抽拉来表现男女感情的缠绵。在这场双人舞中，男女主角如一对彩蝶翩翩起舞，而彩蝶起舞符合国人的审美情趣，因为"梁祝化蝶"的传说家喻户晓，所以这样处理非常恰当。在这段双人舞中，"唯美"不假，但绝无过分之嫌。

《冥誓》中，还曾出现丽娘、柳生起初同坐在椅上，此后丽娘缓缓半躺半坐在柳生怀中的一幕。这也引起非议。我认为，导演这样处理有其理由，除了沿袭汤公原作关于情色的思想之外，还考虑到具体情景和效果：经过一番深入的交谈，二人情感浓厚，已开始谈婚论嫁。这时如此表现这对"人鬼情人"的缠绵悱恻景象，不但不突兀，还是舞台表现男欢女爱方面的精彩创意。展示优美造型的这一幕，表现情色大胆而适当，它不沾一点俗气，更不带一丝粗鄙或淫邪的味道，却符合现代年轻人的审美情趣。不仅如此，导演往往在某句唱词或者某个唱段结束时，为丽娘、柳生设计二人相对的造型，估计有几十种之多。这些造型典雅、隽永，蕴藏着中国古典之美。

其二，是说舞台花哨，舞美服装等太现代，有背离传统之嫌。

关于这点是可以探讨的。本人认为，青春版本着"舞台简洁"的原则，没有背离传统。除了个别几场戏外，舞台上都只有简单的桌椅，还有几出戏，舞台上空无一物，只靠演员的表演来吸引观众，如《惊梦》中的游园一段，还有整出的《寻梦》，都是如此。

说舞台花哨，大概是指身着精美衣裙的众花神的群舞数次出现，靠这些表演来吸引人，有些喧宾夺主。

本人认为，舞台上出现众花神及其群舞不仅合理，而且起到锦上添花的效果。原作中花神只有一个，青春版改为众花神（最多时达到13个）。由于该戏多数场次都是一两个演员表演的小场面，需要有几场戏出现大场面来调剂，最恰当的便是选择花神这一场了。将一个花神改为人数众多的花神，让身着精美衣裙的众花神边唱边舞，造成满场生辉的良好效果，这是绝妙的构想。除了制造大场面的目的之外，这种设计还有特殊的含义。众花神第一次出现，是在《惊梦》中。丽娘小憩后，首先映入观众眼帘的是大花神举的旗幡上长长的飘带，似乎是丽娘入梦的象征。杜、柳见面，众花神在他们身边起舞歌唱，表示二人的爱情得到众花神的祝福，这在原作中是可以找到根据的。原作第10出《惊梦》中，花神曾自白："杜小姐游春感伤，致使柳秀才入梦。咱花神专掌惜玉怜香，竟来保护他，要他云雨十分欢幸也。"这场花神的歌舞隆重、热烈，表演时间长，中间穿插杜、柳二人初次见面的场景。花神第二次出现在《冥判》中，四个花神一个个为杜丽娘女魂说情，体现出编导这种意图：丽娘女魂孤苦无援，令人同情，众花神上场且都为她说话，促使杜丽娘得到重生，这无疑是顺应了剧情的发展和观众的意愿。由于在《惊梦》中有花神祝福二人相见、相爱的铺垫，此后在《冥判》中，花神为丽娘作证、说情也就符合情理了。还有，丽娘被众花神簇拥的场面，不仅创制出舞台的大美画面，而且暗示她的命运还得到天地神灵的护佑，她与柳梦梅的爱情得到大自然精灵的呵护。此外，花神及其群舞的场面只是在剧情需要时才出现，每次出现都有不同的意义。全剧众花神共出现四、五次，并没有滥用，也就谈不上喧宾夺主。

为了让舞台上的人物更加光彩夺目，青春版主创人员在演出服装上花了很大心思。美术总监为《牡丹亭》设计了两百套戏服，整体色调淡雅，具有浓郁的中国山水画风格。所有演出服装均为传统苏绣，大部分还是手工缝制。男女两位主角的戏服不仅制作精良，而且每次出场颜色不同，搭配各异，这便大大增强人物的美感，起到锦上添花的作用。

应该认识到，每一时代都有各自的审美观念。随着时代的发展，人们的审美观念和情趣也在悄然发生变化。21世纪的舞台绝不能以明清或民国时期的审美观念（如一桌两椅）为标准来设计、部署，应有较大变化。此外，为争取更多年轻人喜爱，也需照顾到这部分人的情趣爱好。从演出效果看，美轮美奂的演出服装起到了锦上添花的作用。身着精美衣裙的众花神群舞满场生辉，制造出如梦如幻的场景。仅以春香来说，她在《训女》《闺塾》《惊梦》《写真》《离魂》等场次身着不同颜色、不同搭配的戏服来表演，增添了这个"花面丫头"的活泼、俏丽，有谁看到不喜欢呢？

此外，主创人员还将现代剧场技术运用在青春版舞台上，这取得很好的效果。

总之，青春版在舞美服装等方面体现编导"尊重古典而不因循守旧，利用现代而不滥用现代"的原则，没有从根本上背离传统。指责它"舞台花哨""太现代""背离传统"，是不符合实际的。至于指责青春版《牡丹亭》有"媚青""媚俗"之嫌的观点那更是荒唐的。

三

对演员的批评意见集中在女主角沈丰英身上。

有篇文章写道，沈丰英，扮相确实好看，上了妆真的是眉目含情，但是唱得真非常非常一般，咬字、用腔说差强人意都是在夸奖了，虽然这两位主演都号称请了名家指导（张继青、汪世瑜），以沈丰英为例，她身上哪有一点张唱腔的影子，所以个人觉得这个所谓的拜师更多的也只是出于市场宣传的需要。

见到"她身上哪有一点张唱腔的影子"这句评价，我不禁哑然失笑。这句话无非有两个含意：她的演唱水平离张老师的还相差很远；她的演唱根本没有体现出张老师的韵味、风格、"套路"。

对第一点不想过多评论，因为评判一个演员艺术水平的高低是异常复杂的话题，而且还关系到主体即评判者的文化素养、艺术眼光、审美情趣等，估计一百个人就有一百种结论。我只能说，青春版的男女主演的确很年轻，各方面的表演功力自然比不上老一辈的艺术家。

我曾反复观看张继青老师在电影《牡丹亭》的表演，聆听她的十几段经典唱腔，深感她唱功深厚，行腔缠绵场婉丽，以正宗的"水磨腔"唱法形成独家风格，而且闺门旦"小嗓"（假声）技术极高，无愧"旦角祭酒"之雅号。略举张老师唱腔精彩的几例：

【步步娇】中"没揣菱花偷人半面"的"没"字，这个入声字她唱得抑扬断续，既有美感，又符合南昆讲究的"逢入必断"的原则。"菱"字，是该唱段首先碰到的难以唱好的字——音高且长，她却唱得得轻松自如。【皂罗袍】之后，杜丽娘有一句"倒不如兴尽回家闲过遣"，这最后的"遣"字，她运用"假声"和"罕腔"，从高音处大幅滑落十余度音程，落到最低音，再拉高二度，作颤音，最后落到主音结束，一气呵成，韵味十足。这句"遣"字的唱法，成为后面"线儿春甚金钱吊转"一句的"转"字唱法的先例，更成为她的弟子们唱这两句的示范。在《寻梦》的

【嘉庆子】中"话到其间腼腆"的"话"字，是该唱段最难唱的字，她却唱得潇洒、漂亮，而且音色清丽，音准到位。对比这些唱腔的细节处，青春版的女主角的行腔功力自然离张老师的水平还有一定距离。

至于说沈丰英的演唱根本没有体现出张老师的韵味、风格、"套路"，就让我匪夷所思了。在《牡丹亭》长期扮演杜丽娘的艺术生涯中，张老师形成较为成熟的唱念作规范即"套路"。在青春版的排练中，从唱腔到动作乃至抛水袖的细微处，张继青都耐心、反复地教授。沈丰英按照老师教的做，一招一式都学得极为认真。比如一个抛水袖动作，她要按照老师的要求反复做几十次，直到老师满意为止。抛水袖动作的传授是这样，每一唱、念、做的教和学同样如此。成百上千句唱词和道白，千变万化的动作和舞姿都是在师徒二人长时间的"磨戏"中定型的。

在唱腔上，张老师教她在上本的唱腔中要突出"细柔甜润"的特色，这样才符合二八少女的形象。沈丰英很好地领会了这点，经长期训练，她找到发声方法和诀窍，用气来托住字，使发出的声音细柔而甜润。在演出中她这种极有特色的唱腔得到充分的发挥和展示，那大段的唱腔，如【皂罗袍】【山坡羊】【江儿水】等都体现着这种"细柔甜润"的特色。正式演出时，张老师每场必到，仔细地观察爱徒的表演。每场下来，张老师都要给她"回课"，指导她进一步提高、完善。直到第100场演完，张老师才表示自己可以放手了。这意味着，老师认可了学生担纲主演的水平，对她包括唱腔在内的舞台表演是满意的。难道这些基本事实批评者都不知道吗？说沈丰英的演唱根本没有体现出张老师的韵味、风格、"套路"，等于全然不顾这些基本事实而轻率、随意做出的批评。

显然，说沈丰英的行腔没有一点"张唱腔的影子"，"唱的（得）非常非常一般，咬字，用腔说差强人意都是在夸奖了"，并指责主创人员"任用的演员实力不佳"这些结论离事实太远，是根本站不住脚的。

对沈丰英在青春版《牡丹亭》中的表演艺术，本人已有专文阐述，这里不再赘述。如认为我的艺术鉴赏力不行或不客观，还可参看以下二位的评论。

华美协进社人文学会共同主席、中文教授、在美国推广昆曲多年的汪班先生在观看 2012 年纽约的演出后撰文写道：

"沈丰英将含蓄而又热烈的情感与她所受过的严格的歌唱和舞蹈训练紧紧地结合了起来，有层次地刻画出杜丽娘的内心世界——一个充满着爱和美的世界。这两折（《寻梦》和《写真》）沈丰英最得张继青真传，尽情发挥了她至高的技术和艺术。"

沈家庄先生在《中国戏剧》2008 年第一期发表专评沈丰英的文章，说她准确把握昆曲"一唱三叹，丝丝入扣，如丝如缕"的这一唱腔特点，她的演唱"音质超妙，清纯柔脆，音域宽舒"；"吐字、过腔、收音、停声"均能"依腔、贴调"，与杜丽娘的人物身份和情感性格十分吻合；她真正把握了"水磨腔"的本色唱法，加上又天生一幅清润婉转的昆腔嗓子，并注意平、上、去、入的咬字协婉和发音的头、腹、尾韵之毕匀，所以无论是唱腔还是念白，都给人以"启口轻圆，收音纯细"的地地道道"水磨腔"的昆腔音乐美感享受。能在《中国戏剧》发表文章的多半是专业研究戏剧的人员，他们的评论应看作是内行人的观点。以上对沈丰英的唱腔的评价显然与批评者的大相径庭，人们该相信哪种说法应是不言自明的。

正是看到两位年轻主演的表演水平以及舞美、音乐等均已基本成熟，白先勇先生、汪世瑜先生等主创人员才决定把这部戏公开推上舞台。上述批评者认为这部戏"对有些情节大删大改，失去了原作的韵味""改戏改得太多余"，主演沈丰英的行腔又是如此不堪，这等于是批评、指责主创人员存在各种重大失误，又在这种情况下把它推上舞台，进一步说，是认为他们不懂艺术，也不懂舞台演出。这种批评口气何其大也！

那么这部戏公演后的效应如何呢？关于这点已有大量报道，这里不再详尽引用，只说一句：青春版《牡丹亭》的上演大放异彩，风靡海内外，演出十年创下 300 多场的惊人纪录，这与编导成功的再创作和演员的精彩表演密不可分。这是客观现实。

在批评青春版"审美上太媚青，甚至有些喧宾夺主"时，该文还说，一部戏下来，大家全没看出演员的唱腔美、身段美，更没学会怎么品昆曲，就全记得演员长得好看了。

该文作者无非是想说，青春版女主角以脸蛋和扮相的优美吸引人，让观众忘记了欣赏演员的唱腔和品味昆曲了，或还有"一俊遮百丑"之意。

出于舞台艺术的特点，戏剧演员的挑选不同于影视。昆曲中闺门旦演员多是饰演未出阁的少女，其容貌、身材往往是挑选者首先考虑的。按照白先生对青春版的定义，出演杜丽娘这样大家的闺秀，除年龄上要贴近剧中人物，还必须是面容姣好、身材匀称的优秀女演员，这点是没有什么可争论的。

经过刻苦向张老师学艺，沈丰英唱、念、做、舞均属上乘，没有弱项，因此根本谈不上有"一俊遮百丑"之嫌。

再用通俗的话谈谈观众看戏听曲时的美学常识。从美学和审美的角度看，美是通过视觉、听觉感受到的，使自己身心发生愉悦的神奇因素。这种神奇因素是人在一瞬间感受到的一种综合而统一的因素。

中国戏曲是以形传神的，只有具备了造型的美，扮相的美，才能为传神的美提供物质基础。看到演员扮相的美，身段的美，舞蹈的美，听到行腔的美，这一切是人在同时感受到的综合而统一的美，也就是说，这种综合而统一的美传达到人的感官是不可能割裂的。

此外，美的因素具有相互传导的功能。扮相美、身段美能够促使唱腔、舞蹈显得更美。不仅如此，扮相美、身段美、唱腔美、舞蹈美，诸美合成，还会产生一种立体之美，而且这种立体之美还能放大其中某一项的美。本人曾有专文阐述沈丰英在青春版《牡丹亭》中的表演艺术，举出她几处唱、做、舞的表演产生出的一种全方位之美，有兴趣的不妨看看。

照以上批评者的意见，应该找一个唱念做功夫极好，但扮相平庸甚至不雅的演员充当主角，这样观众就会专心地欣赏演员的唱腔美、身段美，品味昆曲了。这种观点实际是没有理解上述关于美学的常识，或是审美出现障碍。相信绝大多数观众不会接受这样的意见：明明有诸项俱美且平衡的优秀演员偏不用，非要用诸美中有缺项的演员。

总而言之，白先勇先生大刀阔斧地动了《牡丹亭》，但其基本原则没变：水磨腔的优美、笛声的悠扬、唱词的韵味、表演的四功五法。而这些所表达出的则是昆曲的灵魂：诗意和精致。这些话也是对青春版有"丢失昆曲韵味"之嫌这种指责的回答。

四

本人认为，要写有关戏剧的评论、批评文章并非易事。有句老祖宗留下来的话，叫作"隔行如隔山"，对此须怀着敬畏之心来领会。

世上职业数百，专业细分上万，哪一种职业、专业内的知识都需长期学习才能掌握。因此，即使学历、职称再高也不可能什么都懂，样样都能评论。物理学博士不能找化学家的差错，理工男要挑哲学论文的毛病也属强人所难，这是常识。同样，各行各业的人们要对戏剧，尤其是昆剧写出有一定深度并能切中要害的文章，是难上加难的。

昆曲经四百多年的积淀，已成为非常独特的一门戏曲。昆曲内的知识、"门道"，说浩如烟海有些夸张，但博大、深邃是肯定的。从事这门艺术的研究者或演员都不敢说对其中的知识、"门道"了如指掌，他们要写评论、批评文章都需下足功夫，极为谨慎地写，唯恐文章出现某种漏洞而贻笑大方。那么昆曲行业之外的人要写这类文章就应更为谨慎了。

昆曲长期处于低迷状态，国人绝大部分不知昆曲为何物。随着21世纪初青春版《牡丹亭》的问世，昆曲才呈现复苏之势，部分地区出现昆曲热。国人都是从这部戏知道我国还有一种戏曲叫昆曲。近年来随着昆曲热，媒体间有关昆曲的文章越来越多，多数为昆曲爱好者或戏迷所写。此种情景反映了广大观众对昆曲的热爱，是可喜的。青春版《牡丹亭》上演后，媒体出现大量有关的文章，多数是赞誉的。近几年来，批评文章见多，其中大多是年轻的业余作者，从行文的口气甚至署名看，都仿佛是"资深"的昆曲戏迷。我不知，为何那么快就出现大批"资深"昆曲戏迷，难道他们从这部青春版之前就开始接触昆曲了吗？从作者年龄和时间上推断，这根本不可能，只能是近年来看了几出昆戏，就仿佛是"资深"的昆曲戏迷了。他们什么戏都能点评，哪个领域都敢涉及，写起文章口气大得惊人，仿佛无所不通。然而看后，却发现其文缺乏条理，毫无规范，文章缺东少西，就是不缺胆量。"越是业余越敢写"，这一奇特现象在现今愈发明显。某些评论、批评青春版《牡丹亭》的文章，缺乏事实根据，批评用语轻率、随意，甚至信口开河。这出于业余作者特别是网络写手的一种心理：反正我又不是名人，文章还是匿名的，随便怎么写，能引起关注就行。

本人认为，如克制不住写作欲望，要写有关戏剧的评论、批评文章，应采取谨慎和认真的态度。

普通观众最好写些观后感的文章，把印象较深之处抒发出来，只要客观真实，即使文章朴实无华也很好。戏迷或"资深"网络写手可以写些有一定深度的评论、批评文章，但应注意以下几点：

一是尽量多地掌握批评对象的材料，不能大部分事实都不知便贸然上阵，评张批李。

二是批评要拿出具体事例（还不能是孤例）进行论证，不能简单、笼统地用几个词或一两句话评价一部戏或一个演员。此外，批评用词、用语须准确，不能使用含义模糊的词或自创词。例如，用沈丰英"身上哪有一点张唱腔的影子"一句话来否定女主角的艺术水准，这种批评是轻率、不负责任的。如果我也仿效此种批评风格来回敬，不举事实，只说你这篇文章是"一派胡言"，你又做何感想呢？

其实，任何作品，哪怕是有关专家集体辛勤劳作而产生的作品也不免会有这样那样的纰漏。青春版《牡丹亭》也同样如此，它在大幅删改中忽略了某些细节，使观众看起来有断节之感。对这种小纰漏的出现应持宽容态度，指出也应具体。

如杜宝的官职的变动就是一例。第6出《淮泊》中柳梦梅去扬州寻杜宝，杜宝还是淮扬安抚司使，到第8出《硬拷》，他已为宰相，其间没有任何交代。实际上，汤显祖原作对此是有明确交代的。原作第50出《闹宴》中曾有圣旨宣："钦取老爷还朝，同平章军国大事。老夫人追赠一品贞烈夫人。"部下还对他庆贺道："平章乃宰相之职，君侯出将入相，官属不胜欣仰。"只是编剧在删改时，对有关内容忘记了在适合的地方弥补上几句。

然而，这些小疏漏对于青春版《牡丹亭》总的艺术成就来说，就如一片云朵无法遮住漫天霞光！

参考文献：

［1］詹慕陶．昆曲理论史稿［M］．杭州：杭州大学出版社，1996：210.

［2］王文章．青春版《牡丹亭》的三重意义［EB/OL］．中国文明网，2013-01-15.

我为什么不爱看昆剧《长生殿》

昆剧中有一出戏叫《长生殿》，它让我看着不舒服。

中国历史上有五位"大家"曾以唐明皇和杨玉环的缠绵悱恻的爱情故事为题材，创作了一些传世作品：唐朝陈鸿作《长恨歌传》，白居易作《长恨歌》，李商隐作两首《马嵬》，元代白朴作《梧桐雨》，清代洪昇作昆剧《长生殿》。其中，以洪昇的《长生殿》较为著名。《长生殿》鸿篇巨制，原本43折大约10万字，超过汤显祖《牡丹亭》原本的字数。历史上鲜有剧团能把原本搬上舞台的，只有《红楼梦》作者曹雪芹祖上的"曹家班"曾演出过经压缩的昆剧《长生殿》。近年来，苏州昆剧院创排过《长生殿》，全剧分七场：《迎像哭像》《定情赐盒》《絮阁权哄》《制谱密誓》《陷关失守》《舞盘惊变》《马嵬埋玉》，另加《尾声》。上海昆剧团也创排过《长生殿》，它将原著整理为四本：《钗盒情定》《霓裳羽衣》《马嵬惊变》《月宫重圆》，这让全本的《长生殿》经过改编、压缩，得以重现舞台。

一

既然以具有真实姓名的人物为戏中主角，那么该剧自然不能完全离开历史真相。中国历史各朝，封建帝王前半生与后半生判若两人的现象时有发生，唐玄宗李隆基（685—762 年）就是最典型的代表。

李隆基的确有半生英明的资本。唐朝皇权恢复到李氏家族后，庸弱无能的唐中宗复位。见到丈夫只知优游享乐，皇后韦氏同武则天的侄儿武三思勾结，与部分大臣密谋夺权。中宗太子李重俊觉察到危险，矫发羽林军杀死武三思及其党羽，但是中宗却在韦后等人的逼迫下，杀死自己的太子，随后这个庸弱无能的皇帝又被妻、女毒死。中宗之弟睿宗李旦之子李隆基见到机会来临，果断出手，他联合自己的姑母太平公主，杀死韦氏，肃清其势力，立李旦为帝。然而新的矛盾又产生，李隆基身为太子，太平公主的权力却很大，两人之间的矛盾愈演愈烈，最后李隆基率禁军杀死太平公主及其党羽，睿宗不得已将帝位传于李隆基，改元开元，这就是中国历史上的唐玄宗，亦称唐明皇。这一连串的宫廷政变宣告结束，李隆基笑到了最后，足见其有丰富的政治经验和手段。[1]

玄宗继位的开元期间，唐朝进入全盛时期。他倚重姚崇、宋璟等较有作为的大臣，进行了一些改革，促使社会安定，经济发展，文化繁荣。这时的"开元之治"与太宗李世民的"贞观之治"可有一比。

由于建立丰功伟绩，创立了"开元之治"，玄宗进入中年后，政治上居功自傲，懒惰昏庸，看不清国内存在着各种矛盾交织而成的政局，不愿也无力解决最棘手的问题——半独立的地方势力。而这些手握重权的节度使们正蠢蠢欲动，企图进一步扩展权力，如此下去，国内将形成尾大不掉的危险局面。到了天宝年间，唐朝对外一再吃败仗，人民的赋税兵役负担沉重不堪，国力已日益虚耗。令人惊奇的是，在这种情况下，以玄宗为首的统治集团更加趋于奢侈荒淫，政治越发腐败。他在政事上，外则委之李林甫、杨国忠，内则交付宦官高力士。生活上，他陷入极度的享乐之中。"汉皇重色思倾国"，将全部精力都放在搜罗美女和歌舞宴饮上。唐朝著名诗人元稹在《连昌宫词》中，揭露玄宗这种骄侈淫逸达到何种程度："力士传呼觅念奴，念奴潜伴诸郎宿"，"玄宗遣力士大呼于楼上曰，欲遣念奴唱歌，邠二十五郎吹小管逐，看人能听否"。这是说，玄宗大声呼唤最宠幸的宦官高力士速找著名歌妓念奴来唱歌，邠王（李承宁，李氏家族排行第二十五）善吹笛，可为念奴伴奏；念奴却借皇上召唤自己献艺机会，偷偷陪伴邠王等年轻宗室子弟整夜鬼混。

果然，功夫不负有心人，玄宗在60多岁时终于等来了杨玉环。杨玉环本是他的儿媳（寿王李瑁之妃），玄宗一次偶然见到后情不自禁，置礼法、伦理而不顾，强行夺爱，硬把她拉到自己身边，宠爱有加，不久就封为贵妃。从此，玄宗过起"春宵苦短日高起，从此君王不早朝"的淫逸生活。白居易为他遮丑，在《长恨歌》里写出"杨家有女初长成，养在深闺人不知"的佳句，让很多人都认为玄宗是通过"体面"方式见到杨玉环的，而杨玉环则是个纯情少女。以致不少人说到少女之纯洁，常会引用这两句诗来形容。

此后玄宗又无视历史教训，分封李氏兄弟为王。同时他还不顾朝廷官员的劝诫，毫无顾忌地施行裙带主义，将贵妃的哥哥杨国忠提拔为宰相，分别封杨玉环的三个姊妹为虢国夫人、秦国夫人、韩国夫人。这些人仗着杨玉环的势力，大肆炫耀。元稹的"百官队仗避岐薛，杨氏诸姨车斗风"两句诗写出玄宗巡游时何等排场，如何招摇：玄宗离开连昌宫，队伍浩浩荡荡，玄宗的两个弟弟歧王、薛王都为之让路，而"诸姨"秦国夫人、韩国夫人、虢国夫人的车驾飞奔，相互比赛，大事招摇。这些也就罢了，一个帝王"爱屋及乌"，谁还能拿他怎么样呢。然而，让安史之乱的罪魁安禄山钻入宫廷，而后竟然允许他为杨玉环的"义子"，这足以显示玄宗的荒唐。当肥胖、丑陋的胡人安禄山在他们面前卖力地表演"胡旋舞"时，昏聩的玄宗还为之叫好。此时，安禄山一定暗中狠狠地嘲笑这对男女。玄宗这种举动让元稹也忍不住在诗中嘲讽道，"禄山宫中养作儿，虢国门前闹如市"。玄宗"穷人欲、弛朝纲"，归根结底都是由这种所谓"爱情"引起的。作为一国之君终日淫乐，其时全国性的叛乱正在酝酿中，而他这个一国之君主，如同坐在即将爆发的火山上却颟顸无知。

玄宗如此荒唐的后果大家都知道，那就是公元755年11月"安史之乱"的爆发。手握北方三个节度使之权的安禄山伙同史思明首先叛乱，最后引起全国性叛乱，唐王朝遭到毁灭性打击。

中国历史长河中有不少重要的节点，"安史之乱"就是其中之一，它是唐朝的一个转折点，标志着唐朝从繁盛转为衰落，而玄宗就是这场祸变的始作俑者。人们谈到历史观，总要探究历史发展的必然性和偶然性。其实历史上很多事件，偶然性都占主导地位。封建社会中，一国的帝王，其政治才干甚至性格、修养等都深刻影响该国政治经济的发展，其功过可以促进或延缓该国历史发展进程，这是毫无疑问的。

看到这儿，一些人肯定对我不耐烦，甚至不满了：你讲的都是历史，可应该评论的是戏剧呀。

我重申，《长生殿》作为历史剧，既是一部剧，也有历史的内容，即所谓"历史剧，首先是历史，第二才是剧"。既然是一部演绎真名实姓的君主的戏，其剧本的编写脱不开历史事实，否则，另外编写一个时空、人物身份都模糊不清的帝王戏不是更好吗？何必取名《长生殿》，又何必取材于唐明皇的故事来编写戏中人物和故事情节呢？

诚然，历史剧取材于历史事件的同时，又可以经艺术加工，演绎故事情节，甚至杜撰、虚构某些细节，这样才能使剧本既精彩又凝练，具有较强的艺术吸引力。然而历史剧终究无法从根本上脱离该段历史的大致脉络，否则就会成为一种违背基本历史真相，只是附会某些历史题材，虚构、杜撰剧中情节进行创作的"戏说"。这个"戏说"中的"戏"，不是指戏剧之"戏"，而是含有"戏谑""游戏"之意的"戏"。

显然，这种"戏说"是站不住脚的。《长生殿》的问题，主要还不在于"戏说"色彩浓重，而在于用何种态度来表现封建帝王的荒唐行为。

二

《长生殿》中，歌颂李、杨爱情这条主线是突出的，而且作者还是用一种欣赏的态度来描写这种爱情的。至于讥讽唐玄宗荒唐行为造成的后果，这重意思在戏中也是存在的，然而比起前者来就很微弱。

作品中充斥着大量的华丽辞藻来表现李、杨帝妃之间这种与其说是爱情，不如说是情和欲的描写，详尽而大胆得使人吃惊。例如：

第2出《定情》中，玄宗以金钗钿盒为定情之物，为杨玉环庆祝生日；玄宗自我夸耀，真个太平之治，不减汉文之世，并表示，愿此生终老温柔，白云不羡仙乡。〔玄宗唱〕下金堂，笼灯就月细端相，庭花不及娇模样。轻偎低傍，这鬓影衣光，掩映出丰姿千状。〔低笑，向玉环〕此夕欢娱，风清月朗，笑他梦雨暗高唐。〔玉环〕追游宴赏，幸从今得侍君王。瑶阶小立，春生天语，香萦仙仗，玉露冷沾裳。还凝望，重重金殿宿鸳鸯。

〔玄宗〕今夜把这钗呵，与你助云盘，斜插双鸾；这盒呵，早晚深藏锦袖，密裹香绒。愿似他并翅交飞，牢扣同心结合欢。〔玉环接钗、盒谢状〕谢金钗、钿盒赐予奉君欢。只恐寒姿，消不得天家雨露团。

第4出《春睡》〔玄宗〕试把绡帐慢开，龙脑微闻，一片美人香和。爱他，红玉一团，压着鸳衾侧卧。

第12出《制谱》〔玄宗〕妃子，看你晚妆新试，妩媚益增。似迎风袅袅杨枝，宛凌波濯濯莲花。芳兰一朵斜把云鬟压，越显得庞儿风流煞。

第16出《舞盘》〔玄宗〕俺仔细看他模样，只这持杯处，有万种风流殢人肠。

第24出《惊变》〔玄宗〕窥探他酒醉后的，我这里无语持觞仔细看，早只见花一朵上腮间。（旦作醉状）妾真醉矣。〔玄宗〕一会价软咍咍柳嚲花敧，困腾腾莺娇燕懒。

玄宗一再劝酒，贵妃表示不能再饮，他竟然要宫女跪劝，目的就是要看贵妃醉态，仔细欣赏她那"娇怯怯柳腰扶难起，乱松松香肩嚲云鬟"的情态。

洪昇原本中还有名为《窥浴》的第21出，宫闱秘事描写得极为露骨：

〔玄宗〕妃子，你看清渠屈注，洄澜皱漪，香泉柔滑宜素肌。朕同妃子试浴去来。（宫女永新、念奴为玄宗、玉环脱去外衣状）〔玄宗〕妃子，只见你款解云衣，早现出珠辉玉丽。（老旦永新贴念奴合）悄偷窥，亭亭玉体，宛似浮波菡萏，含露弄娇辉。轻盈臂腕消香腻，绰约腰身漾碧漪。明霞骨，沁雪肌。一痕酥透双蓓蕾，半点春藏小麝脐。（念奴）永新姐，你看万岁爷呵，凝睛睇，恁孜孜含笑，浑似呆痴。（合）休说俺偷眼宫娥魂欲化，则他个见惯的君王也不自持。（老旦）恨不把春泉翻竭，（贴）恨不把玉山洗颒，（老旦）不住的香肩呜嗻，（贴）不住的纤腰抱围，【黄莺儿】（老旦）俺娘娘无言匿笑含情对。（贴）意怡怡，【月儿高】灵液春风，淡荡恍如醉。【排歌】（老旦）波光暖，日影晖，一双龙戏出平池。【桂枝香】（合）险把个襄王渴倒阳台下，恰便似神女携将暮雨归。

尽管这一实属封建糟粕的第 21 出《窥浴》很少出现在舞台上，但是这一段关于宫闱秘事的描写，与以上李、杨间情欲的描写是一个有机整体，足以体现《长生殿》在整体上对李、杨所谓爱情是持歌颂、欣赏态度的，而且对这种所谓爱情的描写已经接近色情的程度。

正当这位已经 70 岁的君主沉溺于酒色，置国家大事于不顾之时，"渔阳鼙鼓动地来，惊破霓裳羽衣曲"。玄宗一时吓得手足无措，竟问杨国忠有何对策。君臣无计，只好逃亡。要说《长生殿》有嘲讽玄宗的一面，这里便是突出表现。然而，与通篇浓墨重彩地歌颂李杨所谓爱情相比，这嘲讽玄宗的一面显然要微弱得多。

谈到嘲讽玄宗，不得不提到与《长生殿》有关联的另外两部作品，它们都有嘲讽玄宗的意味，但嘲讽的程度不同，作品的格局也不同。

白居易的《长恨歌》的主题思想具有双重性，既有讽刺又有同情。白居易在个人情感上很佩服玄宗，常把玄宗和太宗相提并论，赞其为所谓"五十年太平天子"。他在同情歌颂李、杨爱情的同时，也对李、杨爱情本身尤其是后果做了讽喻。何为长恨：和杨贵妃的感情再浓烈，玄宗这辈子终究得不到了，只能寄情于渺茫的海外仙山上一个貌似玉环的人，和这个可想而不可及的"玉环"再续旧情，因而此恨绵绵无绝期。显然，在讽喻玄宗上，这要比《长生殿》的意味强烈，不过他只是嘲讽玄宗个人命运，没有涉及国家、社稷，作品的格局较小。

在讽喻玄宗上，白居易的好友元稹在《连昌宫词》中比白居易《长恨歌》的意味要强烈得多。除了前述揭露玄宗骄奢淫逸的生活，诗中还写到，"开元之末姚（崇）宋（璟）死，朝廷渐渐由妃子，用权宰相不记名，依稀忆得杨与李，庙谟颠倒四海摇，五十年来做疮痏。"甚至提出了"太平谁致乱者谁？"的惊天之问。显然，元稹是从社稷、民生的角度探讨"安史之乱"的原因和后果，嘲讽的对象直接指向玄宗，作品的格局要大得多，揭露黑暗的勇气也大得多。

至于《长生殿》让我看着不舒服的原因，我已经说得很多了。看着这个放弃国家责任，招致大唐王朝走向衰落的年老帝王，在大难即将临头之际，仍然纵情于酒色歌舞之中。尤其是剧中这两人，一个娇滴滴地呼叫"陛下"，一个色眯眯地呼喊"贵妃"，还有玄宗在每次调情后那放肆的笑声，这一切充斥着舞台，怎么能让我看着舒服呢？

三

近三十年来，学术界对洪昇《长生殿》讨论的其中之一，是集中在帝、妃之间到底有没有"真挚的爱情"问题上。

有篇文章，一方面承认《长生殿》的作者美化了"杨贵妃"的角色，将她成功改造为一个美丽、多才、深情且果敢的痴情女子，另一方面又提出所谓"净化说"："情"能够通过自我反省，自我升华，使感情得到过滤和净化。这种"情悔"主要表现为，李、杨人格的自我完善，以及两人之间情感的"自我净化，超越和升华"，李、杨的完美真挚的爱情在《定情》一折中奠定情真意切的基础，在《密誓》中，终达到专一不二的品格。[2]

此外，文章还认为，在戏的上半部分"李杨爱情也是逐步发展的，他们的爱情缺陷也在逐步克服中。他们的爱情由浅入深，逐渐趋向成熟和专一。李之爱杨，开始是出于对杨的美貌的爱慕；谪逐之后，李开始感到知音人去；《制谱》中，又感到杨聪明绝伦；《舞盘》中，一个跳舞，一个击鼓，志趣相投；《絮阁》中，又感到杨的"情深"；至七夕盟誓，则爱情已达到了真挚专一的阶段。[3]

这里且不谈《絮阁》中，评论者把杨玉环抓住玄宗"偷幸"梅妃而醋意大发称作玄宗感到杨的"情深"，只谈论帝妃间的爱情能达到"真挚专一"程度的问题。

本人认为，中国的专制制度决定了帝王和任何一个后、妃都不可能具有真挚的爱情。

专制制度也称无限君主制，这里无限的意思就是不受任何限制，无论是内政外交方针的制定，还是文武大臣的任用，最终都是由皇帝一人说了算，他具有杀伐决断的至高无上地位，任何人都不可能挑战他的地位，朝中虽有各种监督机构，大臣可以向皇帝谏言，但只起建议、咨询的作用，对他构不成实质上的限制。

与专制制度相联系，中国帝王拥有三宫六妾、七十二嫔妃的腐朽制度决定了帝王和任何一个后、妃都不可能具有真挚的爱情。帝王或者出于淫欲，或者出于安抚平衡各妃所代表的家族势力，都需要有选择地"临幸"各妃。就算皇帝有特别青睐的后、妃，也不可能置其他而不顾，只专一地"临幸"于她而培养出所谓"真挚的爱情"。

这种无限君主制在后宫也得到体现。宠幸哪个后、妃，只由帝王个人决定，就算其他后、妃吃醋，怨恨，又能怎么样呢？剧中杨玉环拿到玄宗"偷幸"梅妃的证据——一只女人鞋和一只金钗，她只能一哭二怨，发一发小脾气，骂一骂高力士，最多玩弄一下欲擒故纵的小手段。在得到玄宗的安抚后，马上破涕为笑。作为贵妃，她对作为国家最高统治者的君主，还能使用什么有效方法，真正限制玄宗的类似行为吗？她们懂得，要是闹得过火，便会遭到报复，轻则失宠，皇帝不再"临幸"，重则打入冷宫，永不见天日。在这里，玄宗对她来讲是双重身份，君主是第一位的，"丈夫"则是次要的。更重要的是，剧中杨玉环拿到玄宗偷"幸"梅妃的证据已经证明玄宗忠于爱情的盟誓，以金钗钿盒作为定情之物等言行都是靠不住的。除了梅妃，玄宗还无耻地把杨玉环的姐姐虢国夫人拉进了自己的宫闱中，杨玉环"恐怕夺了恩宠，因此上嫌猜"。玄宗如此荒淫，致使永新发出了这样的感慨："宫闱事，费安排。云翻和雨覆，蓦地闹阳台。"剧情发展到这一步，玄宗忠于爱情的盟誓，帝、妃间具有"真挚的爱情"之论已经四面透风，不能自圆其说了。

宣扬唐明皇和杨玉环之间存在所谓"真挚的爱情"，反映出评论者一不懂封建制度的基本规定和内容，二不懂人性，不懂男人，尤其不懂身处国家最高地位的帝王的人性。

不懂人性，是指评论者不懂人性当中丑恶的方面。即便是通常称的"好人"，身上也有"恶"的种种表现。世上不存在单纯"善"和单纯"恶"的人，更何况那些"恶"因素占主流的人，一生中大多数都是干着违背公认的礼、义、廉、耻之事。

不懂男人，是指在男人在与女性发生性关系之后，一部分人往往会沉溺于男欢女爱之中，继而追求多名女性，一步步走向纵欲乃至淫乱的道路。尤其是身处国家最高地位的专制君主，拥有三宫六妾，七十二嫔妃。他在这个巨大的女人圈中周旋，还通过按例的"选秀"不停地吸纳民间美女，充当各级宫中女官，继而按照规定的等级，把自己看中的、有倾国之貌的才女拉到身边，封为妃子、贵妃。以上这些都是制度允许的，是合法的，至于君主越过各种规定，在这方面过分纵欲，乃至达到"从此君王不早朝"的荒唐地步，也没有任何制度和人事能够切实限制他的举动。

元稹有一首诗，名为《离思五首·其四》该诗前两句描写男女爱情，且不露云雨之情的丝毫痕迹，被公认为千古佳句："曾经沧海难为水，除却巫山不是云。"可以理解为，经历过波澜壮阔的大海的人，就会认为别处的水再也不值得一观。而陶醉过巫山云雨的人，便会认为别处的云雨之景完全不能称为云雨了。这是从宏大或良善的角度出发，谈自己的经历和感受。还可联想到，就男人的爱情来说，深爱过一个女人，见到更好的佳丽也不动心，大有"弱水三千，我只取一瓢饮"之意。那么，从男人具有"恶"的角度出发，反其义理解这两句诗就得出这样的结论：凡是沉溺过纵欲乃至淫乱的男人，从生理和心理再也不可能恢复到怀有正常男女之恋的状态。唐玄宗正是这种在性生理和性心理上已经完全扭曲的人，他同任何女子都不可能建立普通人之间的那种真挚爱情。

认为皇帝与妃子之间存在所谓"真挚的爱情"，是该剧歌颂派眼界极其低下甚至可以说是幼稚的表现。什么"情悔"，什么帝、妃人格的"自我完善"，什么帝、妃之间情感的"自我净化，超越和升华"，都是评论者凭空臆想出来的"漂亮的谎言"，可以说是有意地美化帝、妃，有意地遮掩他们的丑陋行为，有意无意地为封建制度中最腐朽的东西辩护！自己受骗不说，还要骗别人，是十足的自欺欺人！

还应指出，"安史之乱"给唐朝的打击最为严重的还是在外部。唐王朝周边有两个强大的藩国，这两个藩国趁唐朝发生最大的内乱之机，不仅叛唐，而且还趁机攻唐。通过持续的侵略，它们将唐朝大片领土据为己有，致使唐朝后期的几个皇帝以举国之力，经过百年间断断续续的征战，糜费了巨大的人力物力，才勉强收复失地，最终唐朝自身也因耗尽国力等原因于907年而亡。玄宗李隆基的荒淫无度直接引起了这场内乱，他一人的淫乐换来的是国家的衰亡和千百万无辜民众的死亡。在这个事件中，李隆基的历史罪责是何等清楚。稍懂些历史和具有初步正义感的人，都会对此产生厌恶之情。那些不知、不顾这些历史真相，而一味歌颂李、杨所谓"真挚爱情"的人，难道不该脸红吗？

四

在批判《长生殿》存在封建糟粕的同时，也不否认它有较高的艺术性。

其一，这部戏较为完整地表现"霓裳羽衣舞"。（"裳"发"尝"音，意为"下衣"或"裙"）"霓裳羽衣舞"，据说是杨玉环的"梦中之作"。一次她梦见桂树之下，仙女数人，素衣红裳，表演各种优美的舞蹈动作，而且奏乐甚美。起身后便根据这些零碎而模糊的印象，编排出全套的舞蹈，以后又谱成新曲。由于衣裙华丽，便取名为"霓裳羽衣舞"。玄宗闻之大喜，令梨园子弟演奏。由于舞、曲均是杨玉环根据梦中记忆编写出的，她又素有歌舞才能，便请玄宗允许自己试舞，以展现自己的艺术才能。剧中，杨玉环试舞，玄宗亲自击鼓，唱词表现出杨玉环舞蹈时的千姿万态："罗绮合花光，一朵红云自空漾。看霓旌四绕，乱落天香。浑一似天仙，月中飞降。飘然来又往，宛迎风菡萏，翩翩叶上。举袂向空如欲去，乍回身侧度无方。（急舞状）盘旋跌宕，花枝招展柳枝扬，凤影高骞鸾影翔。体态娇难状，天风吹起，众乐缤纷响。舞毕，玄宗赞道妙哉，舞也！逸态横生，浓姿百出。宛若翩风回雪，恍如飞燕游龙，真独擅千秋矣。"

当代昆曲院团根据《长生殿》的情节，在舞台上编排出著名的"霓裳羽衣舞"，这可以说是一个艺术贡献。

其二，在这出戏中，唐朝著名的宫廷音乐家，如梨园班首李龟年、铁拨能人雷海青、琵琶高手贺怀智、擅长打板和演参军戏的黄幡绰，还有以铁笛闻名、隔宫墙窃记下"霓裳羽衣"曲谱的李暮，纷纷在剧中亮相。这部戏还表现了"安史之乱"中雷海青舍生取义的壮烈行为，李龟年的亡国之痛和故国之思等。这些在中国戏曲艺术史上赫赫有名的人物在《长生殿》中出现，也算是该剧的一个亮点。

其三，全剧气势恢宏，结构细密，内容丰满，排场精美严谨。文辞优美，充满诗情而又晓畅、自然。善于化用前人诗、词、曲中的名言佳句，又不堆砌辞藻、典故。音律精准、和谐。

总之，洪昇的《长生殿》虽然也有嘲讽唐玄宗穷奢极欲的一面，但这方面表现得十分微弱。作品突出的一面是，大力歌颂唐玄宗和杨玉环所谓"真挚的爱情"，间接表达了对唐玄宗的同情，还寄托了对李、杨帝妃之间"美好爱情"的向往。然而，这条主线却充满了种种谎言。

正因为如此，我宁愿看那些较为真实地反映普通文人士大夫，甚至下层民众悲欢离合的剧目，也不愿意看《长生殿》这种戏！

参考文献：

[1] 韩国磐. 隋唐五代史纲 [M]. 北京：人民出版社，1977：141.

[2] [3] 龚琰. 长生殿之言"情"观：[EB/OL]. 优文网，2017-6-17.